朔方文庫

青陽先生文集

〔元〕余闕 撰
〔元〕郭奎 〔明〕張毅 輯
付明易 校注

主編 胡玉冰

上海古籍出版社

圖書在版編目(CIP)數據

青陽先生文集 /（元）余闕撰；（元）郭奎,（明）張毅輯；付明易校注. —上海：上海古籍出版社，2022.8
（朔方文庫）
ISBN 978-7-5732-0330-4

Ⅰ.①青… Ⅱ.①余… ②郭… ③張… ④付… Ⅲ.①古典詩歌–詩集–中國–元代②古典散文–散文集–中國–元代 Ⅳ.①I214.72

中國版本圖書館 CIP 數據核字（2022）第 103448 號

朔方文庫

青陽先生文集

〔元〕余　闕　撰　〔元〕郭　奎　〔明〕張　毅　輯　付明易　校注
上海古籍出版社出版發行
（上海市閔行區號景路 159 弄 1-5 號 A 座 5F　郵政編碼 201101）
（1）網址：www.guji.com.cn
（2）E-mail：guji1@guji.com.cn
（3）易文網網址：www.ewen.co
上海展強印刷有限公司印刷
開本 710×1000　1/16　印張 16.75　插頁 6　字數 218,000
2022 年 8 月第 1 版　2022 年 8 月第 1 次印刷
ISBN 978-7-5732-0330-4
K·3189　定價：98.00 元
如有質量問題，請與承印公司聯繫
電話：021-66366565

國家社會科學基金重大項目
"《朔方文庫》編纂"（批准號：17ZDA268）經費資助出版

寧夏回族自治區"十三五"重點學科
"中國語言文學"學科建設經費資助出版

寧夏大學"民族學"一流學科群之"中國語言文學"學科
（NXYLXK2017A02）建設經費資助出版

《朔方文庫》委員會名單

學術委員會

主　任：陳育寧

委　員：（按姓氏筆畫排序）

　　　　于　亭　　呂　健　　伏俊璉　　杜澤遜　　周少川　　胡大雷

　　　　陳正宏　　陳尚君　　殷夢霞　　郭英德　　徐希平　　程章燦

　　　　賈三強　　趙生群　　廖可斌　　漆永祥　　劉天明　　羅　豐

編纂委員會

主　編：胡玉冰

委　員：（按姓氏筆畫排序）

　　　　丁峰山　　田富軍　　安正發　　李建設　　李進增　　李學斌

　　　　李新貴　　邵　敏　　胡文波　　胡迅雷　　徐遠超　　馬建民

　　　　湯曉芳　　劉鴻雁　　趙彥龍　　薛正昌　　韓　超　　謝應忠

總　　序

陳育寧

　　寧夏古稱"朔方",地處祖國西部地區,依傍黄河,沃野千里,有"塞上江南"之美譽。她歷史悠久,民族衆多,文化積澱豐厚。在這片土地上産生並留存至今的古代文獻檔案數量衆多、種類豐富,有傳統的經史子集文獻、地方史志文獻、西夏文等古代民族文字文獻、岩畫碑刻等圖像文獻,以及明清、民國時期的公文檔案等,這些文獻檔案記述了寧夏歷朝歷代人們在思想、文化、史學、文學、藝術等各方面的成就,藴含着豐富而寶貴的、具有地域和民族特色的歷史文化内涵,是中華各民族人民共同的精神和文化財富,保護好、傳承好這批珍貴的文化遺産,守護好各民族共有的精神家園,扎實推進新時期文化的繁榮發展,是寧夏學者義不容辭的擔當。

　　黨和國家歷來高度重視和關心文化傳承與創新事業,積極鼓勵和支持古籍文獻的收集、保護和整理研究工作,改革開放以來,批准實施了一批文化典籍檔案整理與研究重大項目,取得了一大批重要成果。2017年1月,中共中央辦公廳、國務院辦公廳印發《關於實施中華優秀傳統文化傳承發展工程的意見》,把中華優秀傳統文化的傳承和發展推上了新的歷史高度。《意見》指出,要"實施國家古籍保護工程","加强中華文化典籍整理編纂出版工作"。這給地方文獻檔案的整理研究,帶來了新的機遇。

　　寧夏作爲西部地區經濟欠發達省份,一直在積極努力地推進優秀傳統文化傳承發展事業。2018年5月,《寧夏回族自治區實施中華優秀傳統文化傳承發展工程方案》和《寧夏回族自治區"十三五"時期文化發展改革規劃綱要》正式印發,爲寧夏文化事業的發展繪就了藍圖。寧夏提出了"小省區也能辦大文化"的理念,決心在地方文化的傳承發展上有所作爲,有大作爲。在地方文獻檔案整理研究方面,寧夏雖資源豐富,但起步較晚,力量不足,國家級項目少。

這種狀況與寧夏對文化事業的發展要求差距不小,亟須迎頭趕上。在充分論證寧夏地方文獻檔案學術價值及整理研究現狀的基礎上,以寧夏大學胡玉冰教授爲首席專家的科研團隊,依托自治區"古文獻整理與地域文化研究"人文社科重點研究基地以及自治區重點學科"中國語言文學"、重點專業"漢語言文學"的人才優勢,全面設計了寧夏地方歷史文獻檔案整理研究與編纂出版的重大項目——《〈朔方文庫〉編纂》,並於2017年11月申請獲批立項爲國家社科基金重大項目,這一項目的啓動,得到了國家的支持,也有了更高的學術目標要求。

編纂這樣一部大型叢書,涉及文獻數量大、種類多,時間跨度長,且對學科、對專業的要求高,既是整理,更是研究,必須要有長期的學術積累、學術基礎和人才支持。作爲項目主持人,胡玉冰教授1991年北京大學畢業後,一直在寧夏從事漢文西夏文獻、西北地方(陝甘寧)文獻、回族文獻等爲主的古文獻整理研究工作,他是寧夏第一位古典文獻專業博士,已主持完成了4項國家社科基金項目,包括兩項重點項目,出版學術專著10餘部。從2004年主持第一項國家社科基金項目開始,到2017年"《朔方文庫》編纂"作爲國家社科基金重大項目立項,十多年來,胡玉冰將研究目標一直鎖定在地方文獻與民族文獻領域。其間,他完成的國家社科基金項目結項成果《寧夏古文獻考述》,是第一部對寧夏古文獻進行分類普查、研究,具有較高學術價值的成果,爲全面整理寧夏古文獻提供了可靠的依據;他完成的《傳統典籍中漢文西夏文獻研究》入選《國家社科基金成果文庫》,爲《朔方文庫·漢文西夏史籍編》奠定了研究基礎;他完成出版的《寧夏舊志研究》,基本摸清了寧夏舊志的家底,梳理清楚了寧夏舊志的版本情況,爲《朔方文庫·寧夏舊志編》奠定了研究基礎。在項目實施過程中,胡玉冰注重與教學結合,重視青年人才培養,重視團隊建設。在寧夏大學人文學院,胡玉冰參與創建的西北民族地區語言文學與文獻博士學位點、中國古典文獻學碩士學位點,成爲寧夏培養古典文獻專業高級專門人才的重要陣地。他個人至今已培養研究生40多人,這些青年專業人員也成爲《朔方文庫》項目較爲穩定的團隊成員。關注相關學術動態,加強與兄弟省區和高校地方文獻編纂同行的學術交流,汲取學術營養,也是《朔方文庫》在實施過程中很重要的一則經驗。

《朔方文庫》是目前寧夏規模最大的地方文獻整理編纂出版項目,其學術意義與社會意義重大。第一，有助於發掘和整合寧夏地區的文化資源，理清寧夏文脉，拓展對寧夏區情的認識，有利於增强寧夏文化軟實力，提升寧夏的影響力，促進寧夏經濟社會全面發展；第二，有助於深入研究寧夏歷史文化的思想精髓和時代價值，具有歷史學、文學、文獻學、民族學等多學科學術意義，推動寧夏人文學科的建設與發展；第三，有助於推進寧夏高校"雙一流"建設，帶動自治區人文社科重點研究基地、重點學科、重點專業以及學位點建設，對於培養有較高學術素質的地方傳統文化傳承與創新的人才隊伍有積極意義；第四，在實施"一帶一路"倡議大背景下，深入探討民族地區文獻檔案傳承文明、傳播文化的價值，可以更好地爲西部地區擴大對外文化交流提供决策支持。

編纂《朔方文庫》，既是堅定文化自信、鑒古開新、傳承和弘揚中華優秀傳統文化的需要，也是服務當下經濟社會文化發展的需要，是一項功在當代、澤溉千秋的文化大業。截至2019年7月，本重大項目已出版大型叢書兩套、研究著作，依托重大項目完成碩士研究生學位論文9篇。叢書《朔方文庫》爲影印類古籍整理成果，按專題分爲《寧夏舊志編》《歷代人物著述編》《漢文西夏史籍編》《寧夏典藏珍稀文獻編》《寧夏專題文獻和文書檔案編》共五編。首批成果共112册，收書146種。其中《寧夏舊志編》32册36種，《歷代人物著述編》54册73種，《漢文西夏史籍編》15册26種，《寧夏典藏珍稀文獻編》10册7種，《寧夏專題文獻和文書檔案編》1册4種。《寧夏珍稀方志叢刊》共16册，爲點校類古籍整理成果，由中國社會科學出版社、上海古籍出版社分别於2015年、2018年出版。《朔方文庫》出版時，恰逢寧夏回族自治區成立60周年，這也説明，在寧夏這樣的小省區是可以辦成、而且已經辦成了不少文化大事，對於促進寧夏文化事業的發展、提升寧夏知名度起到了重要作用。同時也要看到，由於基礎薄弱，條件和力量有限，我們還有許多在學術研究和文化建設上想辦、要辦而還未辦的大事在等待着我們。

國内出版過多種大型地方文獻的影印類成果，但尚未見相應配套的點校類整理成果。即將由上海古籍出版社推出的《朔方文庫》點校類整理成果，是胡玉冰及其學術團隊在影印類成果的基礎上的再拓展、再創新。從這一點來説，國家社科基金重大項目"《朔方文庫》編纂"開創了一個很好的先例，即在基本完成影印任務的情况下，依托高質量的研究成果，及時推出高質量的點校類整理成果，將極大地便於學界的研究與利用。我相信，《朔方文庫》多類型學術成果的編纂與出版,再一次爲我們提供了經驗,增強了信心,展現了實力。祇要我們放開眼界,集聚力量,發揮優勢,精心設計,培養和選擇好學科帶頭人,一個項目一個項目堅持下去,一個個單項成績的積累,就會給學術文化的整體面貌帶來大的改觀,就會做成"大文化",我們就會做出無愧於寧夏這片熱土、無愧於當今時代的貢獻!

2020 年 7 月於銀川

(陳育寧,教授,博士生導師,寧夏自治區政協原副主席,寧夏大學原黨委書記、校長)

目　　録

總序 ································ 陳育寧　1
整理說明 ································ 1

青陽余公文集序 ···························· 1
青陽先生文集序 ···························· 2
青陽先生文集序 ···························· 3
重刊青陽文集引 ···························· 5
余左丞傳 ································ 6
青陽先生文集目錄 ·························· 12
青陽先生文集卷一 ·························· 20
　詩 ·································· 20
青陽先生文集卷二 ·························· 42
　序 ·································· 42
青陽先生文集卷三 ·························· 57
　記 ·································· 57
青陽先生文集卷四 ·························· 70
　碑銘 ································ 70
　墓表 ································ 77
青陽先生文集卷五 ·························· 83
　策 ·································· 83
　書 ·································· 87

青陽先生文集卷六 ·· 95
　雜著 ·· 95
　附錄 ··· 103
青陽先生文集附錄序 ··· 106
續編青陽附錄序 ·· 108
青陽先生忠節附錄卷之一 ···································· 110
　死節本末 ·· 110
　《元史節要》載 ·· 114
　死節記 ··· 114
　賀丞相答書 ··· 117
　七言絶句 ·· 118
　五言律詩 ·· 118
　七言律詩 ·· 120
　五言排律 ·· 147
　七言排律 ·· 149
青陽先生忠節附錄卷之二 ···································· 155
　四言古詩 ·· 155
　五言古風 ·· 155
　七言古風 ·· 163
　長短句 ··· 170
　謠類 ··· 174
　行類 ··· 177
　詞類 ··· 177
　哀辭 ··· 179
　祭文 ··· 181
　跋 ··· 183
　記 ··· 183
重編青陽附錄後序 ··· 190

附録 ……………………………………………………………………… 193
　《青陽先生文集》佚文 ………………………………………………… 193
　《青陽先生文集》各版本序跋 ………………………………………… 201
　余闕傳記資料 …………………………………………………………… 214
　古籍目録文獻中《青陽先生文集》著録資料 ………………………… 224

參考文獻 ……………………………………………………………… 241

整 理 説 明

《青陽先生文集》六卷、《附録》二卷,元朝余闕撰,元末明初郭奎、張毅輯。目前傳世最早的版本爲國家圖書館、上海圖書館藏明正統十年(1445)高誠刻本,另有明正德十五年(1520)胡汝登刻本、明嘉靖十七年(1538)鄭錫麒刻本等。其中鄭錫麒本内容較全,訛誤較少,適宜作爲工作底本。此本每半頁十一行,行十九字,附録行二十字。四周雙邊,白口,雙、黑、對魚尾。版心題書名、卷次、頁碼。國家圖書館、南京圖書館等機構收藏。

余闕(1303—1358),字廷心,一字天心,唐兀氏(即西夏党項人)。先世居河西武威(今甘肅省武威市),其父沙剌藏卜遷居廬州爲官,遂爲廬州(今安徽省合肥市)人。元統元年(1333)進士及第,授泗州同知,又授翰林應奉,轉中書刑部主事,後又入翰林爲修撰,修遼、金、宋三史。歷監察御史、中書禮部員外郎、湖廣行省左右司郎中,又遷翰林待制,出僉浙東道廉訪司事。至正十二年(1352)任淮西宣慰副使,分兵守安慶,又升都元帥。十七年(1357)秋,任淮南行省左丞,十月,陳友諒大軍入侵,余闕據城苦戰數月。十八年(1358)正月城陷,余闕舉刀自刭,其妻兒均殉節而亡。後闕以忠節聞,追封幽國公,謚忠宣。洪武元年(1368),明太祖朱元璋感余闕之忠義,詔廟祀於安慶。其生平資料參見《元史》卷一四三《余闕傳》、《宋學士全集》卷一一《余左丞傳》、《新安文獻志》卷四九《余左丞》、《〔康熙〕安慶府志》卷九《名宦》、《歷代名臣傳》卷三五《余闕》等。著有《青陽先生文集》《五經傳注》《易説》等,除《青陽先生文集》外,其餘著作均散佚。

是書卷前有劉瑞、程國儒、李祁、高毅所作序文,以及宋濂所作《余左丞傳》,附録卷末有汪齡識語及柯忠、鄭錫麒所作後序。卷前有目録,卷一"詩",共九十六首;卷二"序",共十四篇;卷三"記",共九篇;卷四"碑銘"與"墓表",其中"碑銘"七篇,"墓表"三篇;卷五"策"與"書",其中"策"一篇,"書"十篇;卷六"雜著",共二十四篇,附録兩篇(《送余廷心赴大學》《青陽山房記》)。附録兩卷,根據文類分爲七言絶句、五言律詩、七言律詩、五言排律、七言排律、四言古詩、五言古風、七言古風、長短句、謡類、行類、哀辭、祭文、跋、記。附録卷一前有王汝玉、彭韶、張文錦、徐傑所作序跋。

元至正十八年(1358),余闕"其稿煨燼無遺,獨賴門人郭奎掇拾於學者記録之餘,得數十篇以傳",此正集先刊行於世。明建文元年(1399)前後,"吴陵張君彦剛(即張毅)好古尚賢,當裒輯公之遺文,鏤板以傳"。明正統十年(1445),"沅陵縣丞誠蓋聞彦剛之風而興起者,臨民稍暇,復取忠宣公文集,訛者正之,偽者去之,損者補之,遺者益之"。目前傳世最早之本即爲正統十年(1445)高誠刻本,此後《青陽先生文集》在明、清兩代又歷經傳刻,版本衆多。

作爲余闕唯一傳世著作,本文集對研究余闕生平及元代文學發展有重要的參考價值。主要表現在:第一,余闕爲西域党項羌人,西夏遺民,其詩文集對於研究西夏遺民文獻,及余闕交游活動提供了資料;第二,元代文學發展較其他朝代相對單一,《青陽先生文集》中有關文論思想的叙述,豐富了元代詩文研究的資源;第三,余闕以忠節著稱,對後世影響頗深,元、明、清三代均有悼念之作傳世,且作者不乏當朝著名人物,對於這一現象的研究有利於分析中國古代傳統思想中對"忠節"定義的理解。

《菉竹堂書目》卷三《子雜》、《萬卷堂書目》卷四《別集·元》、《晁氏寶文堂書目》卷上《文集》、《世善堂藏書目録》卷下《集類》、《内閣藏書目録》卷三《集部》、《四庫全書總目》卷一六七《集部二十·別集類二十》、《也是園藏書目》卷七《集部》、《鐵琴銅劍樓書目》卷二二《集部四·別集四》、《皕宋樓藏書志》卷一〇三《集部·別集類三七》等書目,對《青陽先生文集》有著録。翟平、孔慶利、魏嘉媛、周春江等撰文研究過該集,目前尚未有整理本問世。

整理者主要以標點、校勘、注釋等方式,對《青陽先生文集》六卷、《附録》二卷進行整理。以國家圖書館藏明嘉靖十七年(1538)鄭錫麒刻本爲底本,以國家圖書館藏明正統十年(1445)高誠刻本、上海圖書館藏明正統十年(1445)高誠刻本(以上簡稱"正統本")、①南京圖書館藏明正德間(1506—1521)沈俊刻本

---

① 本書關於國家圖書館藏明正統十年(1445)高誠刻本和上海圖書館藏明正統十年(1445)高誠刻本的著録,依據《中國古籍善本書目》《中國古籍總目》和兩館網站目録。據徐瀟立《九卷本〈青陽先生文集〉版本考辨》,認爲高誠刻本已經失傳,上圖藏本實爲明弘治三年(1490)徐傑刻本,而國圖藏本當爲徐傑本的翻刻本。

(簡稱"沈俊本")爲參校本。部分成果參考了鳳凰出版社2004年版《全元文》、浙江古籍出版社2014年版《宋濂全集》和中華書局2013年版《全元詩》。

整理者將失收於《青陽先生文集》的余闕散見詩文、《青陽先生文集》其他版本所載序跋、余闕傳記、歷代目録題跋類書籍所載文集著録情況等編爲附録，以供參考。《青陽先生文集》整理研究成果可參見書末《參考文獻》之"現當代文獻"。

青陽余公文集序

己卯夏，①宸濠擁兵寇安慶，則有若太僕少卿張君文錦以知府暨參將楊鋭氏誓死守，挫敵保城；而潛授方略，助聲勢、散賊黨，則有若巡撫侍郎、今工部尚書李公。宸濠懼而遁，卒被俘獲，於是安慶之功天下聞而壯之。

事平，李公撫臨兹郡，謁忠宣公祠，用答靈貺，仰瞻嘆息。顧張君曰："偉哉，多代豈惟二三子忠義？忠宣默相，蓋不可誣也。"張君曰："然。"公曰："忠宣之亡，幾二百載，其靈響尚赫赫如一日，豈不異哉？夫忠義之氣，浩然塞天地，所謂不隨死而亡者非邪！妥靈秩祀，我國家有彝典，盍廣而新之？"既而曰："自古忠義文章鮮克兼美。張中丞烈矣，詩表僅存數言；宋亡，死節義者相望，亦惟文信公、謝叠山兼文章而有之。忠宣自筮仕負文名，爲搢紳所重，而卒以忠義立於天下，視文、謝無怍焉，可不謂之難哉！崑岡遺璞，固不忍棄也。"張君乃詢善本，胡寧國東皋刻焉。刻成，以首簡告於瑞。瑞作而嘆曰：嗚呼！新忠宣祠宇者尚功也，傳其文者尚言也，三君子皆聞忠義之風而興起者，故其舉同也。雖然，忠義，大節也，士大夫捨是功，無足道矣，況於言乎！讀斯集者，知所從焉，可也。

忠宣諱闕，字廷心，姓余氏，仕元，爲進西宣慰副使，守安慶，遷左丞。殁，贈豳國公，具《元史》列傳，學者稱"青陽先生"云。

正德辛巳夏五月之吉，②中憲大夫、南京大僕寺少卿、前翰林院檢討、修國史經筵官西蜀劉瑞序。③

---

① 己卯：正德十四年(1519)。
② 辛巳：正德十六年(1521)。
③ 劉瑞(1461—1525)：字德符，號五清主人，謚文肅，内江(今四川省内江市)人。弘治九年(1496)進士，官至南京禮部尚書，正德十四年至十六年間(1519—1521)任南京太僕寺少卿。《明史》卷一八四有傳。

青陽先生文集序

　　文莫盛於三代，而三代無以文名者，其名不以文也。漢以降，始有以文得名，而其文已不復三代之盛矣。嗚呼！豈惟文哉？文者，德之華，行之表，德行之不足而名能文者，亦僞耳。是故山之寶氣結爲龍文，日之回光散爲霞采。十圍之木上干霄漢，秀色而繁陰，必其節幹勁堅，根柢深固，非風雨所能搖振者。有元右文，聲教所被，鴻儒秀士萃於一時，繪繡錯施，韶濩迭奏，著作之盛，擬諸三代。至如服章縫、持翰墨以蒞戎事，而能樹駿功、守大節，誠無愧於古人，則四海之內，百年之間，青陽余先生一人而已。至正之亂，天下騷然，名都大邑所在爲墟，文武之臣鮮克勤事，而先生以孤軍守皖城，持必死之志，處就危之地，岌乎江上，與天爲謀，使國勢既衰而復振，民心已離而復合者蓋五六年。城陷，先生與其夫人、若子俱死於難，平生所爲文悉爲煨燼。中元士大夫所嘗傳誦者南北析離，不可復得，得諸其門人郭奎僅數十篇而已。嗚呼！汝鳩亡而忠臣之志不泯，白華逸而孝子之心無窮。以先生勛德之茂、節行之著，使其文不傳，自足以名世，矧猶有如奎所傳者，雖然三代之文厄於秦火莫得，其全而僅存者，世謂之經，以其所以爲訓者，皆人道之常也。先生當大變而不失其常，是以身爲訓者也。然則植世教、勵名節，以與詩書并傳者，將不在其文也夫。

　　先生名闕，字廷心，武威人，至順癸酉進士，①官至淮南行省左丞，命下而先生已死，增諡"文忠"，進封夏國公。嘗讀書青陽山中，學者稱之曰"青陽先生"，故用以名其集云。

　　番陽程國儒序。②

---

　　① 癸酉：至順四年(1333)，癸酉年六月之後改年號爲"元統"。
　　② 程國儒：字邦民，徽州(今安徽省歙縣)人，後落籍鄱陽。至正十一年(1351)進士，歷任餘姚州判、衢州路都事等，著有《雪崖集》。《千頃堂書目》卷一七有小傳。

青陽先生文集序

頽齡無幾，朋舊凋落已盡。呻吟疾痛中，忽得同年余君廷心詩文一帙，讀之輒泫然流涕而嘆曰：嗚呼！世安得復有如吾廷心者哉？廷心文章學問、政事名節，雖古之人有不得而兼者，廷心悉兼之，世豈復有斯人哉？元統初元，[1]予與廷心偕試藝京師，是科第一甲置三名，三名者皆得進士及第。已而廷心得右榜第，予忝左榜，亦然唱名謝恩。予二人同一班列錫宴，則接肘同席而坐，同賜緋服，同授七品官。當是時，予與廷心無甚相遠者。其後予以應奉翰林，需次丁父、祖父母三喪，乞奉母就養江南，沉役下僚，學殖日益荒穢。而廷心方由泗州入翰林爲應奉，爲臺、爲省，聲光赫著，如干將發硎，莫敢觸其鋒；文章、學問，與日俱進，如水湧山積，莫能窺其突。於是予之去廷心始相遠矣。又其後連遇時變，予以母憂竄伏鄉里，深恨不得乘一障以效死，而廷心以羸卒數千守孤城，屹然爲江淮保障者五六年，援絕城陷，竟秉節伏義，與妻子偕死。生爲名臣，殁有美謚，於是予之去廷心又大相遠矣。

嗚呼！廷心已矣，世安得復有如吾廷心者哉？或者以爲廷心之死乃天之將喪斯文，予以爲廷心雖死，而斯文固未喪也。廷心之孤忠大節，足以照映千古，燁然爲斯文之光，而何喪之有焉！使皆如世之貪生畏死、甘就屈辱而猶靦然以面目視人者，則斯文之喪蓋掃地盡也，豈非廷心之罪人哉？廷心詩尚古雅，其文溫厚有典則，出入經傳疏義，援引百家，旨趣精深，而議論閎達，固可使家傳而誦之，鑿鑿乎不可易也。惜其稿煨燼無遺，獨賴門人郭奎掇拾於學者記錄之餘，得數十篇以傳，而或者猶以不見全稿爲恨。夫以一草一木之微，已足以觀造化發育之妙，則凡世之欲知廷心者，又奚以多爲尚哉！昔太史司馬公述屈原《離騷》之旨，謂推其志可與日月爭光。嗚呼！屈原不可尚矣。千載而下，知廷心者其無司馬乎？廷心嘗讀書青陽山中，及仕而得祿，多聚書以惠來學,學者稱爲"青陽先生",故是集亦以青陽爲名云。

　　雲陽李祁序。① 字一初,又號希蘧。

【校勘記】

〔1〕元統:原作"元純",據史實改。按,據《余左丞傳》,余闕爲元統元年(1333)進士。

---

　　① 李祁:茶陵(今湖南省株洲市)人。元統元年(1333)進士,歷任應奉翰林文字、婺源州同知、江浙儒學副提舉,以母憂解職。元亡不仕,自稱"不二心老人"。著有《雲陽集》。《元統元年進士録》有傳。

重刊青陽文集引

　　有元死節之士、合肥余忠宣公闕既没之數載，當國朝洪武初，敕命有司，祠公於安慶，春秋祭祀，其旌忠勸義之意厚矣。先友吴陵張君彦剛好古尚賢，當裒輯公之遺文，鏤板以傳。然其所作散佚四方，弗克盡睹其全，君恒以爲憾，至今又數載矣。予宗侄沅陵縣丞誠蓋聞彦剛之風而興起者，臨民稍暇，復取忠宣公文集，訛者正之，僞者去之，損者補之，遺者益之，積累既久，仍壽諸梓，其意不亦美哉？雖然，忠宣公之節義、政事當與日月争光，宇宙悠久固不待乎斯文之傳與否，然晚生後學仰企前修，沾溉餘馥，有不能忘情者，庶或於兹見焉。

　　正統十年春三月吉日，翰林院侍講學士兼經筵官淮南高穀引。[1]

---

[1] 高穀(1391—1460)：字世用，號育齋，謚文義，興化(今江蘇省興化市)人。永樂十三年(1415)進士，曾參修《武宗實録》，正統十年(1445)任翰林院學士，著有《高穀集》《育齋集》《歸田集》等。《明史》卷一六九有傳。

余左丞傳[①]

余闕,字廷心,一字天心,唐兀氏,[1]世居武威。父沙剌藏卜,[2]官合肥,遂爲合肥人。母尹氏,夢異人至,[3]生闕,闕生,髮盡白,[4]嗜欲淡甚,[5]不知有肉味,惟甘六藝,學若飴蜜,[6]歲環攻之。與京兆張恒游。[7]恒,臨川吴澄弟子,善談文理,[8]闕之學因絶出。[9]

擢元統癸酉進士第,[②]授同知泗州事。泗瀕淮,民豪弗馴,[10]官稍箝之,多以誣去。闕繩尤無良者數十,[11]怗怗不譁。[12]泗無麥,民以乏,故事不敢聞。[13]闕上之中書,定爲令:凡無麥者,得減賦代還。[14]長老爭進金爲壽,闕謝去。後闕往桐城,道逢故民,皆羅拜馬首相隨,弗忍離,[15]信宿而别。俄召入應奉翰林文字,轉中書刑部主事,三月之間,疏滌冤滯獄五百。上官忌其才,議寖不合,闕上宰相書言狀,又不報,拂衣竟歸。[16]居無何,[17]復召修遼、宋、金三史。拜監察御史。上疏言守令最近民,欲萬國治,責守令。反是,政龎,宜用殿最法力行之便。上從之。藩王府諸校白晝敓人金道上,[18]勢如狼,闕遣卒捕之。[19]上思治切,議遣巡察郡國,[20]闕言向奉使無狀,[21]所至處食飲供張如事至尊,曾不能宣上憂恤元元之意,宜亟罷之。不聽。[22]後闕補外,[23]會奉使者亦至,執闕臂曰:"誠如君言。"闕忠亮不加怨。闕在位,知無不言,言峭直無忌。人勸闕少辟禍,闕曰:"吾縱惛,豈不知犯龍鱗爲危?[24]委身事君,身雖殺弗悔也!"改中書禮部員外郎,闕議復古禮樂,其言精鑿有徵,聞者斥爲迂闊,弗用。安西郭氏女受聘,未行,會夫卒,郭爲行服,終身不嫁。[25]有司請旌其門,闕以過於中庸,不可以訓,檄不下。[26]出爲湖廣行省左右司郎中。廣西多峻山,負

---

① 此篇於本書《青陽先生忠節附録》重見,爲避免重複,已將《青陽先生忠節附録》中重出之文刪除。

② 癸酉:元統元年(1333)。

粟輸官者厄於道險,費恒倍,[27]闕命以布帛代輸。右丞沙班怗權自用,多録其私人,闕輒抗詞沮之。[28]會有徭蠻反,[29]當帥師,又止不行,無敢讓之者。闕揚言於廷曰:"右丞受天子命,[30]爲方岳重臣,不思執弓劍討虜,乃欲自逸耶?右丞當往!"沙班曰:"郎中語固是,如芻餉不足何?"闕曰:"右丞第往,此不難致也。"闕下令趣之,三日皆集,右丞行。湖南章宣慰,[31]以婆律香贄闕,闕覺重,辭之。香中果貽黄金。[32]章歎曰:"余贄達官,無弗受,[33]潔如冰壺者,唯余公一人耳。"[34]後以集賢經歷召入,[35]預修本朝后妃、功臣傳,遷翰林待制。出僉浙東廉訪司事,[36]發奸摘伏,聰察若神。[37]州縣聞闕至,貪墨吏多解印綬去。婺定賦無藝,役小大各違度,闕遴官履畎實之,徭賦平。衢士無養,以没入田分隸學官。郡長燕只吉台肆毒,[38]殘衢民,[39]闕鞫治之,獄上行御史臺,臺臣與有連,[40]反以事劾闕,闕歸隱青陽山。[41]丁尹氏憂,[42]闕性至孝,晝夜號慟不絶,聞者至灑泣。[43]

至正壬辰,①天下兵動,平章政事晃忽而不花統戎淮南,[44]承制起闕權淮西宣慰副使,闕對使者曰:"爲臣死忠,正在今日,闕何敢辭?"即之官,[45]分治安慶。安慶距城皆盗栅也,[46]闕從間道入,[47]推赤心置人腹中,[48]復轉粟以哺餓夫,[49]民翕然歸,[50]四方來依者日衆。[51]闕知民可用,乃帥之破雙港砦。闕被甲荷戟直前,[52]賊空砦出門,殺傷相當。至日昃,賊殊死戰,闕不勝,退。復收散卒,誓曰:"死則死此爾,何生爲?"一鼓而進,大破之。諸砦畏威,次第降。闕益繕城、浚濠、修矛戈,[53]分屯耕郊外田。民懼不能者,遣軍士護之耕。賊來輒與戰。一日,賊四合,旌旗蔽野,鼓噪之聲震天地,闕縱梟騎數十,大喊而出。賊勢披靡,遣兵乘之,斬首數千級。當是時,淮東西皆陷,唯安慶巋然獨存,[54]賊來戰,又數敗卻之。[55]僞作尺牘,通城中諸大姓約期日反,冀闕捕戮之。闕曰:"我民安有是!"命悉焚之。[56]賊計窮,復令闕故人以甘言説降,[57]闕命牽出,以鐵椎擊碎齒頰,斬於東門。[58]潛山有虎傷人,闕造文檄山神使驅虎,虎出境,不傷人。[59]功上,朝廷俾爲真,升同知淮西宣慰副使都元帥,[60]賜以上尊及黄金束帶。江西諸官軍慟號數萬,掠玉帛、殺嬰兒置戟上爲戲,[61]沿江州郡患苦之,獨不敢近城下,即近,出師搗退之,咸服其義,至有來降願充將校者。[62]溪峒貓獠兵屯潯陽,[63]命使者率百輩,[64]腰刀直入,脅闕使供億,[65]闕

---

① 壬辰:至正十二年(1352)。

叱左右收縛付獄,且上疏言貓獠素不被王化,其人與禽獸等,不宜使入中國,他日爲禍將不細。後竟如其言。[66]

轉淮南行省參知政事,尋改左丞,[67]賜二品服。闕益自奮,誓以死報國,立旌忠祠以厲將佐,時集祠下,大聲謂曰:"男兒生則爲韋孝寬,死則爲張巡、許遠,不可爲不義屈。"意氣慷慨甚。丁酉冬,①寇大集諸部圍城,[68]戰艦蔽江而下,樵餉路絶,兵出數失利。戊戌正月七日,②城陷,闕猶率衆巷戰,[69]賊呼曰:"余將軍何在?吾將官之。"[70]闕手戟罵曰:"余恨不得嚼碎汝肉,吐喂烏鳶,寧復受汝官耶?"[71]賊怒,舉長槍欲刺闕,闕遂自刎沉水死,[72]年五十六。其妻耶律氏聞之,[73]亦率其子德臣、女福童赴水死。諸將卒慟曰:"余將軍不負國,我等何負余將軍耶?"從而死者千餘人。

朝廷知其忠,贈闕淮南行省平章,[74]諡曰文忠公。[75]闕爲人剛簡有智,[76]無職不宜爲,爲即有赫赫名,所至薦賢、旌孝,義惟恐後。每解政,閉門授徒,蕭然如寒士。五經悉爲之傳注,多新意。詩文、篆隸皆精緻可傳。

贊曰:於戲!闕,其人豪也哉!獨守孤城逾六年,小大二百餘戰,戰必勝。其所用者,不過民間兵數千,初非有熊虎十萬之師,直激之以忠義,故甘心效死而不可奪也。後雖不幸糧絶城陷以死,而其忠精之氣炯炯,上貫霄漢,必粲爲列星,流爲風霆,散爲卿雲,凝爲瑞露。闕雖死,而其不死者,固自若也,然而闕死於君,而能使妻死於夫,子死於父,忠孝貞節萃於一門,較之晉卞壺,[77]闕又似過之矣。[78]於戲!闕果人豪也哉。余來江左,見其門生故吏,言闕事,多至泣下者。[79]因想見戰守處,江流有聲,而斷雲落日凄迷於莽蒼間,猶足以動人悲思,因摭其行事成傳,[80]以示爲人臣者。[81]

金華宋濂景濂撰。③

【校勘記】

[1] 兀:原作"元",據《潛溪後集》卷六《余左丞傳》、正統本、《元史》卷一四三《余闕傳》改。

---

① 丁酉:至正十七年(1357)。
② 戊戌:至正十八年(1358)。
③ 宋濂(1310—1381):字景濂,號潛溪,金華潛溪(今浙江省義烏市)人。元末明初政治家、文學家,有《宋學士全集》傳世,《明史》卷一二八有傳。

[2] 藏：《元史》卷一四三《余闕傳》作"臧"，《潛溪後集》卷六、正統本作"藏"。
[3] 至：《潛溪後集》卷六無此字。
[4] 闕生髮盡白：《潛溪後集》卷六於此句後有"家貧年十三始能就學"九字。
[5] 淡甚：《潛溪後集》卷六作"甚淺"。
[6] 蜜：《潛溪後集》卷六無此字。
[7] 京兆：《潛溪後集》卷六作"河南"。恒：原作"亨"，據《潛溪後集》卷六和《元史》卷一四三《余闕傳》改。下一"亨"字同改。張恒，河南人，吳澄弟子。
[8] 文：正統本及《潛溪後集》卷六作"名"。
[9] 出：《潛溪後集》卷六於此字後有"四方"二字。
[10] 弗馴：《潛溪後集》卷六作"弗馴令，蝕人土田"。
[11] 無良者數十：《潛溪後集》卷六"無良"作"暴"。"十"原作"千"，據文義、《潛溪後集》卷六改。
[12] 怗怗不譁：《潛溪後集》卷六作"不敢譁"。又，《潛溪後集》卷六於"譁"字後有"廖甲與舒乙競田廖焚舒廬舍舒婦偶母子同死遂寘灰爐中誣之闕爲白其事"三十一字。
[13] 不敢：《潛溪後集》卷六作"弗"。
[14] 得：《潛溪後集》卷六無此字。
[15] 弗忍離：《潛溪後集》卷六無此三字。
[16] 拂衣竟歸：《潛溪後集》卷六作"投袂而歸"。
[17] 無：《潛溪後集》卷六作"亡"。
[18] 人：《潛溪後集》卷六無此字。
[19] 遣卒捕之：《潛溪後集》卷六、正統本作"鞭遣六十人"。
[20] 議遣：《潛溪後集》卷六作"議遣奉使"。
[21] 向奉使無狀：《潛溪後集》卷六作"奉使恒無狀"。
[22] 不聽：《潛溪後集》卷六無此二字。
[23] 後闕：《潛溪後集》卷六作"闕後"。
[24] 犯龍：《潛溪後集》卷六作"批逆"。
[25] 郭爲行服，終身不嫁：《潛溪後集》卷六作"郭自縊死"。
[26] 檄：《潛溪後集》卷六作"格"。
[27] 恒：《潛溪後集》卷六作"常"。
[28] 輒、詞：《潛溪後集》卷六作"每""辭"。
[29] 有：《潛溪後集》卷六作"莫"。
[30] 右丞：《潛溪後集》卷六、正統本作"右丞當往"。
[31] 湖南章宣慰：《潛溪後集》卷六作"章宣慰伯顏"。
[32] 貽：《潛溪後集》卷六、正統本作"胎"。果：《潛溪後集》卷六無此字。
[33] 無弗受：《潛溪後集》卷六作"多矣"。

[34] 耳:《潛溪後集》卷六無此字。
[35] 後:《潛溪後集》卷六作"復"。
[36] 浙東:《潛溪後集》卷六作"浙東道"。
[37] 聰:原作"總"。據《潛溪後集》卷六、正統本改。
[38] 吉:原作"告",據《潛溪後集》卷六改。
[39] 殘衢民:《潛溪後集》卷六、正統本此三字後有"民重足立"四字。
[40] 與有:《潛溪後集》卷六作"與其有"。
[41] 隱:《潛溪後集》卷六無此字。
[42] 丁尹氏憂:《潛溪後集》卷六於此句前有"已而"二字。
[43] "闕性至孝"至"灑泣":《潛溪後集》卷六作"闕日夜悲號有甘露降於墓君子以爲孝感"。
[44] 晃忽而不花:原作"脫忽爾不花",據正統本、《元史》卷一三九《乃蠻台傳》改。統:《潛溪後集》卷六作"方統"。
[45] "闕對使者曰"至"即之官":《潛溪後集》卷六無此句。
[46] 也:《潛溪後集》卷六無此字。
[47] 闕:《潛溪後集》卷六作"人爭謂不可往闕毅然請行"。
[48] 置人腹中:《潛溪後集》卷六作"待人"。
[49] 復:《潛溪後集》卷六作"罷其苛賦"。
[50] 民:《潛溪後集》卷六於此字前有"八社"二字。
[51] 四方來依者日衆:《潛溪後集》卷六無此句。
[52] 闕:《潛溪後集》卷六於此字前有"砦甚固小路若髮"七字。
[53] 修:《潛溪後集》卷六作"礪"。
[54] 唯安慶巋然獨存:《潛溪後集》卷六作"獨安慶巋然存"。
[55] 却:《潛溪後集》卷六作"銜"。
[56] 之:《潛溪後集》卷六作"去"。
[57] 人:《潛溪後集》卷六於此字後有"衡鼎許大明"五字。
[58] 斬於:《潛溪後集》卷六作"懸其皮"。
[59] 傷人:《潛溪後集》卷六作"害"。
[60] 使:《潛溪後集》卷六無此字。
[61] 爲:《潛溪後集》卷六作"以"。
[62] 降願:《潛溪後集》卷六作"歸"。
[63] 峒貓獠:《潛溪後集》卷六作"洞"。
[64] 百:《潛溪後集》卷六於此字前有"壯士"二字。
[65] 闕使:《潛溪後集》卷六作"主"。
[66] 其:《潛溪後集》卷六作"闕"。
[67] 左:《潛溪後集》卷六作"右",此文題作《余左丞傳》,《元史》卷一四三《余闕傳》也載余

闕爲淮南行省左丞,故《潛溪後集》或誤。
[68] 寇:《潛溪後集》卷六作"賊"。
[69] 巷:《潛溪後集》卷六作"血"。
[70] 官之:《潛溪後集》卷六於此二字下有"有生致者予百金"七字。
[71] 耶:《潛溪後集》卷六作"邪"。
[72] 到:《潛溪後集》卷六於此字下有"不殊"二字。
[73] 律:《潛溪後集》卷六和《元史》卷一四三《余闕傳》作"卜",耶律氏、耶卜氏或均爲余闕之妾,按張毅《夫人姓氏考》所言,余闕之妻應爲蔣氏。
[74] 淮南行省平章:《潛溪後集》卷六作"榮祿大夫江浙行省平章政事"。
[75] 文忠公:《潛溪後集》卷六作"忠愍",《元史》卷一四三《余闕傳》作"忠宣"。
[76] 闕爲人剛簡有智:《潛溪後集》卷六於此句前有"追封夏國公"五字;《元史》卷一四三《余闕傳》則作"追封豳國公"。
[77] 壺:《潛溪後集》於此字下有"家"字。
[78] 闕:《潛溪後集》無此字。
[79] 者:《潛溪後集》無此字。
[80] 摭:《潛溪後集》作"掇"。
[81] 以示爲人臣者:《潛溪後集》於此句後尚有一段:"濂既作《余廷心傳》,又見門人汪河,言當廷心死時,其妾滿堂,生一子,甫晬,棄水濱。有僞萬户杜某呼曰:'此必余參政子,是種也,良不可殺。'竟捐所鈔諸物,懷子以去,今三歲矣。人或戲子曰:'汝父何在?'子横指拂喉,曰:'如此矣。'此一事也。池州判官李宗可,蘄人也。李嘗文身,號爲花李,善槊,視賊欲吞,廷心兄闈嘗以女歸之。及來舒,命權義兵萬户,統新軍,守水寨,前後多戰功。賊來破城,李横槊入賊中,殺死甚衆。聞廷心死,馳馬還家,聚妻孥謂曰:'余相公死國,吾亦義不屈,汝等毋不死,爲人所魚肉。'拔劍,無小大盡殺之。出,解甲據胡牀中坐,取酒飲至醉,復衣甲,自刎死。此一事也。嗚呼!仁者宜有後,而義烈之士,聲光可流於無窮。濂雖不文,唯恐其失墜也,故復附著於篇。"

青陽先生文集目錄

門人淮西郭奎子章輯

卷一

　詩
　擬古二首
　白馬誰家子
　擬古楊沛
　天門山
　送鎦伯溫之江西廉使
　送李好古御史[1]
　送普原理御史[2]
　送霍維肅令尹
　秋興亭
　安南王留宴
　九日鄂渚登高
　呂公亭
　咏井上桃花
　先天觀
　黃鶴樓
　別樊時中
　宴晴江山拱北樓
　山亭會琴圖
　元興寺二首
　大別山柏樹

竹嶼
題虞邵庵送別圖
送危應奉分院上京
題段應奉山水圖二首
嘉樹軒
鶴齋
禎祥菊
賦得九里松送吳元振[3]
龍丘莨吟[4]
送觀至能赴歸德知府
送黃紹及第歸江西
送胥式南還
題合魯易之四明山水圖
題黃河清艮岑幽居
題施氏西嶼書堂
送方以愚之嘉興推官
玉雪坡
劉氏聽雪樓[5]
光禄主事虎仲桓海棠圖[6]
送王其用隨州省親
合魯易之鄞江送別圖[7]
宋顯夫學士挽詩
馬伯庸中丞哀詩
挽祝蕃遠經歷[8]
紅梅翠竹圖[9]
蛾眉亭[10]
南山贈隱者
賦得慈恩寺塔[11]
蘭亭
汪尚書夫人挽詩

贈澄上人

贈山中道士善琴

紅葵蛺蝶圖[12]

自集賢嶺入大龍山

安慶郡庠後亭宴董僉事

題周伯寧畫

九日宴盛唐門

登太平寺[13]

三月廿九日郡庠後亭宴盧僉事[14]

寄題環秀亭

題溪樓

奉和旨南上人喜雨[15]

送康上人往三城

七哀

葛編修挽歌

凌孝女詩

賦得鉅野澤[16]

夜坐[17]

送張有恒[18]

宋祭酒挽歌[19]

謝堯章妻挽歌

送李伯實下第還江西

美浦江鄭氏義門

大口迎駕二首[20]

送王關赴泗州[21]

待制張廷美姑阿慶詩

雲松樓

楊平章崇德樓

八月十五日處州分司對月

有所思

長安陌

伯九德興學詩

送孫教授

賦得君子泉[22]

賦得春雁送司執中[23]

賦得蛾眉亭[24]

南歸偶書二首

別樊時中廉使

段吉甫助教別墅圖[25]

卷二

序

送歸彥溫赴河西廉使序

送月彥明赴行都水監序[26]

送樊時中赴都水庸田使序

范立中赴襄陽詩序

李克復赴贛州詩序[27]

楊顯民詩集序[28]

貢泰父文集序

送葛元哲序

送許具瞻序

贈劉彥通使還京序[29]

高士方壺子歸信州序

聚魁堂詩序

送李宗泰序

《藏乘法數》後序[30]

卷三

記

含章亭記

穰縣學記

湘陰州鎮湘橋記

漢陽府大成樂記
新修大寧宮記
梯雲莊記
合淝修城記
大節堂記
憲使董公均役記

卷四

碑銘
慈利州天門書院碑
安慶城隍顯忠靈祐王碑
化城寺碑
濟美堂銘
青陽縣尹袁君功銘并序
勉學齋銘
劉府君墓銘

墓表
葛徵君墓表
張同知墓表
兩伍張氏阡表

卷五

策
元統癸酉廷對策

書
上賀丞相書
上賀丞相書
再上賀丞相書
再上賀丞相書
與中書參政成誼叔書
與月可察爾平章書
與國子助教程以文書

與曾舜功書

與危太樸内翰書

與劉彦昺書

卷六

雜著

題宋顧主簿《論朋黨書》後

題孟天暐擬古文後

跋揭侍講遺墨後

題涂穎詩集後

御書贊

潛岳禱雨文

勉勵葉縣尹手批

西海祝文

后土祝文

西岳祝文

河瀆祝文

江瀆祝文

中鎮祝文

西鎮祝文

湖廣省正旦賀表

正旦賀箋

聖節賀表

書合魯易之作《潁川老翁歌》後

濟川字説

贊晦

題永明壽禪師《唯心訣》後[31]

題黃氏《貞節集》

染習寓語[32]

結交警語

附錄

送余廷心赴大學

青陽山房記

【校勘記】

［1］送李好古御史：正文作"送李好古之南臺御史"。
［2］送普原理御史：正文作"送普原理之南臺御史兼東察士安"。
［3］賦得九里松送吳元振：正文作"賦得九里松送吳元振之江浙左丞"。
［4］龍丘茛吟：正文作"龍丘茛吟贈程子正"。
［5］劉氏聽雪樓：正文作"題劉氏聽雪樓"。
［6］光禄主事虎仲桓海棠圖：正文作"題光禄主事虎仲桓海棠圖"。
［7］合魯易之鄞江送別圖：正文作"題合魯易之鄞江送別圖"。
［8］挽祝蕃遠經歷：正文作"祝蕃遠經歷挽詩"。
［9］紅梅翠竹圖：正文作"題紅梅翠竹圖"。
［10］蛾眉亭：正文作"題蛾眉亭"。
［11］賦得慈恩寺塔：正文作"賦得慈恩寺塔送李惟中赴西臺侍御"。
［12］紅葵蛺蝶圖：正文作"題紅葵蛺蝶圖"。
［13］登太平寺：正文作"登太平寺次韵董憲副"。
［14］三月廿九日郡庠後亭宴盧僉事：正文作"三月廿九日郡庠後亭宴盧啓先僉事"。
［15］奉和旨南上人喜雨：正文作"奉和旨南上人《喜雨之什》叔良雖不作詩不妨一觀也"。
［16］賦得鉅野澤：正文作"賦得鉅野澤送宋顯夫僉事之山南"。
［17］夜坐：正文作"夜坐和成太常二首"。
［18］送張有恒：正文作"送張有恒赴安慶郡經歷"。
［19］宋祭酒挽歌：正文作"宋祭酒挽歌二首"。
［20］大口迎駕二首：正文作"大口迎駕和觀應奉韵二首"。
［21］送王關赴泗州：正文作"送王關赴泗州行捕提舉"。
［22］賦得君子泉：正文作"賦得君子泉送彭公權爲黃州教"。
［23］賦得春雁送司執中：正文作"賦得春雁送司執中江西憲幕"。
［24］賦得蛾眉亭：正文作"賦得蛾眉亭送王德常御史赴南臺"。
［25］段吉甫助教別墅圖：正文作"題段吉甫助教別墅圖"。
［26］送月彥明赴行都水監序：正文作"送月彥明經歷赴行都水監序"。
［27］李克復赴贛州詩序：正文作"李克復總管赴贛州詩序"。
［28］楊顯民詩集序：正文作"楊君顯民詩集序"。

[29] 贈劉彥通使還京序：正文作"贈刑部掾史劉彥通使還京序"。
[30] 數：原作"疏"，據《藏乘法數》書後余闕所撰後序改。
[31] 題永明壽禪師《唯心訣》後：正文作"題永明智覺壽禪師《唯心訣》後"。
[32] 染習寓語：正文作"染習寓語爲蘇友作"。

青陽先生文集卷一

詩

擬古二首

昔在西京日,縱觀質前聞。皇皇九衢裏,列第起朱門。借問誰所居,丞相大將軍。平明事游謁,車馬若雲屯。芍藥調羹鼎,狒狖鑄酒尊。[1]頌聲美東魯,逸奏出西秦。迴風薄蘭氣,十里揚清芬。東家有狂生,容顏若中人。謬言擬宣尼,幽思切玄文。著書空自苦,名宦乃不振。悠悠千載下,安有揚子雲。

又

昊天轉時律,大火西南馳。勁商發群籟,白露降嚴威。攬衣起視夜,明月鑒薄帷。翩翩征雁翔,唧唧寒蛩悲。紅蘭委芳采,柏葉亦離披。喬喬千丈松,孤生泰山隈。凝霜裂其膚,層冰斷其柢。摧殘若傾蓋,蒼翠終不移。草木有至性,明哲宜戒哉。

白馬誰家子

白馬誰家子,綠轡縵胡纓。腰間雙寶劍,璀璨雪花明。甫出金華省,還過五鳳城。君王賜顏色,七寶奉威聲。夜入瓊樓飲,金罇滿繡楹。燕姬陳屢舞,楚女奏鳴箏。慷慨顧賓從,英風四座生。一朝富貴盡,不如秋草榮。黔婁固貧賤,千載有餘名。

擬古 楊沛。

楊生仕州縣,謀國不謀身。一朝解印綬,歸來但長貧。茅茨上穿漏,頽垣翳緑榛。空床積風雨,蝸牛止其巾。辛苦豈足念,殺身且成人。

天門山①保寧知府楊丹梓人作記。

楊子博地志,名山屢出王。但言隱彌匪,崇冠峙嵩梁。井絡通遙甸,天經列巨障。群峰如菡萏,歷亂發金塘。玉壺既嶇嶺,天門迥開張。宛蟲連紫蓋,丹泉潝石床。入門蔭修竹,中夏若寒霜。靈鳥多異色,中林皆妙香。耀真啓幽室,積石構瑶房。萬里秘冥奧,千秋阻秩望。惟應學仙侣,結桂共相羊。

送鎦伯温之江西廉使②得雲字。

祖帳依山館,車蓋何繽紛。使君驅駟馬,衣上繡成文。中坐陳綺席,羽觴流薄薰。情多酒行急,意促歌吹殷。況我同鄉友,同館復同群。初暘麗神皋,遥望澄遠氛。迴鑣望雙闕,五色若卿雲。蒼茫歲年徂,東西岐路分。道長會日遠,何以奉殷勤。惟有凌霜柏,天寒可贈君。

送李好古之南臺御史③

都門相送處,旭日動蘭暉。綺樹鶯初下,金溝絮漸飛。分驂向遠道,把袂戀音徽。去去江南陌,應看滿路威。

送普原理之南臺御史兼東察士安④

霜署起南天,雲霄畫榜懸。兩幨猶可對,二妙古難全。夏木籠雕

---

① 天門山:位於今湖南省張家界市。
② 鎦伯温:即沙剌班,字伯温,號學齋,張掖人。由宿衛起家,歷監察御史,江浙行省左右司郎中、江西肅政廉訪使,曾預修宋、遼、金三史。
③ 李好古:疑爲李敏中。《書史會要》卷七載:"李敏中,字好古,河南人,官至陝西行省郎中,工大字。"據此可知,李敏中也爲元代善於書法之士,或與余闕相識。
④ 普原理:即普達世理,字原理,先世居別失八里,後徙居湖北公安,畏兀兒人。元統元年(1333)進士,歷任常德路龍陽州判官、江南諸道行御史臺監察御史、江南湖北道肅政廉訪司僉事。《〔萬曆〕湖廣總志》卷三六、卷五一有傳。察士安(1305—1360後),即察伋,字士安,號海東樵者,西域塔塔爾氏,色目人,定居萊州掖縣(今山東省)。元統元年(1333)進士,授國史編修,歷任南臺御史、南臺經歷,至正二十年(1360)任江西廉訪司僉事。《元統元年進士錄》卷上載其小傳。此篇或作於至正九年(1349)。

檻，風華度繡筵。時應聯騎出，誰謂非神仙。

送霍維肅令尹

握手蘭宮外，朝光滿禁塗。山寒知塞近，苑静覺鶯疏。草草離鑮既，悠悠征輀驅。還應軫時念，不羨報金吾。

秋興亭①

涉江登危榭，引望二川流。雙城共臨水，兩岸起飛樓。漢渚深初綠，江皋迥易秋。金風揚素浪，丹霞麗彩舟。登高及佳日，能賦命良儔。御者奉旨酒，庖人供膳羞。一爲山水媚，能令車騎留。爲語同懷者，有暇即來游。

安南王留宴②

將命坐藩服，式禮奉國賓。賢王重意氣，延客到華裀。[2]肅肅高堂上，圓方饋八珍。齊優雜趙女，歌曲一何新。遺響從風發，雕梁落素塵。中觴每傳滿，眷眷難具陳。厚往已有愧，懷報恐無因。

九日鄂渚登高③

南州理秋被，嘉節協乾陽。爰與幕中友，臨眺涉崇岡。[3]維時天氣肅，芬菊已沾霜。雷雷風振谷，淒淒日在房。高雲斂楚岫，曜景游川漲。微徑出丹林，列坐泛金觴。佳賓未易合，良會安可常。英曹幸文雅，獻酬寧計行。預恐還吹帽，煩君戒太康。

---

① 秋興亭：位於漢陽（今湖北省武漢市）鳳棲山之上，爲唐至德年間（756—758）賈載所建，漢陽十大名景之一。此詩或作於余闕任湖廣行省左右司郎中時，即至正六年至七年（1346—1347）之間。

② 安南王：即陳益稷，安南太王陳日煚第五子。1285年歸降元朝，1292年加授湖廣等處行中書省平章政事，與中國文人交往密切。此詩或作於余闕任湖廣行省左右司郎中時，即至正六年至七年（1346—1347）之間。參見周静撰《元代文人贈高麗安南日本人士詩文本事鉤沉》。

③ 鄂渚：相傳在今湖北省武漢市黄鶴山上游長江中。隋置鄂州，即因渚得名，世稱鄂州爲鄂渚。此詩或作於余闕任湖廣行省左右司郎中時，即至正六年至七年（1346—1347）之間。

吕公亭①

鄂渚江漢會，茲亭宅其幽。我來窺石鏡，兼得眺芳洲。遠岫雲中没，春江雨外流。何如乘白鶴，吹笛過南樓。

咏井上桃花

本是仙源種，移來禁中栽。爲愛妖嬈色，偏臨露井開。

先天觀②

仙客煉金地，蒼山深幾重。至今龍虎氣，猶在琵琶峰。峰前石路整，金澗垂楊嶺。萬礐閟阿宮，千年奉丹鼎。日日采三秀，人人吹玉笙。既要王子晋，復命董雙城。[4]方朔金門步，春來多自豫。青鳥幾時還，御書寄君去。北闕懷美禄，南山思遠游。勞心如御水，東去復西流。

黄鶴樓③

嶕嶢黃鵠嶺，巋巍構楚材。澄江還畫楯，連城抗鉛階。雕衡朱鳥峙，淵井綠荷開。隱見長沙渚，想望陽雲臺。晴霄一仰止，輪奐信美哉。淮南儻好道，日夕化人來。

---

① 吕公亭：據《〔雍正〕湖廣通志》卷七七《古迹志·德安府》："宋吕大防謫居時建，名吕公亭。"吕大防(1027—1097)，字微仲，藍田(今陝西省藍田縣)人。宋仁宗皇祐元年(1049)進士，北宋政治家、書法家，《宋史》卷三四〇有傳。詩中言此亭亦位於鄂渚，或作於余闕任湖廣行省左右司郎中時，即至正六年至七年(1346—1347)之間。

② 先天觀：位於今江西省鷹潭市龍虎山上，爲元代著名的道教勝地。至正十七年(1357)，余闕巡撫江西，此詩或作於1357年前後。

③ 黄鶴樓：位於今湖北省武漢市，此詩作於余闕任湖廣行省左右司郎中時，即至正六年至七年(1346—1347)之間。

別樊時中①

桃花灼灼柳絲柔，立馬看君發鄂州。懊惱人生是離別，不如江漢共東流。

宴晴江山拱北樓②

漢坻開繡閣，蕭然似渚宮。晴江華楯外，列岫綺錢中。樹色青罇綠，荷花女臉紅。賢王敬愛客，樂宴意何終。

山亭會琴圖

連山環絕壑，雲木亂紛披。中有抱琴者，有如榮啟期。蕭然久不去，問子欲何爲。

元興寺二首③

絕塵軒

網軒開翠崿，山水下蔥蘢。江中寶床擁，樹杪畫欄紅。心融二障滅，[5]境静六塵空。應似青蓮葉，齊開綠水中。

又　壓雪軒

軒轅鑄鼎處，仙臺成畫圖。寒雲生洞渚，暝色入蒼梧。如霧飄丹閣，非烟起玉爐。年年漫來此，無處挽龍胡。

---

① 樊時中：即樊執敬，字時中，號獨航，鄆城（今山東省菏澤市）人。元順帝至正十年（1350），任江浙行省參知政事，《元史》卷一九五有傳。此詩應作於樊執敬即將改任湖北道時，即至正七年（1347）前後。

② 拱北樓：位於漢陽鳳棲山南，原名"熙春樓"，爲元代安南王陳益稷居所，後改名"拱北樓"，取"拱北稱臣"之意。此詩或作於余闕任湖廣行省左右司郎中時，即至正六年至七年（1346—1347）之間。

③ 元興寺：元世祖忽必烈在潛邸時興師南伐，曾駐蹕武昌，建元興寺。此詩或作於余闕任湖廣行省左右司郎中時，即至正六年至七年（1346—1347）之間。

大別山柏樹①

奇樹如蛟蜃,盤虯上虛空。孤生雖異桂,半死反如桐。香帶金爐氣,色映綺錢中。靈從后皇服,年隨天地終。常瞻北枝翠,終古鬱葱葱。

竹　嶼②

秋水鏡臺隍,孤洲入淼茫。地如方丈好,山接會稽長。紫蔓林中合,紅蓮葉底香。何人酒船裏,似是賀知章。

題虞邵庵送別圖③

南州山水麗,中田歲事豐。時貞文物粲,道合朋輩同。濟濟衆君子,班坐蔭青松。迴洲環偃月,丹林結彩虹。翔鷗方矯矯,鳴雁亦嗈嗈。即趣情已展,染翰思彌工。予亦幽棲者,纓冠朝北宮。披圖誦佳咏,邈爾想高風。

送危應奉分院上京④

峽路傳清警,金輿夾彩旃。還如向姑射,詎比幸甘泉。苑樹紛成幄,關榆始委錢。從臣偏寵近,載筆幔城邊。

題段應奉山水圖二首

水如剡溪水,山似剡溪山。想見鱸魚美,扁舟常不還。

---

① 大別山：位於今安徽、湖北、河南三省交界處,爲長江與淮河的分水嶺。
② 竹嶼：位於今浙江省溫州市,元代屬溫州路,此島面臨東海,元代海運路綫即經過東海。此詩或作於余闕任浙東海右道肅政廉訪使期間,即至正九年至十一年(1349—1351)之間。
③ 虞邵庵：即虞集(1272—1348),字伯生,號道園,世稱邵庵先生,謚文靖,仁壽(今四川省眉山市)人。官至翰林待制、奎章閣侍書學士,元代著名學者,與揭傒斯、范梈、楊載并稱"元詩四大家",著有《道園學古録》《道園類稿》《虞文靖公詩集》等。《元史》卷一八一有傳。
④ 危應奉：即危素(1303—1372),字太樸,號雲林,金谿(今江西省撫州市)人。元末明初文學家、史學家,《明史》卷二八五有傳。至正八年(1348),危素任翰林應奉,此詩或應作於此時。

又

花隱玉堂署,曲几對雲峰。爲問江南客,何如九里松?

嘉樹軒爲胡士恭作。①

嘉植將百歲,積翠廣庭間。高柯出閭巷,低枝蔭井乾。流膏從風揚,芳氣散如蘭。別有清霜節,將同綺樹看。

鶴齋爲薛茂弘道士賦。②

葉縣飛鳧舄,琴高駕赤鱗。豈若青田鶴,蕭灑乃仙倫。刷羽琪樹側,振唳華池津。[6]騫騰望霄漢,逸氣已衝天。煉液諒有驗,滅景入無垠。還乘過緱嶺,舉手謝鄉人。

禎祥菊爲沙伽班院使賦。③

舊花已萎絶,新花乃再芳。都緣禀金氣,特解傲司藏。旖旎生殘馥,葳蕤出故房。應憐蕙草質,戢穎委微霜。

賦得九里松送吳元振之江浙左丞

結馴向青郊,松陰九里遥。言從天竺寺,自度小春橋。偃蹇成芝蓋,蕭瑟蔭蘭橈。相送將何贈,期君保後凋。

龍丘袞吟贈程子正④

戰龍起新室,群鳥亦翩翩。偉哉龍丘生,抱琴歸故山。仰視天際

---

① 胡士恭:即胡益,字士恭,浚儀(今河南省開封市)人。至正年間任國子助教、太常博士,生平見釋來復《澹游集》。

② 薛茂弘:生卒年不詳,江東人。曾向虞集學詩,"鶴齋"爲虞集賜與薛茂弘的書齋名,《玩齋集》卷七有《鶴齋記》載其事迹。

③ 沙伽班:又名沙刺班,字惟中,一字敬臣,號山齋,謚文定,畏兀兒人。歷任中書省平章政事、宣政院使。

④ 程子正:即程養全(1297—1354),字子正,號正庵,又號白粥道人,德興(今江西省)人。至正二年(1342)進士,曾任鉛山州判官,著有《白粥稿》,《新安文獻志》卷六六《元鉛山州判程先生養全行實》對其生平有叙。此詩或作於至正十年(1350)余闕持節巡防婺州時所作。

鴻，俯弄席上弦。清音發疏越，逸響遺澗泉。悠悠鳳翔漢，婉婉虬媚川。清風自千古，何用能草玄。

送觀至能赴歸德知府①

善理崇富教，長辟等烹鮮。[7]況茲久凋瘵，望治切宸淵。[8]綬組承明裏，結駟雙闕前。燕郊芳草歇，商墟大火懸。高懷薄霄漢，攬轡殊慨然。揆予昧時用，載橐從甘泉。庶聞兩岐咏，爲予書汗篇。

送黄紹及第歸江西②

上林華落盡，東門餞別初。游絲橫輦道，金波溢鏤渠。含觴不能飲，躑躅此城隅。念子正英妙，丹泉媚綠蕖。翻然阻山岫，邈爾問離居。芸閣誰同坐，蒲生孰共書。時應有詞賦，爲寄北飛魚。

送胥式南還③

孟冬寒律應，原野降繁霜。客子倦游覽，結笴還故鄉。驅車出城闕，旭日懸晶光。綺宮上爛爛，翠閣後蒼蒼。豈無京華志，[9]晞景發清揚。富貴在榮遇，貧賤有安行。恒恐歲年迫，皋蘭凋紫芳。君看沙上雁，騫翻乃隨陽。

題合魯易之四明山水圖④

窗中望蒼翠，春木起晨霏。孤嶂纔盈尺，長松未合圍。蕭蕭此仙客，日日候岩扉。念爾空延佇，王孫且未歸。

---

① 觀至能：即觀音奴，字至能、志能，唐兀氏，居新州。泰定四年（1327）進士，至元五年（1339）任南臺御史，累遷歸德知府。《元史》一九二有傳。
② 黄紹：字仲先，臨川（今江西省撫州市）人。至正八年（1348）進士，《元史》卷一九五有傳。
③ 胥式：即胥有儀，曾師從曾堅讀書於明山。《蜕庵集》卷一有《重賦明山歌送胥式有儀還武昌》，《金臺集》卷一有《送胥有儀南歸》，應爲同時所作。
④ 合魯易：即迺賢（1309—1368），字易之，號河朔外史，合魯（葛邏禄）部人。著有《金臺集》《河朔訪古記》《迺前岡詩集》等。

題黃河清艮岑幽居[1]

大明照四海,之子乃陸沉。遠絕仁義絆,結宇幽藪陰。薈翳谷中路,嶄崱北山岑。窗鶯響初蔭,隴月頽夕林。時憑曲水几,蕭散發長吟。委化諒爲達,[10]滯樂恐遂淫。援琴鼓招隱,念子爲薰心。

題施氏西嶼書堂

中智貴得性,[11]得性非易求。羨君湋水曲,松竹蔽層丘。春秋當佳日,兄弟各命儔。揔轡凌晨術,展席面綠流。參差瓊峰出,泓澄綺磧周。緗荷承繡宇,黃鳥響疏樓。起坐玩芳帙,爲樂鮮優游。河陽耻巧宦,建春厭旅愁。安得周公瑾,爲館孫仲謀。

送方以愚之嘉興推官[2]

帝仁同禹泣,典憲輟朝纓。我友膺時選,御命出承明。是日芳節屆,列餞多巨卿。桃花疑組色,鳥囀雜歌聲。仰獻一杯酒,遠慰千里行。丈夫有遠業,文墨非所營。勉布惟良政,持用答皇情。

玉雪坡 爲周伯温賦。[3]

江梅有至性,能怡君子顏。開花競芳節,擢秀帶春寒。惟與玉同色,還嗤雪易殘。芳香拂羅袖,如薰金博山。置此賓席上,人人別意看。

---

[1] 黃河清:即黃叔美,字河清,南城(今江西省南城縣)人。《文淵閣書目》卷二、《千頃堂書目》卷二九均載其有詩集一卷,《〔雍正〕江西通志》卷八三《人物·建昌府》有傳。

[2] 方以愚:即方道叡,字以愚,淳安(今浙江省杭州市)人。蛟峰先生之曾孫,至順二年(1331)進士,歷任翰林編修、嘉興推官、杭州判官等,入元不仕,著有《詩記》《春秋集釋》等,朱彝尊《經義考》卷一一一《詩》有傳。

[3] 周伯溫:即周伯琦(1298—1369),字伯温,號玉雪坡真逸,饒州(今江西省鄱陽縣)人。曾任翰林待制、監察御史、浙西蕭政廉訪使等官職。世家鄱陽,別墅有坡,名玉雪坡,先世樹梅千株,有亭,伯溫愛之,亦以名其亭。著有《説文字原》《近光集》《扈從詩》等。《元史》卷一八七有傳。

題劉氏聽雪樓

群峰擁臨檻,修竹鬱菁菁。蔭向曲池好,聲惟雪夜清。天寒三日臥,人道是袁生。

題光禄主事虎仲桓海棠圖

沉香羯鼓打春寒,纔見開時又見闌。爭似君家屏幛裏,年年歲歲有花看。

送王其用隨州省親

都門楊柳萬絲垂,城下行人馳牡騑。宮中近得三年謁,篋裏新裁五色衣。漢皋秋晚游娼少,夢渚波寒獵火微。我有愁心似征雁,隨君日日向南飛。

題合魯易之鄞江送别圖

欲去更還顧,依依戀所知。今朝去京日,似子渡江時。

宋顯夫學士挽詩①

紫陌暗蒼茫,松門近太行。悲笳翼靨軸,[12]素紱引魚荒。故筆誰探取,神書永共藏。愁尋持橐地,秋陰結女床。

馬伯庸中丞哀詩②

結纓趨魏闕,俯仰二十霜。化運易遷逝,故老今盡亡。維時游公門,時節會高堂。崢嶸奉餘論,炫耀晞報章。制若縟繡陳,聲若寶瑟

---

① 宋顯夫:即宋褧(1294—1346),字顯夫,大都宛平(今北京市)人。元至治元年(1321)左榜狀元,泰定元年(1324)擢進士。曾任翰林待制,參與編修宋、遼、金三史,卒於至正六年(1346),謚文清,贈國子祭酒,著有《燕石集》。此詩或作於至正六年(1346)後。

② 馬伯庸:即馬祖常(1279—1338),字伯庸,元代色目雍古部人,後其父遷光州(今河南省潢川縣),遂爲光州人。延祐初廷試第二,官至禮部尚書,以詩文著稱於世,被稱爲"中原碩儒",著有《石田集》。《元史》卷一四三有傳。此詩或作於至元四年(1338)後。

張。儀若龍文鼎,爗若照夜瑭。阡眠出工巧,[13]幻妙極豪芒。抽思究皇術,振藻咏時康。是時朝廷上,才彥俟有望。公如逸虬出,萬驥爲留行。念此今已矣,松柏杳茫茫。驅車入珂里,穿門委舊衡。珠移青淵涸,桃盡故蹊荒。龍火出勁秋,玉衡變春陽。朝榮計已殞,夕香豈不芳。[14]感彼推輪始,惻惻我心傷。

祝蕃遠經歷挽詩①

逸軌無還轍,驚川有怨思。蒼苔生舊館,素簡委空帷。龔勝誰相吊,虞翻少見知。惟應問道者,廬墓薦江蘺。

題紅梅翠竹圖

竹葉梅花一色春,盈盈翠鈿掩丹唇。休言畫史無情思,却勝宮中剪彩人。

題蛾眉亭②

空亭瞰牛渚,高高凌紫氛。澄江萬里至,華崿兩眉分。落日兼霞彩,流光成綺紋。憑軒引蘭酌,休憶謝將軍。

南山贈隱者

君家南山下,南山果何如。開如陣雲黑,向背凌空虛。木客采薜荔,怨女咏蘼蕪。何當牽白犬,見君岩下書。

---

① 祝蕃遠:即祝蕃(1286—1347),字蕃遠,一字直清,貴溪(今江西省貴溪市)人。歷饒州教授,至正間調潯州路經歷。嘗師從陳苑,習陸九淵之學,《俟庵集》卷二五有《祝蕃遠墓志銘》,《宋元學案》卷九三《静明寶峰學案》和《御選元詩·姓名爵里二》有小傳。此詩或作於至正七年(1347)後。

② 蛾眉亭:位於今安徽省馬鞍山市當塗縣牛渚山,建於采石磯之上,始建於北宋。據《〔乾隆〕江南通志》卷三五《輿地志》:"蛾眉亭,在當塗縣北二十里,據牛渚絕壁,前直二梁山夾江對峙,如蛾眉然,故名。宋熙寧二年太守張瓌建。"

賦得慈恩寺塔送李惟中赴西臺侍御①

祇園開塔廟,遐瞰盡三秦。雕玉裁文陛,金銅結綺輪。高標雙闕外,流影灞陵津。攬轡還登眺,題名繼昔人。

蘭　亭②

奉節過東鄙,摠轡臨越墟。覽此崇山阿,亭樹猶晉餘。陽林積珍木,禊館疏鏤渠。徵風旋輕瀨,宛委寫成書。秋杪霜露滋,清商滿縣隅。紅蓮凋綺蕊,微瀾見躍魚。藉芳泛羽觴,視聽良有娛。逍遙大化內,[15]豈必三月初。

汪尚書夫人挽詩③

喧喧引長紼,簫鳴閭井間。旌連綺霞閣,路指敬亭山。泉底鸞臺掩,城中翟蓋還。尚書老歸國,誰與襲芳蘭。

贈澄上人

壞色衣裳護七條,手持經卷意蕭蕭。頭陀寺裏相逢後,又向天台訪石橋。

贈山中道士善琴

山中道士綠荷衣,新抱瑤琴出翠微。已與塵緣斷來往,逢人猶鼓

---

① 李惟中:即李好文,字惟中,大名東明(今山東省菏澤市)人。至治元年(1321)進士,翰林國史院編修,累遷翰林學士。《元史》卷一八三《李好文傳》:"至正元年,除國子祭酒,改陝西行臺治書侍御史,遷河東道廉訪使。"此詩應作於至正元年(1341)李惟中赴陝西行臺治書侍御史時。

② 蘭亭:位於浙江省紹興市蘭渚山下。此詩或作於余闕任浙東道廉訪司事時,即至正十一年(1351)前後。

③ 汪尚書:即汪澤民(1287—1356),字叔志,徽州婺源(今江西省婺源縣)人。延祐五年(1318)進士,官至國子監司業、禮部尚書,參與修撰宋、遼、金三史。至正十六年(1356)宣州城陷,汪澤民守節而死,追封譙國郡公,諡文節。與張師愚合編《宛陵群英集》。《元史》卷一八五有傳。《文憲集》卷一七《元故嘉義大夫禮部尚書致仕贈資善大夫江浙等處行中書左丞上護軍追封譙國郡公諡文節汪先生神道碑銘》:"先生娶戴氏,累封譙國郡夫人,先八年卒。"故其夫人約卒於至正七年(1347),此詩應作於當時。

雉朝飛。

題紅葵蛺蝶圖

蛺蝶既無數,秋花亦滿枝。終焉不飛去,似怨弄芳遲。

自集賢嶺入大龍山①

皖公標楚甸,兹嶺孕奇形。翠積樅江漘,崇冠吕蒙城。戒途入中林,平岡駐我旌。延望失來術,周覽多所經。峨峨石窗盡,窅窅岩岫冥。離離雲朝隮,[16]粲粲樹敷榮。關弓射鳴雁,群谷振弦聲。仰憐山人居,俯悦洞下耕。蒼龍啓春候,金虎收光精。權家既非學,農用或可明。顧言同載者,爲爾鑄阿兵。

安慶郡庠後亭宴董僉事亭名天開圖畫。②

鯨鯢起襄漢,郡邑盡燒殘。兹城獨完好,使者一開顔。省風降文囿,弭節遵曲干。雙池夾行徑,累樹在雲間。天凈群峰出,[17]地迥蒼江環。[18]霞生射蛟臺,雁没逢龍山。開鐏華堂上,命酌頫危闌。主人送瑶爵,但云嘉會難。豈爲杯酒歡,樂此罷民安。魄淵無恒彩,清川有急瀾。明晨起驂服,相望阻重關。

題周伯寧畫③

殺機起無象,平陸忽成江。[19]蒼生既猛虎,日馭經紛虹。舉目墟里間,但見蒿與蓬。惟有王官谷,於今似畫中。

---

① 集賢嶺:位於安徽省桐城市,《〔乾隆〕江南通志》卷二七《輿地志・安慶府》:"集賢關,在懷寧縣北十八里集賢嶺上,連山迤邐,至此險狹,防禦憑焉。"大龍山,《明一統志》卷一四《安慶府》:"大龍山,在府城東北二十里,上有龍池。"

② 天開圖畫:據《明一統志》卷一四《安慶府》:"天開圖畫亭,在府學北,面江挹山。"

③ 周伯寧:即周滇,字伯寧,江寧(今江蘇省南京市)人,一作鄱陽(今江西省鄱陽縣)人。元末明初人,洪武二年(1369)任刑部尚書。"江西十才子"之一,善畫,有《春晴江岫圖》等。《明詩綜》卷四有傳。

九日宴盛唐門

今日良宴集,玉帳設金縣。賓稱此嘉辰,令德應重乾。淒淒秋陽升,湛湛江景鮮。西馳三澨津,東瞻九華山。文淵帶粉堞,卿雲覆彩斿。清歌送銀爵,泛此秋花妍。[20]嗟予遠征人,別家今四年。① 采薇夜歸戍,操築朝治垣。微此一日歡,苦辛良可憐。中觴感前諜,撫運當泰年。[21]燔柴盛唐郡,泛舟樅江前。臨川射長蛟,雄風推八埏。豎儒繆從役,任重力乃綿。武功既無成,文德何由宣。微勛倘有濟,敢愧魯仲連。

登太平寺次韵董憲副②

蕭寺行春望下方,城中雲物變凄凉。野人籬落通潛口,賈客帆檣出漢陽。多難漸平堪對酒,一鐏未盡更焚香。憑將使者陽春曲,消盡征人鬢上霜。

三月廿九日郡庠後亭宴盧啓先僉事

晨集疑江渚,列席當蕙樓。斯亭信顯敞,翠嶺帶澄川。潮駕宜城步,山積司空原。青松紛被徑,紅桃競發園。衆賓起爲壽,繁轉出嬌弦。中觴念遠离,歲行已再遷。漂萍有時合,浮雲未見旋。今朝不爲樂,來會知何年。

寄題環秀亭五祖寺。③

宗老來相報,黃梅盜已平。傳聞一峰下,還有九江橫。象構誰能壞,香臺積可成。憑詢幾小劫,又復到昆明。

---

① 四年:至正十二年(1352)余闕任淮西宣慰副使,分守安慶,此詩或作於至正十六年(1356)。

② 太平寺:據《安慶府潛山縣志》卷六《古迹》:"太平寺,在清朝鄉,縣北三里太平山,有塔,塔前有真武殿,塔後有玉皇閣,有石華表,塔旁爲寺,舒州太平慧勤佛鑑禪師道場。晋咸和創,明洪武重修,寇焚,惟存玉皇閣。"

③ 五祖寺:據《大清一統志》卷二六四《黃州府·寺觀》:"五祖寺,在黃梅縣東北馮茂山,亦名貞慧寺。唐咸亨中五祖宏忍禪師建。"黃梅縣,今屬湖北省黃岡市。

題溪樓

溪水綠悠悠,高樓在溪上。日暮望江南,舟中采菱唱。

奉和旨南上人《喜雨之什》叔良雖不作詩不妨一觀也①

出車橫門道,采薇皖溪水。雜耕不逢年,軍士常飢餒。奉牲走群望,惆迫忘汝爾。皇皇大司命,配天奠南紀。方屯啟時澤,拯民出穎死。雲章變膚寸,雨勢來不已。睇嶺三峰深,行阡九江起。開房各菶菶,擢葉方泥泥。說郊君牡騑,鹺野田畯喜。未論車箱滿,已見沽酒旨。斯民既云樂,兵甲行可洗。赫靈有耿祉,壽夭誠在已。淫陰無往轍,薄伐有凶理。撫事非偶然,涼薄那致此。騁辭繼周頌,屢豐自天子。

送康上人往三城②

嘗登大龍嶺,橫槊視四方。原野何蕭條,白骨紛交橫。維昔休明日,茲城冠荊楊。芳郊列華屋,文纕被五章。乘車衣螭繡,貴擬金與張。此禍誰所為,念之五内傷。豎儒謬乘障,永賴天降康。樅陽將解甲,皖邑寖開疆。耕夫緣南畝,士女各在桑。念子中林士,振策亦有行。我聞三城美,龍嶺在其傍。連林積修阻,下有澄湖光。明當洗甲兵,從子卧石床。

七 哀

殷武誦深阻,周魯歌東征。聖哲則有然,我何敢留行。斬牲祀怒時,鼖鼓起前旌。野布魚麗陣,山鳴鐃吹聲。函關何用塞,受降行已城。路逢故鄉人,取書寄東京。寄言東京友,勉樹千載名。一身未足惜,妻子非無情。

---

① 叔良:即涂穎,字叔良,生卒年不詳,進賢(今江西省南昌市)人。據陳基《送涂叔良序》:"豫章涂君叔良,從其鄉先生楊顯民氏學。在京師也,客翰林待制武威余公所……叔良游三君子間,悛悛言行,讀書作古今體詩,不蹈常人軌轍。"此詩或作於余闕任翰林待制時,即至正八年(1348)前後。按,本書中"涂穎"多書作"涂穎","涂"當爲"涂"之異體,今統一作"涂"。

② 三城:即今安徽省安慶市三城寺。

葛編修挽歌景先。[22]

昔別情何樂，今還語向誰。幽房通貝闕，空館冒蕪絲。未過徐公墓，徒懷有道碑。扁舟望湖曲，清淚濕江蘺。

凌孝女詩

王哀廢蓼莪，女亦有凌娥。哭魚奉慈母，淒涼蔭女蘿。幽叢啼蕙露，芳樹罷鶯歌。迢遞城南路，諸姑將謂何。

賦得鉅野澤送宋顯夫僉事之山南[23]

堤上柳沉沉，春蒲泛渚禽。濟田東匯闊，汶水北流深。落日依中沚，浮雲積太陰。微茫看不盡，渾似別時心。[24]

夜坐和成太常二首[25]

片月生碣石，微光挂玉弓。秋河空窅窕，遙映建章宮。哀鴻知時節，南飛正匆匆。感君思親昧，惻惻此心中。

又

牽牛表宮雉，華星動綺錢。沉沉鳷鵲觀，悠悠清漏傳。無才愧三益，虛食念百塵。綿思至申旦，[26]莫繼瑤華篇。

送張有恒赴安慶郡經歷

曉路通高嶂，春城入大江。草生垂釣浦，人語讀書窗。肅客移茶鼎，行田載酒缸。幕寮誰得似，高步絕紛厖。

宋祭酒挽歌二首①

文章知有數，耆舊忽先零。東井開圖畫，西山閟爽靈。司徒虛執

---

① 宋祭酒：即宋本(1281—1334)，字誠夫，大都(今北京市)人，宋褧之兄。至治元年(1321)進士，官至禮部尚書，後又任奎章閣學士，元統二年(1334)任集賢直學士兼國子祭酒經筵官，卒於是年。著有《至治集》，《元詩選·二集》卷一一有其小傳。此詩應作於元統二年(1334)後。

饋,太史早垂銘。[27]悵望平原繡,[28]時時問客心。[29]

又

東閣哀長別,南宮闕嗣音。相知誰復舊,爲報果如今。江漢無時返,奎文永夜深。凄凉釣魚地,落日下遥陰。

謝堯章妻挽歌①

草滿章臺墓,松欹石柱廬。憶歸司隸里,能誦伏生書。夜哭聞茅店,春祠雜筍葅。[30]傷心夫與子,塵簡若爲舒。

送李伯實下第還江西

之子不得意,南行無怨辭。官河人杳杳,客路雨絲絲。古木淮陰市,春城孺子祠。凄然十里別,爲賦《小星》詩。②

美浦江鄭氏義門復大篆"浙東第一家"五字以旌之。[31]

省風浦江滸,憑軾歷高門。借問居幾何,九世今不分。解驂青松林,愛此季與昆。檢身事先訓,禮度尤恭温。生祥亦何用,有後天所敦。[32]常棣閔叔咸,屬階悲婦言。一朝或問念,喪敗寧具論。清源無濁流,芳蘭有競芬。摘毫誦勿替,勉哉賢子孫。

大口迎駕和觀應奉韵二首

晨光開翠崿,廣路净炎氛。玉馱度流水,華蓋爛垂雲。既御大宛馬,還朝鯷海君。都人望旌纛,樂哉歌采芹。

又

仗出彈筝峽,川原縠騎分。天行肅大化,時邁耀前聞。整蹕傳清道,激吹入行雲。日暮望雙闕,草木亦欣欣。

---

① 謝堯章:即謝閶,字堯章,潛川(今浙江省杭州市臨安區)人。以字行,與迺賢、胡助等人有唱和。

② 《小星》詩:即《詩經·國風·召南·小星》。

送王關赴泗州行捕提舉

蒼茫吳楚會,縱橫淮坂流。春冰未泮渚,芳杜已生洲。揚旌朱樓前,張獵青山幽。獻功效大兒,亦致公子裘。消搖足爲樂,何嗟晚不侯。

待制張廷美姑阿慶詩

葭菼啓望國,灼灼咏桃夭。操瓠染芳藻,短髮未勝翹。始聆白雪句,兼傳黃竹謠。蘭萌初映砌,春霜已降霄。秋榛覆故隴,驚蓬颯迴飆。金尊與瑶席,庶足奉仁嬌。

雲松樓

初日高樓上,捲幔對黃山。黃山出霄漢,爛熳發青蓮。參差非一狀,朝夕看屢妍。九華承雙舄,敬亭附駢筵。漫漫雲罨嶺,沉沉松覆泉。清飆坐中起,如聞帝女弦。静有幽事樂,動無塵慮牽。消搖悅心目,兹道何長年。

楊平章崇德樓①

重城控秋塞,丹樓耀芳甸。頹霞上氛氳,蒼林下葱蒨。[33]長河城邊急,積岨窗中見。遠雁滅居延,行雲歸鄯善。大賢謝卿相,垂幛化鄉縣。春蟲觸寶瑟,餘花飄玉研。方從董園樂,陋彼歌梁囀。伊予去山澤,寒齋秋草遍。載覽登樓篇,益重臨淵羡。

---

① 楊平章:《至正集》卷二〇有《題楊德璋崇德樓》:"樓頭天接玉門關,樓下河流繞賀蘭。"元貢師泰《玩齋集》卷五有《題楊德章監憲賀蘭山圖》。清錢大昕《十駕齋養新録》卷九:"至正中名道童而見於史者兩人:……一爲唐兀人,字德璋,自號賀蘭逸人,至正十年爲江東廉訪使。……予嘗見江東憲司題名碑,……稱道童爲寧夏中大夫公,蓋元時稱西夏人曰唐兀氏,寧夏本西夏地也。"故楊平章疑當爲楊德章。

八月十五日處州分司對月①

玄武夕始正,華月生秋旻。金波何穆穆,綠桂滿中輪。徘徊出西陸,照耀此甌閩。光流河宿隱,氣隨商律振。餘輝動軒房,紫蘭含微津。皇天降嘉歲,五政亦已陳。樂哉一巵酒,允矣同庶人。

有所思

春風起寒色,春衣方重熏。新裝捲羅幕,清唱入行雲。艷色若流月,芳澤謝蘭芬。嬋娟信無度,我思何在君。

長安陌

浩浩長安陌,璃樓夾廣廛。鴛鴦御溝上,芍藥吹樓前。駿馬追韓嫣,金尊約鄭虔。功名有時有,且得樂當年。

伯九德興學詩②

上德撫玄運,籲俊尹神京。三雍烝髦士,五學訓齊氓。登歌陳羽縣,鸞刀奉麗牲。優游樂清化,大道嘉方行。

送孫教授

皇情重聲教,宵裝爾載馳。邊城南徼外,禮殿左江陲。揖讓陳椰器,弦歌蔭薜帷。全勝宜春郭,花落閉門時。

---

① 處州:即今浙江省麗水市。《〔光緒〕處州府志》卷末《雜志》:"浙東僉憲余闕,字廷心,按吾郡時中秋夜望月,嘗作一詩題於分司官舍。"余闕於至正九年(1349)至十一年(1351)任浙東海右道肅政廉訪使,此詩應作於當時。

② 德興:即根九公余德興(1342—1405),相傳爲元朝南平王鐵木健第九子,西南地區鐵改余家族始祖。余闕卒於1358年,故此詩應作於1342—1358年之間。

賦得君子泉送彭公權爲黃州教①

君子没已久,遺井郡齋中。本寓思人意,兼全澤物功。銀床駁故蘚,玉甃落寒桐。幾日趨官舍,橫經誦養蒙。

賦得春雁送司執中江西憲幕②

春風起蘋末,旅雁尚回翔。乳鴨嬌同喋,新蒲短可藏。應懷洞庭水,非避寒垣霜。客路頻懷舊,[34]題書寄帝鄉。

賦得蛾眉亭送王德常御史赴南臺

江亭望華崿,望望似修眉。掃黛偏能巧,含顰知爲誰。娟娟微雨裏,脉脉夕陽時。千里乘驄去,因之傷別離。

南歸偶書二首

帝城南下望江城,此去鄉關半月程。同向春風折楊柳,一般離別兩般情。

又

二月不歸三月歸,已將行篋換征衣。殷勤未報家園樹,[35]緩緩開花緩緩飛。

別樊時中廉使[36]

光禄橋西惜解携,春星欲傍露盤低。自來宮柳多離思,更着城烏在上啼。

---

① 彭公權:即彭衡,字公權,廬陵(今江西省吉安市)人。據《説學齋稿》卷三《送彭公序》:"皇帝即位十有一年,詔修遼、金、宋史……首辟廬陵彭衡公權爲校勘,及當授官,公權遂歷言於朝著之知已者,曰:'某有老母在廬陵,兹幸獲禄食以爲養,願乞近便地,以畢人子之志。'於是授黄州學教授以去。"元順帝於至正三年(1343)詔修三史,此詩或作於其時。

② 司執中:即司允德,字執中,東阿(今山東省東阿縣)人。至正元年(1341)奉命出使甘肅、寧夏,曾作《西游漫稿》,官至翰林修撰。

題段吉甫助教別墅圖[①]

　　玉署挂新圖,如君舊隱居。峰高乃霞上,葉變是秋初。游客看常在,溪聲聽却無。只此同登望,豈必命柴車。

【校勘記】

[1] 狒:原作"拂",據文義改。按,狒狓,獸名,其形象常用於銀壺之飾。
[2] 到:正統本作"列"。
[3] 涉:正統本作"陟"。
[4] 城:正統本作"成"。董雙成,傳説中西王母的弟子,善音律。《太平廣記》卷三《漢武帝》載董雙成之事。
[5] 障:原作"陣",據文義、正統本改。
[6] 唳:原作"淚",據文義、正統本改。
[7] 辟:原作"郡",據文義、正統本改。
[8] 切:正統本作"功"。
[9] 京:原作"凉",據文義、正統本改。
[10] 諒:原作"凉",據文義、正統本改。
[11] 貴得:原作"得貴",據文義、正統本改。
[12] 笫:原作"茄",據文義、正統本改。曆:原作"唇",據《燕石集·附録》改。
[13] 阡:原作"芊",據文義、正統本改。出:底本漫漶不清,據正統本補。
[14] 香:正統本作"秀"。
[15] 逍遥:正統本作"消摇"。
[16] 隋:原作"濟",據文義、正統本改。
[17] 净:正統本作"姓"。
[18] 蒼:正統本作"滄"。
[19] 江:原作"紅",據文義、正統本改。
[20] 妍:原作"研",據文義、正統本改。
[21] 泰年:正統本作"太平"。
[22] 先:原作"光",據卷四《葛徵君墓表》改。

---

　　① 段吉甫:即段天祐,字吉甫,汴梁(今河南省開封市)人。泰定元年(1324)進士,授應奉翰林文字、同知制誥兼國史院編修官,至正間歷江浙儒學提舉。《御選元詩·姓名爵里一》《書史會要》卷七等有小傳。

[23] 山南：原作"南山",《滋溪文稿》卷一三《元故翰林直學士贈國子祭酒范陽郡侯諡文清宋公墓志銘并序》："至元之三年拜監察御史,(中略)出僉山南廉訪司事,(中略)至正之初改陝西行臺都事。"據正統本及墓志銘改。另此詩作於宋褧僉事山南之時,當爲至元三年至至正元年(1337—1341)之間。
[24] 別：底本原闕,據正統本補。
[25] 正統本標題下有"誼叔"二字。誼叔,即成遵,元統元年(1333)進士,歷任翰林國史院編修官、太常博士、監察御史、刑部郎中、武昌路總管、中書參政等,《元史》卷一八六有傳。
[26] 申：原作"中",據文義、正統本改。
[27] 垂：正統本作"刊"。
[28] 悵：正統本作"帳"。
[29] 心：正統本作"星"。
[30] 㳂：正統本作"俎"。
[31] 浙東：《元史》卷一九七《孝友·鄭文嗣》作"東浙"。
[32] 敦：原作"孰",據文義、韻脚、正統本改。
[33] 蒨：正統本作"倩"。
[34] 頻：正統本作"煩"。
[35] 未：正統本作"爲"。
[36] 別樊時中廉使：元賴良《大雅集》卷八作"京師送友"。

青陽先生文集卷二

序

送歸彥温赴河西廉使序[1]

　　河西,本匈奴昆耶殺休屠王之地,[1]三代之時不通於中國,漢始取而有之,置五郡其間。自李唐以來,拓跋氏乃王其地,號爲西夏。至於遼、宋,日事戰伐,故其民多武勇而少文理。然以予觀之,予家合淝,合淝之戍,一軍皆夏人。人面多黎墨,善騎射,有長身至八九尺者。其性大抵質直而上義,平居相與,雖異姓如親姻。凡有所得,雖簞食豆羹不以自私,必召其朋友。朋友之間有無相共,有餘即以與人,無即以取諸人,亦不少以屬意。百斛之粟、數千百緡之錢,可一語而致具也。歲時往來,以相勞問。少長相坐,以齒不以爵。獻壽拜舞,上下之情怡然相歡。醉即相與道其鄉鄰、親戚,各相持涕泣以爲常。予初以爲此異鄉相親乃爾,及以問夏人,凡國中之俗莫不皆然。其異姓之人乃如此,則其親姻可知矣。宜其民皆親上死長,而以彈丸黑子之地抗二大國,傳世五六百年而後亡,非偶然也。自數十年來,吾夏人之居合淝者,老者皆已亡,少者皆已長,其習日以異,其俗日不同。少貴長賤,則少傲其長;兄強弟弱,則兄棄其弟。臨小利害,不翅毫髮,則親戚相賊害如仇讎。予猶疑江淮之土薄而人之生長於此者

---

① 歸彥温:即歸暘(1304—1367),字彥温,汴梁(今河南省開封市)人。至順元年(1330)進士,歷任潁州同知、河南廉訪僉事、中書右司都事等,至正九年正月(1349)任河西廉訪使,未上任,改禮部尚書。《元史》卷一八六有傳。本文或作於至正九年(1349)前後。

亦因以變,及以問夏人,凡國中之俗今亦莫不皆然。其於親姻如此,則異姓之人可知也。

夫夏,小國也,際時分裂而用武,必不能篤於所教,而區區遐方,教之亦未必合於先王之法。及國家受天命、一海內,收其兵甲而摩以仁柔,養之以學校而誘之以利祿,今百餘年於茲,弦誦之聲,內自京師,達於海徼,其教亦云至矣,而俗乃日降如此,吾不知其何説也。我祖宗之置肅政廉訪司於天下,大要以風俗爲先,而其職以學校爲重,故世謂之風憲,是得先王爲治之意也。故嘗選任尊官,非道德爵位出乎庶僚者,不得與是選,所以爲民表也。今皇帝用鬼名公爲御史大夫,公乃歷選朝著,盡拔諸名臣爲廉訪使,而吾歸君彥温以樞密院判官而爲河西。[2] 君少擢科目,能古文辭,有大節,由國子博士五轉而遷是官。今爲廉使於夏,必能興學施教以澤吾夏人。吾夏人聞朝廷以儒臣爲尊,官以蒞己,必能勸於學,以服君之化,風俗必當丕變,以復於古,其異姓相與如親姻,如國初時,如余所云者矣。故道吾夏之俗,以望吾歸君焉。

送月彥明經歷赴行都水監序[①]

中國之水,賴禹治之而悉平,而河獨爲患,至今未已者,何也? 河失禹之道,而治河者不以禹之所治治之也。蓋河出崑崙,合諸戎之水,東流以入中國,其性勁悍,若人性之有強力。其來也甚遠,而其注中國也爲甚下,又若建瓴水於峻宇之上,則其所難治也固宜。且中原之地平曠夷衍,無洞庭、彭蠡以爲之匯,故河嘗橫潰爲患,其勢非多爲之委以殺其流,未可以力勝也。故禹之治河,自大伾而下則析爲三

---

① 月彥明:即月魯不花,字彥明,號芝軒,蒙古遜都思氏。元統元年(1333)進士,至正元年(1341),朝廷立行都水監,選月魯不花爲行都水監經歷。後歷任翰林侍講學士、大都路達魯花赤等,任山南道廉訪使時遇敵被害,謚忠肅。著有《芝軒集》。文中所言泰不花沉珪之事,發生於至正五年(1345)後,據《元史》卷一四五《月魯不花傳》:"至正元年,朝廷立行都水監,以選爲其監經歷。尋擢廣東廉訪司經歷。會廷議將治河決,以行都水監丞召之。"故此文當作於月魯不花第二次被徵召爲行都水監,即至正六年(1346)前後。

渠,大陸而下則播爲九河,然後其委多,河之大有所瀉,而其力之所分,而患可平也。此禹治河之道也。自周定時,河始南徙,訖於漢,而禹之故道失矣。故西京時其受患特甚,雖以武帝之才,乘文景富庶之業,而一瓠子之微終不能塞,而付之無可奈何而後已。自瓠子再決,而其流爲屯氏諸河。其後,河入千乘,而德、棣之河又播爲八,漢人指以爲太史、馬頰河者,是其委多,河之大有所瀉而力有所分,大抵偶合於禹所治河者。由是而訖東都至唐,河不爲患者千數百年。或者以謂王景堤防之力,乃大不然。使無屯氏及德、棣諸河,河之大無所瀉而力無所分,景以尋丈之防而捍,[3]猶螳螂之駕而可以捍大車之奔,吾不信也。惟河之委既多,大有所瀉而力又有所分,景之堤防特以捍漸水之衍溢者耳。比趙宋時,河又南決。至於南渡,乃由彭城合汴、泗,東南以入淮,而漢之故道又失。以河之大且力,惟一淮以爲之委,無以瀉而分之,故今之河患與武帝無異。

　　余嘗以爲,中國之地西南高而東北下,故水至中國而入海者一皆趨於東北。古河自龍門即穿西山,踵趾而入大陸,地之最下者也。然河,天下之獨水也,[4]凡水一石,率泥數斗。嘗道出梁宋,觀河所決,凡水之所被,比其去,即穿居、大木盡没地中,漫不見踪迹。河之行於地方也數十年,而河徙千乘,自漢而後千數百年,而河徙彭城。然南方之地本高於北,故河之南徙也難,而其北徙也易。自宋南渡至今殆二百年,而河旋北,乃其勢然,非有他說也。比者河北破金堤,逾豐、[5]沛、曹、鄆,諸郡大受其害,天子哀民之墊溺,乃疏柳河,欲引之南,工不就,又遣平章政事嵬名公、御史中丞李公、及禮部尚書泰不花公,沉兩珪有邸及白馬而祀之,河之患不已。乃會諸老臣集議治河者,諸老臣無能言其說,獨尚書泰不花公以爲當濬河棄道,復引河以入彭城,而待制楊梓人力以爲棄道不可濬,[6]設使濬之,而河未必能入。廟堂無所從,遣都水使者相其便害。或者以爲當築堤,起曹南,訖嘉祥,東西三百里,以障河之北流,則漸可圖以導之使南。廟堂從之。乃置都水分監以任其事,選朝臣之知水者爲都水,而吾同年月君彦明爲元幕。將行，以問於余。余不知河事者，雖然，諺有之曰："不習爲吏，視已成事。"以事已成者爲君言，則古所以治河者可見也。今河惟不反故道，則其勢可障，而排之使南，使反於故道，由漢之千乘以入海，則國家將無水患千餘年，如東都與唐之時乎？今禹之九河既不可復考，而河亦不復德、棣之間。漢人指以爲太史、馬頰河者尚未泯，可尋究如縷。河之道是，將大有所瀉而力有所分，非若一淮之小而扼其勢，而使之橫潰爲吾民害也。今夫廟堂之議，非以南爲壑也，其慮以爲河之北，則會通之漕廢，其係於朝廷甚重。余則以爲，河北而會通之漕不廢。何也？漕以汶而不可以河也，河北則汶自彭城以下必微，微則吾有制而相之，亦可以舟以漕，《書》所謂"浮於汶，達於河"者是也。余特欲防鉅野，而使河不妄行，俟河復千乘，然後相水之宜而修治之，特一人之私言也。朝廷方事堤防，固無事此，乃以彦明言者似迂遠而不切也。萬一堤防不足以禦河，則余之言或有時而驗焉，故爲之叙。

送樊時中赴都水庸田使序[①]

國家置都水庸田使於江南，本以爲民，而賦稅爲之後。往年，使者昧於本末之義，民嘗以旱告，率拒之不受，而盡征其租入。比又以水告，復逮繫告者而以爲奸治之。其心以爲，官爲都水，而民有水旱之患，如我何？於是吳越之人咻然相譁，以爲屬己。會天子問民所苦，乃以爲民實水非奸，遂劾逐使者，破械縱民，而以聞上。朝議乃歷選公卿有學術、知大體者爲之使，而吾樊君時中以江南湖北道肅政廉訪使而選是職，[7]自君之來，官僚叶和，吏畏民服，政以大行。命下之日，無不相視嗟咨，以惜其去，獨其友余闕躍然曰：東南民力自前已謂之竭矣，況今三百餘年，昔之盛者衰，登者耗，今其貧者力作以苟生，富者悉力以供賦，有持其產爲酒食予人，人皆望而去之，其窮而無

[①] 樊時中：即樊執敬，字時中，濟寧鄆城（今山東省鄆城縣）人。據《元史》卷一九五《樊執敬傳》："至正七年擢山南道廉訪使，俄移湖北道；十年授江浙行省參知政事；十二年二月督海運於平江。"此文或作於至正十二年（1352）前後。

告,甚於前世益遠矣,其可重困之。今而得賢使者以蒞之,修其溝澮,相其作息,不幸而有水旱之災,則哀矜而爲之所,民之窮者其少瘳矣乎?今夫木之實繁者其枝披,[8]其本疏者其幹拔,況於國與民乎哉!故善樹木者簡其實而厚其本,善爲國者疏其賦而厚其民,理之較然者也。時中慷慨有大志,臨大事果毅不擇利害而爲之,今其行也,其能有以大慰吳越之民望,以副朝廷之倚注也必矣。

二月初吉,式發鄂城,卉木繁盛,賓僚具在,各爲詩以稱美之,予故首序焉。

送范立中赴襄陽詩序

宋高宗南遷,合淝遂爲邊地。守臣多以武人爲之,凡百餘年間未嘗一歲無兵革,[9]故民之豪傑者皆去而爲將校,累功多至節制。郡中衣冠之族,惟范氏、商氏、葛氏三家而已。三家之在當時,貴不過通判,顯者或至知縣與府,族亦未甚大也。皇元受命,包裹兵革,休養元元。民既富庶矣,而又修禮樂,定治具,諸武臣之子弟無所用其能,多伏匿而不出。春秋月朔,郡太守有事於學,衣深衣,戴烏角巾,執籩豆罍爵,唱贊道引者,皆三家之子孫也,故其材皆有所成就,至學校官,纍纍有焉。當宋季時,諸武臣之富貴,視三家蔑如也。而百餘年之後,惟儒家子入爲弟子,出爲人師,隨其才之大小,皆有聞於時。雖天道忌滿惡盈,而儒者之澤深且遠,從古然也。范氏世多聞人,立中尤通敏,由郡直學爲襄陽教諭。宋亡時,蜀流寓之士多在江漢,意必有老成典刑人也。有老成典刑人與之游,立中此行將大有得,范氏之後有大顯者,必立中也。於其行也,書以贈之。

李克復總管赴贛州詩序①

仁皇帝即位,錄懷來功,[10]致高位者無慮數十百人,獨韓國李公

---

① 李克復:即李森,字克復,漢中(今陝西省漢中市)人。曾任贛州路總管,《〔弘治〕潞州志》有載。

以甘盤之舊爲最顯。① 位平章,總百度,君臣一德,鋭精治古。而韓公相業見稱於天下後世者,設科取士其最也。元統初,余忝論薦,計偕如京師,與諸同年求韓公子孫,得今伯徵太常相往來,②又識克復屯田於京師。比來佐泗州,而君復爲泗州屯田提舉,日與君處。念天下士所以復見前代賓興之盛者由韓公,士不及見韓公,見屯田,不其猶見韓公乎?且與太常同年,辱使納禮,故以太常之事君者事君,朔月歲時,必從諸僚友造君第。君暇,亦輕裘緩帶,以一小吏持馬過我,我必爲之傾蓋而後去。君色嚴而氣和,有學而知體,坐終日屹然,於先朝人物、故實,無不熟而知,聽其言,亹亹如環之無端,坐客無能置一辭也。去年秋,既書滿,宰相以君有門閥,且久更事,非散地所宜處,奏爲贛州路總管。州之長貳及諸屯田,與九州之人往賀君,關在次,舉璲拜君,言曰:"仁皇帝之文德入人也深,天下不忘仁皇帝,必及於韓公。朝廷録勛舊家,首言君,斯文之興可俟矣!請以爲天下賀。"又曰:"韓公能以道術昌其家,君兄弟能保功名以有光於韓公,致中二千石,請以賀君。"又言:"江之西文教之盛者,曰吉、曰贛,多士彬彬焉。人之所以屬於學,科目之興也,於韓公之始而屬於學,獨不於韓公之季以治哉?贛雖號難治,君處之,余知其爲易也。請以賀。"於是程泗州賦詩四韵,坐客人士皆爲詩以道其行,使書吾説以爲引。

楊君顯民詩集序③

我國初有金、宋,天下之人推才是用之,[11]無所專主,然用儒者爲居多也。自至元以下始浸用吏,雖執政大臣亦以吏爲之,由是中州小民粗識字、能治文書者得入臺閣,共筆劄,累日積月,皆可以致通顯,

---

① 韓國李公:即李孟(1255—1321),字道復,號秋谷,沙陀族人。先世移居潞州上黨(今山西省長治市),曾爲仁宗侍讀,官至平章政事、光禄大夫等,封秦國公、韓國公,死後追封魏國公,謚文忠。著有《秋谷文集》。《元史》卷一七五有傳。
② 伯徵:即李孟之子李獻,字伯徵。曾任御史中丞、同知經筵事。
③ 楊君顯民:即楊鎰,字顯民,進賢(今江西省南昌市)人。曾任太常禮儀院判官,著有《清白齋集》。

而中州之士見用者遂浸寡。況南方之地遠，士多不能自至於京師，其抱材蘊者又往往不屑爲吏，故其見用者尤寡也。及其久也，則南北之士亦自町畦以相訾，甚若晉之與秦不可與同中國，故夫南方之士微矣。延祐中，仁皇初設科目，亦有所不屑，而甘自没溺於山林之間者不可勝道，是可惜也。夫士惟不得用於世，則多致力於文字之間，以爲不朽。而文辭者，有幸有不幸者，至於老而無所用矣，而其文又遂泯不顯，是又可哀也。比年大江之南山林之士，有挾其文藝游上國而遇知於當世，士之彈冠而起者相踵，京師大官之家皆有其客，而遇知於當世者亦比比有之。[12] 若豫章楊顯民者，抱其才蘊，不屑於科目，甘自没溺於山林之間，當士群起而有遇之時，而又終不肯一出以干時取譽，是其中必有所負而然也。予雖不識顯民，然聞其人力學而操行，通古今之務，江南之士漸其澤而有名作甚衆，[13] 其弟子之登科目、仕州縣者亦能以政稱。其家固貧，而年又將老，乃日蕭然吟咏以自樂，無少怨怒不平之氣，其殆古有道之士耶？余讀而愛之。其弟子涂穎持其所謂《水北山房集》者來京師，[14] 將刻之以傳於世，余爲題其首，使後知顯民南州之士有所負者也，是蓋有道之士也。

貢泰父文集序①

余天性素迂，常力矯治之，然終不能入繩墨。矯治或甚，則遂病不能勝。因思以爲迂者，亦聖賢以爲美德，遂任之，一切從其所樂。常行四方，必迂者然後心愛之而與之合。凡捷機變者，雖强與之，然心終不樂也，故暫合而輒去。京師，天下聲利之區也，[15] 迂非所宜有。嘗陰以求之士大夫之間，得一人焉，[16] 曰貢泰父。泰父，故學士仲章君之子，能詩文，少游太學，有時名，因自貴重，不妄爲進取。有所不可交者，亦不妄與交，故吾二人者歡然相得，若魚之泳於江，獸之走於

---

① 貢泰父：即貢師泰，字泰甫，號玩齋。元泰定四年（1327）進士，官至戶部尚書，著有《玩齋集》等。《元史》卷一八七有傳。至正八年（1348），貢師泰入朝任翰林應奉，與余闕再次相見，此文或作於此時。

林也。時泰父爲應奉翰林文字，固多暇者，即與聚，盍有蔬一品，魚一盤，飲酒三行或五行，即相與賦詩論文，凡經史詞章、古今上下、治亂賢否、圖書彝器，無不言者。意少適，即聯鑣過市，據鞍談謔，信其所如而止。及暮，無所止，則相與問曰："將何之？"皆曰："無所之也。"乃各策馬還。自古暨今，王公貴人，[17]能求賢常少，然自至元初，奸回執政，乃大惡儒者，因說當國者罷科舉、擯儒士，其後公卿相師皆以爲常然，而小夫賤隸亦皆以儒爲嗤詆。當是時，士大夫有欲進取立功名者，皆强顏色，昏旦往候於門，[18]媚說以妾婢，始得尺寸。此正迂者之所不能爲也。因翱翔生放，[19]無所求於人，已而皆無所遇。

予既歸淮南，泰父亦以親嫌辭官歸，除紹興推官，不相見者爲最久。去年，大原賀君爲丞相，搜羅天下人才之有政譽者，而泰父之治爲浙東西第一，乃得復召爲應奉。余適入朝爲待制，相見益歡，計其別十年矣。吾年少於泰父，鬚髮皆白，而泰父銳然，面紅白如常。出其別後所爲詩文，甚富，且大進，益知泰父真豪士也。夫以士之賢無所遇而淹於下僚，宜其悲憤無聊而不能盡也。顧乃自樹卓卓，以其餘力而致勤於文學，且其貌充然，非其中有所負，蓋不能爾。然則吾泰父之迂又過我遠矣，夫古之賢士多不兼於文藝，文藝雖卑，而世亦貴而傳之者，[20]愛其人故也。不賢者之於文藝，雖極其精，人猶將賤之，亦何以爲也。泰父忠孝人也，其功名事業當不待文與詩而傳，而況於兼有之耶？余昔與之別，今見其文如此，今又當別去，計相見時，其文又必有過此矣。於其行也，序而識之。

送葛元哲序①

文者，物之成章者也。在天而爲三辰，在地而爲川岳，其在於人，若堯舜之治化、孔孟之道德、仲由之政、冉求之藝，一皆謂之文。今特

---

① 葛元哲，一作元喆，字廷哲，金溪（今江西省撫州市）人。至正八年（1348）進士，歷任浙江行省掾、金溪縣令等，有詩文遺稿十卷，《御選元詩・姓名爵里二》《萬姓統譜》卷一一七有傳。此文或作於至正八年（1348）葛元哲及第時。

以言辭之精爲文者。夫言之精,莫精於周公、孔子,二聖人之於言,豈有求其精而然哉?而其文何若是其蔚也?揚雄、司馬相如、韓子、歐陽子始號爲工於文者,彼其於周公、孔子之文,非不欲窮日夜之力,極一世之所好,孜孜焉追琢磨礪以求其精,而卒不能至焉。濂溪、二程夫子之學,其視揚雄、司馬相如、韓子、歐陽子蓋有所不暇,然味其言,淵然而深,雄然而厚,晬然而醇,使得列於聖門,雖顏子、曾子將不能過。則夫言之精者,又若不待窮日夜之力,極一世之所好,孜孜焉追琢磨礪,以求至於聖人而後賢。此無他,聖賢道德之光積中而發外,故其言不期其精而自精,譬猶天地之化,雨露之潤。物之魂魄以生,葩華毛羽,極人之智巧所不能爲,亦自然耳。故學於聖人之道,則得聖人之言,學於聖人之言,則非惟不得其道,并所謂言胥不能至矣。金溪葛元哲舊以文章名江南,既擢第,其文又傳於京師。衆謂元哲之文宜爲天子粉飾太平、鋪張鴻業,以傳於後世,會有守宰之選,遂以爲興化錄事。余知元哲終以文選,非久於外者也,於其別也,故與之論文。

送許具瞻序①

余讀《周易》之"謙",未嘗不掩卷而嘆曰:"聖人待小人之心,一何如是其至也?"夫陽,君子也;陰,小人也。小人盛,則干君子,故陰至三則履。君子盛,亦未嘗不下小人,故陽至三則謙。謙,虛也。陽本實而云虛者,不自滿假,故屈而下於陰也,是謙以下爲德者也。初而謙謙,下而又下者也。二則浸以上矣,故以鳴謙。鳴者,以言謙也。三則益上而位高,故以勞謙。勞者,以功謙者也。以功而謙,厚之至也。厚之至,而民焉有不服者乎?故三之辭曰:"勞謙,君子有終。"謙

---

① 許具瞻:即許廣大(1307—1353),字具瞻,天台(今浙江省台州市)人。元統元年(1333)進士,歷任將仕郎、慶元路昌國州判官、宣政院掾史文林郎、婺州路武義縣尹,至正九年(1349)任鄞縣尹。《文獻集》卷九、《誠意伯文集》卷九有許廣大墓志銘及碑銘,對其生平所述甚詳。此文或作於至正九年(1349)許廣大赴任鄞縣尹時。

而民既服，君子之道終矣。謙既終，民既服，進而之四，何施而不可？聖人之心猶以爲吾之待小人者未之厚也，又自反而撝謙，故四之辭曰："無不利，撝謙。"其德已厚，其謙已撝，進而之五，而小人者之終不可以化入也。於是乎有侵伐之師，故五之辭曰："不富以其鄰，利用侵伐。"不富以鄰，德之盛也。利用侵伐，順之至也。聖人之待小人，至是可謂盡心焉耳矣。

昔者禹征有苗，苗民逆命。益之贊禹，惟在於謙。禹遂有舞干之舉，此其所謂撝謙也。謙猶撝而未格，則其侵伐者禹終得而已乎哉？祖宗受命，汎掃六合，以有堯舜所未有之天下。聖天子紹承熙洽，愛民猶子，堯舜之仁不是過也。頃者盜起海隅，剽民財，犯官漕，其罪可誅，而區區赤子又特一將校之力所能舉，乃不以爲罪，止於招諭。盜又止我省臣以求降，此尤可誅也，而亦從其請，且曰："德不下宣，此吏之罪。"遂盡變易瀕海之爲宣慰，[21] 及其郡縣之官，選能當其任者，得三十八人，親御便殿，給符傳而諭遣之。嗚呼！此所謂"無不利，撝謙"，而禹之所以待苗民者也。三十八人之中，天台許君具瞻當治鄞。具瞻，余同年進士也，其行端潔，其材勇以幹。前知武義時，攝金華縣事，武義之民群訴憲府請還君，金華之民亦群訴於憲府留君，不欲其去。其得民如此，可謂稱茲選矣。故余爲道聖天子愛民之深與夫所用具瞻者如此，非惟勉具瞻，亦以告夫民也。

贈刑部掾史劉彦通使還京序①

舒岸大江爲城，北走英、潁，南亘番、[22] 歙，西通黃、蘄、湘、漢、鄂、岳，東距鳩巢，所謂四通八達之地也。自兵興，[23] 所在從亂，舒介其間而獨徇義秉節，不與之共戴天。故群盜環攻之，舒亦不少屈撓，日治矜戟弓矢以與之相格鬥。盜大至，則男操兵，婦給餉，童子負瓦石，空

---

① 至正十一年（1351），李壽輝、趙普勝等起兵於蘄州、黃州，據文中"如是者今五年"可知，此文或作於至正十六年（1356）前後，即戰事緊急之時。

巷乘城與之決戰。如是者今五年，其勞如此，故其富者日貧而貧者日死以耗。入其市，廛里蕭然；適其野，榛莽没人，不見行迹；至其館，簠簋不治，餼牽不具，委積不充。使者之道此，怒而去者往往有焉。其以公事來者，多視賂以爲喜愠，喜爲春温，愠爲秋凜，或怒而去，則民相與踧踖，曰：“禍其始此耳！”不甘食安處者累月而未寧，逮無事乃已。浚儀劉君彦通爲秋官掾，亦以事來，居郡浮圖，每食蔬一器、飯一盂，饋之珍羞則辭，贐之財則艴然以怒。持節至軍中，勇者執手以勉之，創者涕泣以勞之。其居此特久，而民愛之如始至，惟恐其去已也。傳曰：“有功而見之，則說也。”君重其民情而閔其勞，民之説也，亦其宜也。臨川毛順孫愛君尤至，與士大夫賦詩以美之。余故處合淝，知君爲掾，廉而有能，以爲士之美君者非譽也，故序而冠諸其首。

高士方壺子歸信州序①[24]

堯舜之時，以幽并爲朔易，元興，舉堯舜未有之天下而一之，而幽并始爲土中，以爲四方之極。然其地去荆揚數千里，而氣苦寒而多風，非其土著，至則手皵而足裂。其居處服食，異用絺葛、果茗、魚鱐之物，不能以易致，皆性之所不便。故南方之人，其至者恒少，非爲名與利，無從而至焉。又况浮圖、老子之徒以遺外世俗爲道，其於名與利蓋有所不屑，故其至者尤少，或至焉者，則亦名利之人也。高士方壺子至正中至自信州，余始遇之，以爲名利之人也，徐與往來，見其氣泊然，其貌充然，人與之談當世之事，則俯而不答。獨其性好畫，人以禮求之，始爲出其一二，皆蕭散，非世人所能及。嘗爲余言：“太行者，天下之脊；而居庸、古北者，[25]天下之岩險也。其雄傑奇麗，非江南之所有，天府之藏，王公巨人之所有，皆古之名畫，余所願見者今皆見

---

① 方壺子：據《〔雍正〕江西通志》卷一〇六《方技·建昌府》：“方壺子，姓方氏，名無隅，龍虎山人。學仙於金蓬頭，結社於張孟循、盧伯良。其畫冠絶一時，尤精於竹，張宇初稱爲‘壺仙’。嘗於高石徐氏畫《青山白雲圖》，學士虞集題句。”

之,而有以慊吾志,充吾之所操,吾非若世俗者區區而至也。"余曰:"賢哉!方壺,其古所謂善操技者與?夫輪扁之爲斲,知斲之爲美,不知有王公之貴;知斲之爲得,不知有晉楚之富。故其爲技也,古今之善斲者莫加焉。今子幾於是矣,其有不臻於古者耶?吾黨之學者苟遷於物,其尚能望子耶?"於其行也,相率爲詩以贈之。

聚魁堂詩序[①]

安慶郡文學秦宗德,持其友人豫章嚴撰書來,請曰:"去年丙申,江西行中書之鄉試也,臨江貢士有曾魯者,偕其友廬陵解蒙、高飛鳳、劉倩玉俱就試,寓止同舍,往還復同舟而載,拆號,四人者俱在甲乙選列。捷報至,高與劉、解乃留魯家,鄉人因名曾氏之館曰'聚魁堂'云。僕與魯姻婭也,復率大夫士之能文辭者賦詩美之,謂宗德常獲私於公,書來請序,願勿辭,將以爲榮焉。"余曰:"科目取士,吾嘗司文衡於中外矣。退而考其所得,父子同榜者有之,兄弟聯名者有之,師生俱在選者有之,若同志同升,鮮有聞如曾魯者也。其理似不偶然,豈有數存其間耶?然不足泥也。余惟愛魯之交友得人,而人之與魯交能登科目發身也,由此而升以行道,以致君,以澤民,將無不可。吾意四方者亦嘗彈冠相慶矣,則親朋賦詩以志喜也固宜。"宗德曰:"斯言甚善,請書以爲序。"

送李宗泰序[②]

淮東南西北道之地,其民忠而能守國者三郡,曰廬、壽、舒。自盜興,[26]壽守先治戰備,與民爲守,治輒敗。[27]然不能保其近地,民

---

① 文中所提曾魯、解蒙、高飛鳳、劉倩玉四人,俱列清錢大昕《元進士考》所載《江西通志選舉志》中"至正十六年丙申鄉試"條,故此文應作於至正十七年(1357)。

② 李宗泰:即李洙,字宗泰,當塗(今安徽省當塗縣)人。《文憲集》卷一三《題李叙山長妻姚元靖夫人墓銘後》:"仲羽之二子宗泰、宗茂,文行凝峻,俱爲名儒,而宗泰尤爲夏國余忠愍公所器重。"其祖母姚氏、父李習、弟李汶俱有文名。此文作於余闕赴任安慶之後,即至正十二年(1352)之後,具體時間不詳。

無耕收,而長淮之餉道又絶,以致父子相食而後潰。廬大郡,其南沮澤之地大而有名者三十六,俗名之曰圍地,廣而足耕。而守與將才下,余嘗識之,凡其日之所營、夜之所思,非宴樂之事,則掊克之政也。民有持末耞於門者,[28]則曰召使,奪而辱之,民飢以死。城大而不能守,乃斂四境鄉兵以守之,又無以食,以賦富者大都剽吏,殺人而莫之禁,至以其兵去之,城遂陷。余至舒時,國門之外數十里之地皆盜柵也,幸戰而勝,乃爲攘剔旁近之地,令民耕之,築壘以護其作役。其不能耕者時節,與之繕城隍,修矛戟,而又明其政刑,平其賦斂,治其爭訟,期月而頗張。今民之勇者無敢譁,弱者無所悵,如承平時然,惟教民之術有未治耳。方將與學士修其庠舍,共講唐虞治道、天人性命之說,則禍亂有不足定者。若姑孰李宗泰,志學而行端,又吾所當延而禮之者也,而力不足。宗泰族人陷在姑孰者聞多自拔於宣,將往來之,又義之所不敢止者,姑序吾懷而與之別。

《藏乘法數》後序[29]

天下之書,博者未嘗無要法。五聲十二管,可以盡天下之音聲。十干十二支,可以盡天下之甲子。象形、指事、轉注、諧聲、會意、假借,可以盡天下之文字,其統之有宗,其會之有元,充之而不窮,合之而不遺。知者創物,其有功於世類如此。佛氏有法數書,會萃名義,而三藏十二部之理無不在,[30]誠要法也。西庵遂公罷講游方二十年,歸乃取而修訂之,補其所未備,白其所未明,去其所未安。明性相,析機宜,刊定名體,目曰《藏乘法數》,濡須有道之士文公無學以衣資若干貫刻之板,以惠四方。昔邵子《皇極經世》,以"元、會、運、世"衍爲十二萬九千六百年,以盡事物無窮之變,其文博,其義富,蔡西山撮其機括,爲《指要》一編,其有功於邵子大矣。遂公之書,是亦大藏之"指要"與?余讀《傳燈》,婆子請趙州轉經,繞禪床一匝云:"轉經已。"婆云:"只轉得半藏。"半藏、全藏姑置勿問,五千四十八卷一周行頃,何爲而轉之？① 此又西庵不傳之妙，因書之卷末，在學者所自得。

元統甲戌五月晦日合淝余闕謹書。[31]

【校勘記】

[1] 殺：原無，據《漢書》卷六補。《漢書》卷六："秋，匈奴昆邪王殺休屠王，并將其衆合四萬餘人來降，置五屬國以處之。以其地爲武威、酒泉郡。"
[2] 吾：正統本作"無"。
[3] 捍：原作"桿"，據文義、正統本改。下同。
[4] 獨：正統本、萬曆張道明本等作"獨"，《四庫》本作"濁"。據《管子校注》卷一八《度地第五七》："所以然者，獨水蒙壤自塞而行者，江、河之謂也，歲高其堤，所以不没也。春冬取土於中，秋夏取土於外。濁水入之，不能爲敗。""獨水"有注："王念孫云：'獨水'當爲'濁水'，見下文。翔鳳案：江、河乃大川，一支獨流，蒙壤而濁，濁水不必塞也。王說非是。"
[5] 逾：正統本作"輸"。
[6] 人：原作"又"，據正統本改。危素有《楊梓人待制文集序》，貢師泰有《天門山爲楊梓人待制賦》。
[7] 選：正統本作"遷"。
[8] 夫：正統本作"之"。
[9] 凡：原作"九"，據正統本改。
[10] 功：原作"切"，據文義、正統本改。
[11] 推：正統本作"惟"。
[12] 遇：正統本作"週"。
[13] 作：底本原闕，據正統本補。
[14] 山：原作"小"，《〔雍正〕江西通志》卷六七《人物》有楊顯民傳，載其著有《水北山房集》；《禮部集》卷八有《楊氏水北山房》，《安雅堂集》卷二有《楊季子水北山房》等，據改。
[15] 天下、利：底本原闕，據正統本補。
[16] 一人：底本原闕，據正統本補。
[17] 王：正統本作"在"。
[18] 旦：原作"但"，據文義、正統本改。

---

① 《五燈會元》卷四："(趙州觀音院從諗禪師)有一婆子，令人送錢請轉藏經。師受施利了，却下禪床轉一匝，乃曰：'傳語婆，轉藏經已竟。'其人回舉似婆，婆曰：'比來請轉全藏，如何祇爲轉半藏？'玄覺云：'甚麽處是欠半藏處，且道那婆子具甚麽眼，便與麽道？'"

[19] 生：正統本作"自"。
[20] 亦：底本原闕,據正統本補。
[21] 瀕：正統本作"并"。
[22] 亙：正統本作"直"。
[23] 兵：正統本作"之"。
[24] 高士方壺子歸信州序：正統本於"高"字前有"爲"字。
[25] 古：正統本作"虎"。
[26] 盜：正統本作"之"。
[27] 治：正統本作"至"。
[28] 耒：原作"來",據正統本、文義改。
[29] 數：原作"疏",據日本應永十七年(1410)靈通刻本《藏乘法數》書後余闕所撰《藏乘法數》後序改。下同。
[30] 三：原闕,據《藏乘法數》補。
[31] 元統甲戌五月晦日合淝余闕謹書：原闕,據《藏乘法數》補。甲戌,元統二年(1334)。

青陽先生文集卷三

記

含章亭記①[1]

坤者，天下之至文。而世謂坤爲含章者，美而含之，六三之事，非盡坤之道也。嘗觀於地，山川之流峙，至文也；風霆之流形，至文也；鳥獸草木之彙生，至文也。故夫子贊之，以爲光大，又以爲化光，又以爲美在其中，暢於四肢，天下之文孰加焉？而三獨含章，何謂也？夫乾，尊道也；坤，卑道也。故乾主於五，而坤主於二，若三、四者，爻之無位者也。乾之四近於尊，故曰"或躍"，或可以進也。坤之三近乎卑，故曰"含章可貞"，可悔而可用也。夫子釋"含章可貞"，以爲以時發者，相時而動之意，故曰"可"者，僅詞也。若四，近於尊而括囊矣，上擬於尊則龍戰矣，是故龍君象也。若六五者，可謂至尊而非據矣。自非中德，何以能吉？故曰"黃裳"。黃，中之色；裳，下之服。夫惟有是中德，故不失其體也。無棣徐君子謙博古而通今，自監察御史郎官署爲諸道肅政廉訪使者，政理蔚然，俱可謂之文矣。惟坤之六二可以當之，非六三之事。而其名亭謂之"含章"者，人不知其所云也。余與君處江夏凡期年，知君之爲人，冲然賢者也，曾子稱顔子，以爲"以能問於不能，以多問於寡，有若無，實若虛"，②君嘗慕而師之。群居相與

---

① 含章亭記：據文中"余與君處江夏凡期年"可知，此文或作於余闕任湖廣行省左右司郎中居武漢期間，即1346—1347年之間。

② "以能問於不能"至"實若虛"：《論語》卷八《泰伯》："曾子曰：以能問於不能，以多問於寡，有若無，實若虛，犯而不校。昔者吾友，嘗從事於斯矣。"

不言,不知其有蘊也。然則君所謂"含章"者,其必以此,豈世所謂斷章取義者歟?君曰:"子之言然,[2]雖然,子論'含章',先儒所云,請求諸通經者而質之。"

穰縣學記①

學校之教,聖人所以盡人性者也。夫人之性,天命也。天命者,諸生遍予者也。其理,仁、義、禮、智;其器,君臣、父子、夫婦、長幼、朋友;其文,昏喪、冠祭、朝覲、會同、射飲、軍蒐。此性之體然也。若夫忠信也,而流爲殘賊;禮讓也,而流爲爭奪;文理也,而流爲淫慝。此性之失而非其本然者也。聖人,人之隆縶也,是故爲之學校之教,師法之化,禮義之道,所以正人性而定天命也。而世儒之言有曰:殘賊、爭奪、淫慝者,性也,必賴聖人爲之教,然後忠信、禮讓、文理興而生人之道立。②是不知性者之言也。今夫鳥之縠也,飛而逐其雌,獸之生也,走而軼其群,然止於飛走而已也。惟人之性,具天命者也,是故充其知可以通晝夜之道而知死生之説,推其才可以參天地而贊化育。何也?所性而有故也。今曰:性無善也,必聖人爲之教而後善。則驅鳥獸以由於學校之教、師法之化、禮義之道,亦可以爲忠信、禮讓之理也,其可乎?是故栖楯棟宇,聖人所以盡木之性也;[3]引重致遠,聖人所以盡馬牛之性也。學校之教、師法之化、禮義之道,聖人所以盡人之性也。其教已立,其化以行,其道以成之後,於是忠信立而殘賊息,禮讓著而爭奪寡,文理明而淫慝平。其動之也神,其漸之也深,則夫民之心可與爲善、可與爲惡、可與爲治、可與爲亂。夫豈奪之以惡而與之以善,易之以亂而誘之以治,使其民至於如是哉?亦盡其性而已矣。有弗若於吾化,弗迪於吾道者,然後爲之刑政以齊之,則刑政者,先王所以輔治而未嘗以爲先也。是故教成而王,政成而霸,咸

---

① 據《元史》卷一八六《成遵傳》載,成遵於至正八年(1348)任禮部郎中,根據文中所言,此文或作於至正八年(1348)後。
② 參見《荀子集解》卷一七《性惡篇》。

無焉而亡。其道有大小,而其教有淺深如此。自先王之迹息,而天下之治皆苟且,由其知治而不知教,而其甚者遂至亂亡相尋,終莫能勝民之芬芬者,皆不考乎此。大元之興,百有餘年,列聖丕承,日務興學以爲教,黨庠塾序,遍於中國,雖成周之盛,將不是過。夫穰,大縣也,自入職方以距於今,吏猶未能爲民立學。蒙古月魯不花君來監縣,乃曰:"學校之教,先王爲治本也。"遂出其田禄以爲民倡,民歡樂之,乃買地於州治之西,攻其正位,肖孔子及顏子以下十四人之像於殿,餘七十二子以及諸儒之從祀者,悉繪之於兩序,後爲學舍廩厝,以安居其師弟子。前闢門道,屬於大衢,立表而題其上,曰"穰縣之學"。學甫成,會天子以學校考吏課,君方樂有學校教民也,而乃以憂去。其同年友成君遵實家於穰,入朝爲禮部郎中,言君所以待穰之民甚厚,而篤於教恩如此,故既去而民至今思之。而恐後之未知所以教,而民未知所以學也。爲予誦其所聞以告之。君操行廉白,爲政以愛民爲本,日常偲偲然若已傷之,是可謂良有司也,況予於君亦同年也,故爲記之。

湘陰州鎮湘橋記[①]

湘水出零陵,北至湘陰,入洞庭,而湘陰諸山谷之水,則會於城南,爲東湖以入湘。方春夏時,水潦降而洞庭漲,則湘水不能入湖,因以瀁漫爲大浸。州爲湖南北孔道,凡行者之陸出,與夫鄉民之有事於州者,每涉湖則有風濤之虞,否則又爲舟人邀阻之患。[4]宋之時,州有鄧氏媼,率其田人作大堤絕湖,以屬之州。爲二木橋,以釃湖水,行者德之,謂之"鄧婆橋"。當德祐末橋毀,官爲復之。至大德中旋敝。州人黃仲規乃以私財命其子惟敬率衆爲石橋,南北樁石爲崖,中纍石爲高柱,布木面石,其上爲屋九楹覆之,以與民爲廛,易其名曰"鎮湘橋"。歷四十餘年,至元初覆木又敝,屋且壞,惟敬之弟惟賢、惟德,德

---

① 湘陰州:隸屬湖廣行中書省,余闕於至正六年至七年(1346—1347)任湖廣行省左右司郎中,此文或作於此時。

發其帑,得錢萬貫,以告州人,將卒其先之功。州人樂爲相之,又得錢二萬五千貫。乃撤覆木,施石梁,更作大屋。中爲道,左右爲市肆,橋廣若干尺,袤若干尺,上可以任大車,下可以通千斛舟,飾以彩繪,遠而望之,爛若陰虹之飲湖中。行者之遑來,與州人之市於此者,若由康莊而履堂奥,[5]不知其有湖之阻也。夫水,天下之至險,聖人爲之舟楫以濟民,而舟楫需人之力,人之力有限,而涉者之無窮也。不須人而能濟,有無窮之利者,惟橋爲然。夫橋之利大,故其費亦大,非若一舟楫之可易具,非有司與大家之力所不能爲。黄氏非有大作業、大廩藏,而爲有司、大家之事,力有不足,至父子相承乃克成,此夫亦難能也。惟德之子天禧有才藻,通經術,屢領鄉薦,余校藝鄂渚時,得其文,以置前列,其擢第也將亦易然,黄氏有子如此,必多益於人,如是橋類也。故爲記之。

漢陽府大成樂記[①]

禮樂出於天而備於人。卑高以陳者,禮也;絪緼而化者,樂也。故禮者,天地之大節;樂者,天地之大和。其體極乎天、蟠乎地,其用行乎陰陽而通乎鬼神。夫人者,天地、陰陽、鬼神之會,而禮樂者,觀會通以行其道也。其君臣、上下、賓主之有其文,升降、揖讓、綴兆、清濁之有其度,禮以著節,樂以爲和,節以別同,和以合異,是皆天之所畀,而非人之所爲也。然心,天命也;欲,心生也。欲熾而無以治之,則心梏亡矣。禮樂者,先王用之以迪民心而定天命者也。是故朝覲會同,禮樂以接;郊社廟享,禮樂以成;軍旅賓客,禮樂以治。用之於天,神格;用之於人,鬼享;用之於民,而民事治。故習俗美而侵侮蕩淫之心無自而生,[6]天下之大政豈有出於此者哉?洪荒之道邈矣。堯舜以還,歷夏、商、周禮樂始備,而天下稱爲極治。成康之後,浸以

[①] 漢陽府:隸屬湖廣行中書省,余闕於至正六年至七年(1346—1347)任湖廣行省左右司郎中,此文或作於此時。

就弛，至春秋而壞爛極矣。漢之時，禮雖粗具於經，而亡散者亦已甚。樂之道蕩然，雅頌所存，特其文而已耳。是故其禮失者其俗污，其樂濫者其教衰，天下之治所以不及於三代者，[7]禮樂不足之故也。皇元之興，諸事未遑，即定著孔子廟祀之禮，既又令天下廟祀用大成樂。令雖具，而吏亦鮮能應。詔制春秋奠薦類以鼓吹行事，夫禮樂者，以之習民，使之飽聞而飫見之，然後入人深而成功大。孔子廟者，鄉大夫屬民敷教之地，而民幸有禮可以略見先王之道，而樂又不備，由吏之爲政不知本末與所先後也如此。漢陽府孔子廟祀舊亦循用俗樂，河東譚君知府事，乃率其同寅，相與出俸金，作雅樂器，教授余時獻以其事來請，宰臣是之，爲遣一封傳作之平江。數月而樂至，爲琴、瑟、笙、笛、塤、簴各二，特鐘、特磬、祝敔、鞉鼓各一，簫八，編鐘、磬各十六，擇諸生肄習之。八月丁丑，有事於學宮，人聲在上，樂奏在下，翕如純如，疾舒以度。禮儀既舉，觀者咸作而嘆曰："禮樂之用大矣。若夫子監於四代，樂取韶舞。其治所先，在放鄭聲。欽若彝教，以迪民性。夫禮樂之存，有如餼羊。薦於明靈，永永是享。"於是，州之士相與樂譚君之政，而喜民復見先王之樂也，咸願刻石樹之廟庭。余爲之書，而使歸刻焉。

新修大寧宮記①

華西神川原大寧宮者，華人以爲古后土之祠也。宮故并岳祠，宋真宗幸華山，賜今額，以華山道士武元亨主之。其後，元亨以祠隘請於朝，改作之於神川之上。宮初甚侈大，至靖康時兵毀，里中人嘗修復之，然庳隘不能如舊觀。金正大中，乃加增拓，下距於今二百有餘年，故屋皆壞，無能修葺之者。里人張某欲以私力加繕治之，未及爲而歿。其子某乃追成先志，以錢二萬五千貫，具材木、瓴甓，會工藝，

---

① 《〔民國〕續修陝西通志稿》卷一六〇《金石》二六載此篇作《重修后土祠記》，由泰不華篆額，碑文有："御史臺都事張冲，同年光祿寺主事虎理翰家于華，義張氏之斯舉也，而請紀於余焉。至正十一年秋七月記。"

自門至寢,爲屋若干楹,凡期月而成。《左氏》曰:共工氏之子曰勾龍,能平水土,爲后土之官,故祀以爲后土。盧植諸儒從之,遂以爲后土勾龍也。蔡邕則曰:勾龍,社神也,堯祠之。稷之神,柱與棄也。漢后土祠在國壬地,社稷之位在未地。爲王肅之說者又曰:社與稷皆土神,但生育之功異,故有二名耳。《史記》:武帝初郊雍,太史、祠官言當祀后土,於方澤丘爲五壇,壇一黃犢太牢具。天子從之,乃東立后土祠於汾陰脽,上親望拜之,如郊。則漢以下地祇有社,又有后土。[①] 后土之說紛紛,莫能統一,以余考之,皆失也。鄭司農曰:后土,社神也。蓋社以地言,后土以神言,社之有后土,猶郊之有上帝也。曰帝、曰后,皆能宰之稱。天子之社神曰后土,諸侯而下之社神亦曰后土者,猶郊之神曰上帝,而五方主氣者亦謂之帝,不以嫌也。五土之神,吐生萬物,而稷者五穀之長也。人非土不生,非穀不養,是以先王尊而祀之,勾龍有功於水土,柱與棄有功於稼穡,故以配食其神。曰祀勾龍以爲后土者,猶所謂帝嚳而郊稷是也。[8] 又《周禮》以血祭祭社稷五岳,[②]其以血祭,則非人鬼,且其祀先五岳,則不得爲勾龍亦明也。古之制,天子祭天地,諸侯祭山川,庶人祭五祀。位有貴賤,故祀有大小,而后土之祀,自天子達於庶人,所以生者一也。王者爲群姓立社曰大社,自立社曰王社;諸侯爲百姓立社曰國社,自立社曰侯社;大夫以下成群而社曰置社。大社、國社,爲民祈報也;王社、侯社,自爲祈報也。大夫以下無民,人莫爲立社,又不得自立社,故與民族居,百姓之上,乃立社以祈報之。今國都至於郡縣皆有社,獨置社亡耳。民春秋雖有社祭,然無壇壝,主位、牲齊、儀章皆不應於禮,其事所以生者盡甚,莫爲之禁。夫不祀其所得祀,非義也;祀其所不得祀,非禮也。后土者,民之所得祀者也,今雖不能應於禮,能修而祀之,其賢於失禮而犯義者也。余之同年光禄主事虎理翰君家

---

① "武帝初郊雍"至"又有后土":參見《史記》卷一二《孝武本紀》。
② 血祭祭社稷五岳:參見《周禮注疏》卷一八《大宗伯》。

於華，①義張氏之斯舉也，而屬記於余焉。

梯雲莊記

晋地土厚而氣深，田凡一歲三藝而三熟，少施以糞，力恒可以不竭。引汾水而溉，歲可以無旱。其地之上者，畝可以食十人，民又勤生力業，當耕之時，虛里無閑人，野樹禾，墻下樹桑，庭有隙地，即以樹菜茹、麻枲，無尺寸廢者。故其民皆足於衣食，無甚貧乏，家皆安於田里，無外慕之好，間有豪傑欲出而仕，由他岐皆所以得官爵，故其爲俗特不尚儒。周行郡邑之間，環數百里，數百家之聚，無有一人儒衣冠者。獨楊黃許氏以儒稱於鄉，三時力田，一時爲學，褒衣博帶，出入里巷之間。其族數十家化之，皆敦於禮。每歲時上冢，族人各具酒饌，群至墓下，推長者一人主祀，以次奠薦。既竣，長者坐，少者以序羅拜之，然後皆坐，相與行獻酬之禮。子弟有爲小不善者，則長者進而諸讓之，衆皆進曰："長者言然，請改是。"乃已。至於再、至於三而終不能改也，則衆相與擯絀之，不與同祭祀。如是者已三世矣。嘗詢其族人，許氏之祖有義甫君者，攻詞賦，有聲於時，其弟恒甫君治經義，通《周易》，號"松谿先生"，然皆隱不仕。恒甫之仲子克敬，始以教官歷太常奉禮、翰林國史院編修官，而孫寅字可賓，②與余同登元統元年進士第，擢翰林國史院檢閱官、中書掾、中書照磨，名聲益顯。楊黃之許遂爲其鄉著姓，郡守爲表其邑中之居曰"梯雲坊"。其後，河東僉憲楊君士傑行郡至是，曰："楊黃者，可賓之所生長，其田廬丘墓皆在。"如是，又命有司易其莊爲今名，以風屬其鄉人，使知儒之爲可貴也。夫

---

① 虎理翰：據《元統元年進士録》"色目人第二甲"："虎理翰，貫奉元，弘吉剌人氏。字仲桓，行三，年廿八，三月初五日。曾祖伯運迺，潞州達魯花赤；祖高住，鄜州□□；父伯家奴，宣撫司同知。母康氏。具慶下。兄伯忽，兩舉鄉貢。娶張氏。鄉試大都第六名，會試第四十九名。授應奉翰林文字同知制誥兼國史院編修官。"同，原作"可"，據正統本改。

② 可賓：據《元統元年進士録》"漢人、南人第三甲，三十二名"："許寅，貫晋寧路臨汾縣，軍籍。……字可賓，行三，年卅，十一月初二日□時。曾祖濟民，祖固，父肯終，母張氏。具慶下。娶程氏，繼高氏、韓氏。鄉試大都第十名，會試第三十五名。授翰林國史院檢閱官。"

儒之所以爲可貴，以先王之道之所在也。是以古者少使居學，老使居塾，不如是者，不列於王官，不可以長民，故時不貴儒而儒貴。後世之用人不必盡出於儒者也，則民何由知其可貴而貴之？比年朝廷設科以待天下之士，民始稍稍知所趨向，獨晉俗堅強，不輕而變。今賢使者殊其宅里，明其貴賤，示其好惡，其意豈爲許氏計哉？昔常袞爲福建觀察，禮貌其士，俗以丕變，而況上有用儒之君，下有風厲之使。吾見晉之人，父詒其子，兄訓其弟，其必相謂曰："弗若許氏，不可以同祀。弗若可賓，不得以爲秀民。"末耜以業，詩書以語，民之彬彬將若鄒魯矣。然余嘗聞之，民可以身化，難以利誘。可賓爲人侃侃，篤於孝誼，有位於朝，行顯貴矣，乃以親老棄其官而養，人皆賢之。以賢者而化民，如草尚之以風也，其有不從者乎？故余爲記其表閭之始，且以觀其成焉。

合淝修城記[①]

至正十一年，寇起淮南，自浙西、江東西、湖南北以及閩、蜀之地，凡城所不完者皆陷。合淝之城久圮且夷，倉卒爲木栅以守。栅成，賊大至，民賴栅以完。其後僉憲馬君至，顧而曰："以栅完民，幸也，非所以固。"乃白皇孫宣讓王及其憲使高昌公，議修其城。遂發公私錢十萬貫，召富人之爲千夫長、百夫長者，傭小民，相故所圮夷盡築之。富人得官發錢，無甚費，咸喜助所不足。小民方饑，得傭錢，奔來執事，蟄鼓不設，鞭朴不施，棒柴荷畚，鹿至競作。自十三年二月朔戒事，九月畢，城四千七百有六尺，六門環爲睥睨，設周廬，廬具飾器，門皆起樓櫓，樹盗所必攻者甓之。計用木若干，甓四百四十八萬，用人之力七十七萬八千。城成而盗不至者，今期月矣。余生長合淝，知其俗之美，與夫所不從亂而可與守者有三焉，其民質直而無二心，其俗勤生

[①] 《〔嘉慶〕廬州府志》卷五三《文籍志》："《修城記》，余闕撰。至正十一年（1351）立，有碑陰，在合肥，文載《城署》。"誤。據文中"自十三年二月朔戒事，九月畢……城成而盗不至者，今期月矣"，暫定此文作於至正十三年（1353）末。

而無外慕之好,其材強悍而無孱弱可乘之氣。當王師之取江南,所至諸郡望風降附,獨合淝終始爲其主守,至國亡,乃出降。天下既定,南人爭出仕,而少不達則怨議其上而不可止。吾合淝之民,布衣育秀者治詩書,樸者服農賈,昏喪社飲,合坐數百人,無一顯者,無慍怒不平之色。驅牛秉耒,[9]雞鳴而耕朝而息,日昃而耕莫而息,不合耦而終十畝,負二石之米,日中趨百里而無德容。惟其質直而無二心,故盜不能欺;勤生而無外慕之好,故利不能誘;強悍而無孱弱可乘之氣,故兵不能訹。昔者木栅猶足以力戰禦寇而無肯失身於不義者,今而得賢使君修其垣墉,救其疾苦,擕持撫摩,以與民守之,而民之與君又歌舞愛戴,與君守如子弟之於父兄,手足之與頭目然。自今至於後日,是雖無盜,有亦不足憂也。君前爲庸田僉事,城姑蘇,今憲淮南,又城合淝,一人之身而二郡之民賴之,以有無窮之固。儒者之利,不其博哉?君名世德,①字元臣,也里可溫國人。由進士第,歷官應舉翰林文字、樞密都事、中書檢校,庸田僉事爲今官。與余前後爲史氏,城又余之所志而未成者也,義爲紀之。其敦事與凡供役之人,則載之碑陰。

大節堂記②

皇帝御天下之十五年,念君德之不宣,民生之未遂,乃詔丞相更守令之法,著考課之令,歷柬朝臣以爲郡縣,親御便殿,賜之酒而喻遣之。[10]於是天下之吏人人奮厲,以治所謂六事者,以成功名,稱上意。宗正郎中韓君建之守安慶也,③獨鮮所有事,其政清净而已。在官三年,潁、六之盜起,所在奇衺之民群起從之,殺守令,據城邑。時天下

---

① 世德:即馬世德,據《〔嘉慶〕廬州府志》卷九《職官表一》:"馬世德,也里可溫國人,進士。至正間淮西廉訪僉事,築合肥城,有傳。"

② 據文中"十四年春三月,朝廷錄十月功,特加君中奉大夫,秩從二品,幕官以下各升秩有差,余因名其廳事曰'大節'之堂"可知,此文或作於至正十四年(1354)三月之後。

③ 韓建:字公懋,遼西人。至正中以宗正郎中知安慶。《〔乾隆〕江南通志》卷一一六《職官志》有傳。

久平，民生長不識兵革，而郡縣無城廓，無兵備，卒然有變，吏往往盜未至先去而城陷。有不去者，盜去而民不與之守，城亦陷。明年十一月，盜入宿松，破太湖、潛山，吏多徙家江中爲去計。君獨無所徙，而治城隍、計軍實，以示民必守不去。越明年春，盜入桐城，以桐人來攻城，君縱民出擊之，盜敗去。自二月至於九月，盜之來攻者十有一，大小百餘戰，皆敗之。盜大忿，乃悉衆而東，舳艫數百里，鉦鼓之聲動天地，王師敗績小孤山。[11]十月癸卯，盜逐北至城下，城南郛久隳爲民居，而聯群艦爲城。盜縱火舟燒聯艦，艦潰，火入南門，燒民居，諸守將亦潰。民恐甚，走來視君，君方部署寮吏爲戰，守如恒日，民乃無恐，且戰且撲火。甲辰，盜傳西郛，戰却之。明日，傳東郛，又戰却之。相火所經，撤民屋材，夜柵之，旦具。甲寅，盜力攻，無所得利。諸潰者聞城完，且相率來援，盜望見之，乃夜引去。余來戍郡，道聞城陷矣，比至，乃完。問故父老，皆曰"韓君完我"。君時亦去，則民無與爲守；民無與爲守，則城之完不完蓋未可知矣。方朝廷更化時，吏皆黼藻其政，以角一日之能，君若無能然者。及臨大變，其所能者乃若人之所未易能，君誠不可以小知也。予觀於今，南方之國不頻於盜，非其所力攻有能守者矣，而頻於盜者爲難。頻於盜，徼幸於一勝，有能守者矣，而屢勝者爲難。民屢勝矣，至於敗且危，於是不去，而上效死以保其下，下效死以衛其上，卒能因敗爲功，以危爲安。如君之爲者，蓋千百之十一，此人之所難能也。曾子所謂臨大節而不可奪者，君其人歟？郡所治屬縣六，西至於懷寧，又西至於潛山，又西至於太湖，武夫、義民列柴相望，百戰抗盜，賴君以爲根本而無叛意；東至於池，又東至於姑孰，數郡之民賴君以爲藩屏，而無死傷之禍，君之所完不既大矣哉？余抵郡十日，盜復大至，與君率衆殲之，盜不至者，今再期矣。十四年春三月，朝廷錄十月功，特加君中奉大夫，秩從二品，幕官以下各升秩有差，余因名其廳事曰"大節"之堂，所以揚君之懿於無窮也。雖然，治之亂猶旦之有夜也，後之人坐其堂而思其人，思其人而懼其時，有不協於其行、不完於其民者，獨不歊然於君者乎？余之名堂，又所以觀於無窮也。時與君守者：達魯花赤西夏阿爾長普、照磨楊恒、錄事司達魯花赤莫倫赤、錄事黃圖倫臺、錄判燮理桀錫、權懷寧縣達魯花赤禹蘇福、安慶萬戶府經歷郝瑞，千戶李思禮、邵永堅、王國英、許元琰、賈伯英、也先帖木兒、立壟、咬住、洪保、張彬、路忠、金嗣元、葛延齡，百戶盧顯宗、邵文質、韋與權、齊世英、宗達、周文、謝茂、陳士達、楊買兒、朱傑、李玉、祝茂、夏興侯、興祖、呂重祿、朱臣孫、朱惠龍，彈壓嚴繼祖、伍子雲、張宏、晁關保，揚州弩軍翼千戶賈禧，百戶王孫兒、別列怯不華，沿海翼百戶毛偉。牽連書之，使與有聞於不朽。君字公懋，遼西人。

憲使董公均役記 浙江東海右道廉訪使。

古者，井天下之田以授民。民百畝，易者倍之，再易者再倍之，其養均也。則九壤，程九貢，市廛二十而一，近郊十一，遠郊二十而三，甸稍縣都皆十二，其取之又均也。小任以力，則上地家三人，中地二家五人，下地家二人；大任以兵，則比爲伍，閭爲兩，族爲卒，鄰爲旅，州爲師，鄉爲軍，其役之又均也。之二者，[12] 王政之大端也。大端具，而又爲之刑政以防民情，爲之學校以道民性，爲之公卿大夫士以登民材。其制詳，故不亂；其本深，故不拔。是以商周之世，皆七八百年而後衰也。自經界廢，於是田不在公而養不均矣。養不均則土會民數皆不可知，而賦與役不均矣。養與賦與役之不均，雖周公爲政，不可以言治也。浙東，古千越之地也，其地之微，無甚貧甚富之家，山谷之間有一畝居、十畝之田者，祖孫相保，至累世不失。又其土瘠，故其小人勤身而飾力，其君子尚樸儉而敦詩書，非若吳人之兼并武斷，大家收穀歲至數百萬斛，而小民皆無蓋藏。此固易治之地，有賢師帥爲之制而道利之，其亦可以庶幾矣乎？然余嘗行郡以觀民風，其庶人之役於官者，往往閭左之民也，而富人則有田而不役，甚者或不以征。歲終，保正稱貸而輸之，至破産者無算，此其田雖近於均而役則不均也。

至正十年秋,①藁城董公來長越憲,省民所疾苦,乃曰:"井田者,吾雖不得而行,而役不可不均。"於是擇其部吏之精強者,委之以事,以衢州路經歷王仲謙、西安縣主簿張拜住治金華;青田縣尹葉伯顏治武義,永嘉縣丞林彬祖治永康,而蘭溪州達魯花赤怯烈夫、義烏縣達魯花赤亦憐真、浦江縣達魯花赤廉阿李八哈、[13]東陽縣丞蔣受益自治其邑,義烏縣則復以衢州路錄事范公琇爲之輔,而總管陳伯顏不華總領之。先期一月,令民及浮圖道士各以田自占,其或蔽匿及占不以實者,没其田。令既浹,乃保以一正,屬民履畝而書之,具其田形、疆畎、主名,甲乙比次以上官。官按故牘而加詳覈之,曰"魚鱗册",以會田。別爲右契予民,使藏之,曰"烏由",以主業。其徵之所會曰"鼠尾册",以詔役。弓兵、隸卒、鋪兵爲至勞,坊里正、主首次之,館夫、步夫又次之。凡民田多者役其勞,少者役其逸,又其少而不足役者,則出錢以助奇田,不助者則以待夫不虞之役。其一人而有數保之田者各役之,即賣其田,則買者承其役。凡一州六縣之田二萬六千四百二十四頃四十九畝,役者一萬二千六百六十八名,故役而今復者四千三百名,所未役而今役者三千四百六十名,役而不復者休。而始役之册成,一留縣,一藏府,一上憲司,於是野無倖民,公無逸徵,強弱有倫,賦役有經,上下和洽,歲以有年。蓋公之遇人有禮,故吏盡其力,其使民有義,故貧者戴其德而樂其復,富者服其公而忘其勞,以故爲是大制,政不肅而成,民不擾而治也。《傳》曰:"天地養萬物,聖人養賢以及萬民。"②公之是舉,兼禮與義,則誠賢者矣。繼今之人,毋替公政,或推其所未及,則越之民樂樂利利,其福豈可既哉?故於終事也,其下咸願刻石以示不朽,以闕嘗陪其末議而知其梗概,遂來屬筆焉。

至正辛卯十二月記。③

---

① 至正十年:即1350年。
② 天地養萬物,聖人養賢以及萬民:出自《周易》"頤"卦。
③ 辛卯:至正十一年(1351)。

【校勘記】

［1］章：原作"草"，據原書目録、文義改。
［2］子：原作"予"，據正統本改。
［3］木：正統本作"本"。
［4］邀：原作"還"，據文義、正統本改。
［5］奥：原作"粤"，據文義、正統本改。
［6］蕩：正統本作"傷"。
［7］治：原作"至"，據文義、正統本改。
［8］譽：原作"譽"，據史料、正統本改。
［9］秉：原作"乘"，據文義、正統本改。
［10］遣：原作"遺"，據文義、正統本改。
［11］績：原作"續"，據文義、正統本改。
［12］二：正統本作"一"。
［13］李：正統本作"季"。

青陽先生文集卷四

碑　銘

慈利州天門書院碑①

　　皇上稽古明道,飭躬建極,孜孜於治者十有四年,慨然念生民之未遂,徽化之未洽,遂詔大臣,嚴守令之選,更考績之法,使之務農桑、興學校,以其殿最而進退之。維時貫侯阿思蘭海牙來監慈利,②乃均賦、疏訟,剗除奸強,期月之間,民志丕應。州有廟學,既敝且壞,侯與同知州事楊君雄偉、判官李君伯顏、焦君克忠勸其邑人萬文綬悉修完之。天門書院者,國初時州民田公著作之山中,傍鄰獠峒,職教罕至,椽棟摧腐,神用弗寧,租入單寡,士無以養,名存實廢,靡所爲教。於是山長張德明以請於侯,侯益大懼不任以隳教本。民有田懷德詣侯,言曰:"昔吾父榮孫嘗爲州作三皇廟,鄉邦稱之。今仁侯幸導宣德意,惠教遐壤,願輸財力,遷而大之。"乃度地於澧水之陽、天門之麓,揆日程事,百工并作,期月而學成。宫廟閑敞,階序整峻,講肆厓巙,具治弗遺,稱其所謂諸侯泮宫者。民士懷道,鼓篋而至,敬業樂群,惟侯之教。侯復爲之據經引史,開析疑義,訢訢顒顒,有如鄒魯。邑人楊侯舟、張侯兑皆以髦俊登名天府,有政有文,侯又尊而禮之,以表民厲俗。其於教思亦云勤矣,然不自以爲功,使使來鄂,願有紀述曰:"俾

---

　　①　慈利州:轄今湖南省慈利縣,屬澧州路。此文或作於至正六年至七年(1346—1347)余闕任湖廣行省左右司郎中時。
　　②　阿思蘭海牙:《元史》卷一四三《小雲石海涯傳》:"子男二人:阿思蘭海牙,慈利州達魯花赤。"

吾民獲聞道德仁義之言,君之賜也。"昔我祖宗已篤於教,武宗、仁宗益大用勸,至於皇上,同符往哲,法宮之中,萬幾之暇,惟先王簡册卧起與俱。以古之治,德禮是首。乃著吏課,俾民興學,荒遐所任,非賢不使。故爾民得賢侯以治以教,俾爾游乎詩書之淵,而息乎禮義之圃。其小人服禮以事其上,其君子力學以待用,則上之德與民之幸,其視於古豈不侔且大哉！宜有銘詩以昭化志功,章於無窮。前侯野仙海牙,君之昆季,世系勛閥具見州學之碑銘。曰:

帝篤保惠,惟守惟比。詢於台衡,命以六事。貫侯振振,慈利是監。[1]去其螟螽,使民耕鑿。既綱既紀,於學有事。民誰子來,惟此田氏。惟此田氏,暓長厥里。相侯有作,丕應厥志。厥初玄聖,越處在阿。樂是侯興,式遷於嘉。嵩梁有隓,[2]井絡所委。凌黔轢潊,為望於澧。山有松柏,是斲是削。是檃是蒦,為棟為桷。陟其在筵,龍章朱延。臨爾炳然,降觀於宇。秩秩有序,作配在下。笙磬枧敔,牲齊維旅。侯入即事,其儀伊翊。坎坎擊鼓,有士如雨。侯陳其書,以教以語。以酬以酢,以論以報。執爵與醬,以事老父。理融於中,和暢於膚。有頑弗即,亦來在隅。有簡有秩,惟帝訓敕。惠於天常,於帝之極。昔弗課吏,祇事以文。今著孔嚴,民章聿興。楚公之孫,兄弟先後。克廣帝心,道民於厚。天門之嗟,新廟有儀。侈茲侯功,俾民遂歌。

安慶城隍顯忠靈祐王碑①

城隍祠古不經見,自唐以來始稍稍見之。今自天子都邑,下逮郡縣,至於山夷海嶠,荒墟左里之內,無不有祠。然以余觀之,民之事神與夫神之著靈於民,鮮有聞如舒者也。舒,故楚壤也,其俗巫鬼,今乃他無所祠祀,獨於城隍,出必祈,反必報,水旱、疾疫必禱。一歲之中,

---

① 據《潛研堂金石文跋尾》卷二〇《安慶城隍顯忠靈祐王碑》考證,碑文作於至正十六年(1356)。

奉膋蕭、膏鐙、旛幢於庭者無虛日。五月之望,里俗相傳以神生之日也,民無貧富,男女羛倪,空巷閭,出樂神,吹簫伐鼓,張百戲、游像輿於國中,如是者盡三日而後止。其祠視他郡爲特盛。至正中,潁、六之盜起,江淮以南郡縣陷没者十七八。及盜之平,所在爲墟。舒特與盜竟大小格鬭前後百餘,[3]民率咨神而後行,卜朝以戰則朝而捷,卜夕以戰則夕而捷,群盜未嘗一日得志而去者,故其城廓、廬屋視他郡爲特完。民不忘神德,相率出泉以新其廟,又請於朝,乞崇其號以大報之。中書下其事,太常博士議升神於王,號"顯忠靈祐"。十四年夏四月,報下,帥守及民以少牢祀神於前殿,而揚言於衆曰:"夫舒,大岳之裔也,非南方諸國之所能擬,其神之著靈固宜。且吾舒人親上死長,既義而忠,神之降休,亦其宜也。"乃爲銘詩刻之廟門,以薦道神、休民德於無窮。其辭曰:

　　岩岩大岳,時維皖潛。臨此大邦,爲望於南。神宮於鑠,追房綺閣。玉几在中,袞衣朱舄。其靈有皇,其聲有那。使人齋明,奔走是宜。彼愒不臧,盜兵以狂。蜂屯於疆,其斾央央。我民秉義,弗隨禦之。殷輪鼓之,裏創斧之。其衷伊奭,赫若皎日。神之正直,宜福之錫。天人之縡,具曰旭卉。明者視之,端若觀火。天因者人,人成者天。相彼草木,其固可言。此有榮木,蕃彼雨露。彼有顛由,自無承者。凡今亂邦,孰無神依。民失厥道,胡能有右。桓桓舒人,爲君爲國。先民有言,自求多福。其充厥行,孝父長兄。弗祈於神,丕乃降祥。而自不義,不率不迪。來瞻於宮,神吐不食。古師之克,執律以報。今我小康,敢忘厥佑。嚴嚴奉常,秩號有光。牲幣版章,升真於王。禮行既具,樂奏既卒。工祝致告,徂賴無極。其自於今,無害有年。民樂斷斷,烝衎於神。

化城寺碑

　　小河出霍,東流至六,北轉南折,以入於淝。河曲有洲二,參互衍迆,帶之以清流,被之以嘉木,齊頭諸峰離列其前,森蔚峭麗,如屏如戟，可指而數。禪師洪聰泰定初自邢開元寺游淮，①過而樂之，州民闞民爲買其地，乃築室前洲居焉。學佛者聞其行，多往從之，室隘不能容。六人乃委貨利、輸材木，築廣其居，久而從之者益衆，而人之爲築者益大。前有門，中有殿，左右有序。爲穹屋殿後以庋佛，爲堂序西以棲僧，鐘魚鈴磬，凡浮圖之器皆具。堤其傍聯絡二洲，匯水其中以溉田，爲圃以蔬，爲場以樹，雜植梨、栗、棗、柿、藔竹之屬數千本。春土膏貲，則率其從及優婆塞負耒出耕，而躬爲耨，衆亦勤田力作，力齊而糞多，凡食百餘人，而稻麥、麻菽、果茹不取於人而常裕。務閑即合其衆，講其師之説，因號其寺爲"化城"。皇孫宣讓王雅敬佛乘，②與爲外護，六人之事佛者亦無不禮焉。余聞聰嘗歷事江南名僧，其才幹敏，其行敦樸而勤苦，其言辯博，善於誘人。平生未嘗蓄一錢，有所得，悉以俾其子弟使治其居，故人慕而愛之而就此易也。然余聞之古農工商士皆用世之人也，浮圖後出，其道以出世爲説，而須世以生，故言道者病焉。聰學出世之道而不須於世，故君子取之。禪師松江人，姓陸氏，初事法忍海翁師，後受具於開元明公。銘曰：

洋洋清川，藹藹蘭渚。名標化城，斯實寶所。芝阤藤井，丹檻瓊户。翠嶺承窗，瑶溪環宇。寶樹朝蔭，水華晚妍。未瞻靈鷲，已肅祇園。朱鳥殷宵，倉庚司序。夫須以耕，閑閑於野。陽烏斂曜，清鐘戒夕。詵詵學徒，棲禪於室。練心净域，結軌玄涂。渡河析獸，袖衣啓珠。内無佚已，外弗求物。以學以耕，其誰之疾。王侯歸依，四性效績。斲辭貞珉，永告無斁。

濟美堂銘

觀夫封建之命，攸貴象賢；考室之詩，粵蘄朱芾。蓋人以人而

---

① 開元寺：即今河北省邢臺市的大開元寺。
② 宣讓王：據《元史》卷一一七《帖木兒不花傳》："帖木兒不花，世祖孫，鎮南王脱歡第四子也。……（天曆）二年，孛羅不花已長，帖木兒不花請以其位復還孛羅不花，朝廷以其讓而不居也，改封宣讓王，賜金印，移鎮於廬州。"

競,家以材而興,情之所願,孰大於此?濟美堂者,丞相賀公所居之正寢也。① 自公之先,奕世載德,忠貞以茂功而基業,惠愍以厚澤而亢宗。名冠庶僚,勳配名族,故能保其富貴,世守茲堂。蕭何之第,不爲勢家所奪;晏嬰之廬,當守先人之舊。念茲多懼,思貽無窮,故取文子之言以爲扁表,所以昭先烈,示後昆,庶幾持盈之戒,不忘於侑坐,良相之業可續於箕裘。某忝登公之堂,知公所以命名之意,謹爲銘曰:

皇慶有極,析木之津。孰爲林屺,作我世臣。烈烈賀氏,祖孫承德。肅肅崇構,奠茲王國。厥茲有室,爰考斯堂。儉不至固,[4]質乃逾章。前檐翠觀,後麗玄武。榮并棲鸞,制惟旋馬。疏承但嶺,閾鏡瑤泉。瀏瀏文井,髐髐塵筵。惟公先王,克濟厥美。其美維何,[5]黃中通理。忠貞底法,相我世皇。啓茲陪輔,爲時廩梁。[6]惠愍肯構,樹立有茂。惠農商工,澤深仁厚。兩公之懿,後先相望。故居不斥,疏爵彌光。禮賢於館,麗族於室。廟寧邕貞,庭具鍾食。出有旄榮,入有圖書。龍光載錫,戚里通車。□□□□,德及累世。至於今公,奮庸於位。開誠布公,登選俊良。挈彼宇寰,隮於平康。天子是君,民命是賴。敦功盤石,垂裔河帶。小心寅畏,念茲厥初。欲其曾玄,視此渠渠。百尺之木,其本必倍。混混源泉,其流無既。惟忠惟孝,爲本爲源。勉師元凱,相我皇軒。

青陽縣尹袁君功銘并序②

紅軍起潁、六,縱掠江淮之南。南方之地,雄都巨鎮,諸侯王之所封,藩臣臬司之所治,高城浚隍,[7]長戟強弩之所守,環輒碎之,鮮有固其國者。[8]青陽,小邑也,非有山溪之險,兵甲之利,貔貅熊虎之衆,

---

① 賀公:即賀太平(1301—1363),字允中,初姓賀氏,後賜姓蒙古氏,名太平。曾受業於趙孟頫,官至左丞相,爲人正直,在位期間啓用人才,宣揚儒學,至正二十三年(1363)受皇太子爭權的黨爭牽連,賦詩自殺。《元史》卷一四〇有傳。

② 此文亦見於《永樂大典》卷八二六九《功銘》,或作於至正十二年至十八年(1352—1358)余闕分守安慶時。

以爲之固也。昔者行戍過之，其邑屋無所毀敗，其民安生樂事，無桴鼓之驚；其館人具酒肉芻粟，迎勞使者，無喪亂窮苦之態，如治平時。問其所以全，則皆其尹袁君之功也。君初游太學，舉茂才，五轉而尹茲邑，爲人端敏精强，[9]重知人情、里俗與其所疾苦，而其心一以愛人爲主本。民有鬬訟，從容召逮，不數言，折之庭中，未嘗有留獄也。邑有積患，吏之所不爲理者，[10]悉薙櫛治，[11]一切與之道利之。冗吏、悍卒不敢入縣門以干其公，大家、武人不敢肆虐其鄉與其過人。其治既已張矣，乃以其暇日，作伏羲、神農、黄帝祠祀之，俾民知所本始。吉月望日，衣深衣、角巾，拜謁孔子廟。退坐講席，横經析義，進民觀聽其左，以習知立身行己之大端。於是上下相率，惟君言之爲聽。張弛禁止，[12]無抑其教者。其治如此，故民德之而無畔心。及盜入番，[13]君即委家野處，令民爲保伍，自守其地，而身往來督視之，相民之良者，收其豪以爲己用。其無良而起應者，誅磔無遺。有盜至，[14]率民逆戰，如武夫健將然。其勇如此，故民恃之而有競心，卒能外捍憑陵，内固根本，至於今日休也。余出入亂中，以觀南方之民，或盜至而亂，[15]或未至而迎降，[16]撞搪譎怪，有如鬼蜮，豈獨異於人哉？[17]由吏政不足以得民心，勇不足以振民氣，民興而善者，亦莫之能守也。使夫天下之吏，皆得如君者用之，[18]則亦何至如今者之事哉？[19]不幸有之，則亦易治，不至若是極也。今亂而甫定也，湖湘之間千里爲墟，驛馳十餘日，荆棘没人，漫不見行踪。[20]青陽之民於是益以君爲有德於我也，[21]平居稱謂皆曰"我君"，而不忍名字君。邑之故老與其學士願銘貞石，薦君功德，垂於無窮，而使儒生程孔昭請辭於余。余，故史氏也，於志義無所讓，乃爲之銘。君名俊，字孟敏，富州人也。辭曰：

元受天命，并臣萬邦。如山如澤，或生蛇龍。[22]馮淮逾江，殘吳齒楚。[23]信嘯厚凶，邑無完者。徂茲青陽，番人所毗。君治有政，民亂無階。亂民來既，[24]俾民爲伍。[25]君先以勇，衆繕厥武。民以爲城，治以爲兵。大邦攸畏，小邦攸愫。相彼亂邦，衰骨如麻。爾父爾子，耕稼嘯歌。亂之所定，棘生有闌。[26]爾室爾家，究爲安宅。君功在時，民亂弗知。既克底靖,功爲君歸。載其肥羜,及其旨酒。祝君無歸,亦戒難老。[27]念之謂之,易由畁之。[28]至於孫子,懷允無止。南山之華,其媺如英。媲於君功,民説無疆。

勉學齋銘爲汪澤民作。[29]

飛黄之疾,一日千里。駑馬弗輟,十駕可至。聖源於學,不以其才。或利而勉,殊塗同歸。人十己千,人一己百。孰云余愚,而聖可作。行百里者,其半九十。十里弗勉,不入於室。爾祖好修,厥有令名。勉兹學者,聿觀其成。

劉府君墓銘①

元至元戊寅八月十六日,②鄱陽劉君歿。[30]既葬,而天下兵亂,不克立碣墓左。今海宇晏夷,家子昺始刻銘以昭厥志。君諱斗鳳,字友梧,母李夢鳳翥北斗間而生,故名。君疏髯偉度,倜儻負奇氣,嘗攻舉子業,屢試不利。監郡馬公某舉茂材,部使者王公都中賢之,③復交薦,授集慶句容校官。既而慨然曰:"大丈夫坐廟堂,佐天子,出號令,以保乂庶民,不然仗節出萬里外,氣懾夷狄耳。奈何棲棲服章逢鄉井耶?"遂絶江渡淮,遡河濟,過齊魯之邦,遨游燕趙間,周迴秦漢故都。南還吳楚,登高酌酒,吊古豪傑遺迹,發爲歌詩,皆磊落魁奇。當時,虞文靖公集、揭文安公傒斯、④禮部郎中吳公師道咸交君,⑤愛其材雄

---

① 劉府君:即劉斗鳳(1306—1338),字友梧。劉彦昺之父。
② 戊寅:至元四年(1338)。
③ 王公都中:即王都中(1279—1341),字元俞,號本齋,福寧州(今福建省霞浦縣)人。官至户部尚書,河南、江浙行省参知政事,天曆元年(1328)後任浙東道、廣東道宣慰使都元帥,時劉斗鳳約二十二歲。著有詩集三卷。《元史》卷一八四有傳。
④ 揭文安公傒斯:即揭傒斯(1274—1344),字曼碩,號貞文,龍興富州(今江西省豐城市)人。任翰林院國史編修、奎章閣授經郎、翰林待制,後修遼、金、宋三史,任總裁官。善書法,精於楷、行、草,著有《文安集》《揭曼碩遺文》等。《元史》卷一八一有傳。
⑤ 吳公師道:即吳師道(1283—1344),字正傳,婺州蘭溪(今浙江省金華市)人。至治元年(1321)進士,曾任國子助教、博士、禮部郎中等,著有《蘭陰山房類稿》《易雜説》《書雜説》《詩雜説》《春秋胡氏傳附正》《戰國策校注》《絳守居園池記校注》《敬鄉録》等。《元史》卷一九〇有傳。

贍，争言於中書，擢應奉翰林文字，未上而卒，年三十二。以卒之年十月十五日，葬鄱義城東潘超之源，[31]遺詩文若干卷，毁於兵。父諱環岫，[32]字傑夫，兩浙鹽運提舉。大父安朝，[33]宋國子生。君家世簪纓，光奕史牒，宋贈檢討、太尉、中書令、左僕射、封潁川王浩，八世祖也。君克繼詩書，有志弗獲顯庸，惜哉。配朱，①生昺、昱、[34]燮三男子，昱、燮亦夭，昺復業儒，文聲動縉紳間。銘曰：

猗鳳鳥，昧靈兆。壽曷少，氣則浩。跕而老，顔而夭，匪天道兮！

墓　表

葛徵君墓表②

君諱聞孫，字景先，姓葛氏。累世皆隱合肥巢湖之上，有少田，力耕以爲學。至君祖嗣武始補太學生，遷桐城縣主簿。宋亡，遂歸隱。淮安忠武王録宋官，③授龍泉縣丞，[35]辭不受，而自放於詩酒以終。父天民，[36]亦隱德弗耀。君生十九年而孤，能自策厲爲學，天性警敏，日誦數千言，輒終身不忘。居家孝友，待朋友有信義，每旦，冠衣詣母束夫人，問起居，躬視食飲，惟夫人色所欲即趨爲之。凡物夫人未食，即弗御也。親舊知其然，每食親，必先以饋君，使奉夫人。嘗以貧出爲頓文學，既而曰：“此非養志之道也。”尋不復仕。其後宰相薦君文行可用，擢翰林國史院編修官，復辭，不赴召，而教授於其家，諸生不遠齊楚之路皆來從之。余嘗謁君湖上，升堂拜束夫人，君侍側，鬚鬢皓然，進几捧觴，進退旋辟惟謹，爲好言温藉之。母夫人年八十餘，耳

---

① 配朱：即劉彥昺之母、劉斗鳳之妻，名則中（1306—1362）。劉斗鳳去世後，朱氏守節長達二十四年，宋濂爲作《鄱陽劉節婦朱氏墓碣銘》。

② 據文中所載，葛聞孫於至正五年（1345）去世，至正六年（1346）余闕曾謁其墓，此文或作於是年。

③ 淮安忠武王：即伯顔（1236—1295），蒙古八鄰部人。元朝大將，曾祖述律哥圖、祖阿剌事太祖成吉思汗有功，後伯顔爲伐宋主要將領，戰功赫赫，對宋降民采取招安政策。大德八年（1304）被追封淮安王，諡忠武。《元史》卷一二七有傳。

目聰明,泄泄然樂也。食下,始出坐館中,爲諸生談先生之道,諸生環列修整,皆若有得焉者。間以親故入城中,城中人無少長爭候迎謁,以不至其家爲恥。君與人言,無賢不肖,率依於忠孝,其語切至,初若不可親,及徐就之,乃甚有味,久而不厭也。里中有鬥訟,官府所不能折者,君以一言決之,其見重於鄉如此。以故鄉大夫有大政與大獄,多以詢君,君亦通練誠懇,問無不言。諸大夫陰用之,鄉人多蒙其利,此余之所知,而鄉人未盡知也。至正五年,①母夫人以壽終於家。予往吊之,君衰絰癯然,衆以爲君若不勝喪如此。是年冬,余還京師,而君遂以死矣。嗚呼！聖人之道猶天然,而一本於卑近,精粗本末無二致也。而世或騖於高虛,若德合一官、行庇一鄉者,往往薄之,以爲不足爲。君平生不事大言高論,而行事皆聖賢之實用,其用以教人,亦必以此。雖不肯出仕以盡其所學,而其學之可用,蓋不待出而後見也。其文章平實,稱其爲人,有文集若干卷藏於家。配倪氏,子男一人,楨,黃岡縣教諭；女六人,皆適士族。君之歿,以至正五年九月癸巳,其葬在十二月癸酉,年六十一。明年,其友余闕表其墓曰："昔予登第還里中,里中長老言,朝廷召君時,合肥之學甘露降於松,明年又降於柏。占者曰：'國家養老之祥也。'君得於人者如此,而得於天者又如彼,非篤於孝友,積誠而不已,其能然乎？鄉之人士過君墓者式之。"

張同知墓表

澧之慈利有隱者曰張君,積學厲操,居州之雍沙鄉,雍沙之人稱之,以爲能孝。君喪父時,[37]年始十四,即養母而能敬。生事大小,自盡身力,一不以屬母,而務有以樂其心。母素多病,君自侍側,具湯液食飲,行坐臥起必自扶掖之,[38]而未嘗去左右,如此者殆三十年。間適市,心動,亟歸視母。火發帷,家人無在者,母病臥且驚,不能起。

---

① 至正五年：即 1345 年。

君冒烟焰襫幛滅之。微君，母幾不能免。母病甚，嘗割股肉以療之，夜即焚香籲天，願以己年益母壽。母歿，哀戚甚，躬負土爲墓，不以委僮奴，人是以謂之孝也，良重信之。有爭訟者，不詣公府而詣君取直。[39]其里之麃鹿泉者，鄉人素賴以溉田，延祐丙辰夏，①大旱，泉竭，[40]衆相與祠其上，喪豚敗鼓，卒不能出泉。乃率以走君，曰："泉閟，禾且槁，民不知死所矣。泉其或者聽孝子乎？"君爲沐浴而往，再拜，爲民請，泉出如綫。衆歡曰："泉至矣。"君乃又再拜，泉沛然如初，所溉方數十里之地，是年獨得歲，人益齰然謂君誠孝子也。君性介直不阿，鄉里敬之，有撓曲爲欺者，見君，面輒發赤。其事寡姊有恩義，經紀其家事如其家，凡細行類此，多可書者，不書，大其孝也。君通《尚書》，以授其子兑，②兑亦博學有文章。元統元年貢於禮部，中高等，授同知茶陵州事。君以子貴，封承事郎英德州同知，聲光顯融，享有禄養，凡七年，以壽終於家。自君之没，兑之治民日有政譽，轉尹當塗。公廉勁毅，以治行稱，徵爲翰林國史院編修官。君子曰："天與善人。③孝者，善之紀也，故孝者必有子。"今於君徵之，尤信。君諱杏孫，字子春，以至元己卯十一月二十一日卒，④年五十有四，以某年某月葬州之懷德鄉永樂村青山谷。張氏世爲蜀之安岳人，曾祖文震，宋吴潛榜進士，官至知江安縣。祖圓，避亂始遷澧。自圓而下皆世治儒術，然無顯者，顯乃自君始，是可表也。

兩伍張氏阡表

張氏本酈陽人，其先世有諱豈者，徙家淮南之兩伍村，子孫繁富，皆有美田在湖上，無貧者。君之祖子可始爲儒教子，君父諒裔，日誦

---

① 丙辰：延祐三年(1316)。
② 兑：即張兑(1304—?)，字文説，慈利(今湖南省慈利縣)人。元統元年(1333)進士，歷任茶陵州同知、當塗縣尹、辰州路總管。《元統元年進士録》卷上、《〔隆慶〕岳州府志》卷五載其生平。
③ 天與善人：《道德經》第七九章："天道無親，常與善人。"
④ 己卯：至元五年(1339)。

書，不問其家生業。見異書，無錢，質衣買之，故君家在諸張中獨貧，而教子益不怠。君諱拱辰，[41]字景星，少以儒薦爲興化縣教諭、崇明州學錄、泰州學正，雲南柏興府、建康路兩學教授，改將仕郎，主安豐霍丘縣簿而卒。弟竑，字景山，亦由天長、泰興教諭，揚州學正、真州教授，以將仕郎、滁州判官致仕。初，張氏雖盛，然皆農家，無聞人。自君父以耆學著稱鄉校，逮君兄弟登仕版，有聞譽，故兩伍張氏遂稱江淮間。君爲人寬厚，不嗜利，居貧晏如，不以動心。竑性剛直，好賢而疾惡。此兩人者，所操雖異，而士大夫與之交者一愛敬之。君兄弟仕時，其父已死矣，君每與人言其先世，必嗚咽流涕曰："吾先人以儒者望吾兄弟，吾兄弟今皆讀書爲儒官，雖貧，亦何憾哉？"余往吏淮南，聞君伯仲之名甚習，會君之孫天永，遂得其先世之概如此，重爲慨息。蓋淮俗之數易矣！宋之季時，其地專用武，故民多尚勇力而事格鬥，有號爲進士登科第者，往往皆武學也。混一以來，其俗益降，民之賢者始安於農畝，其下則紛趨於末，以争夫魚鹽之利，其積而至大富者，輿馬之華、宮廬之侈，封君莫之過也。故其俗益薄儒，以爲不足以利己。朝廷設科以誘之，今三十年，民亦少出應詔，君父子自拔於衆人之中，傾家以爲學，可不謂之豪傑之士哉？天永自樹嶄然，弱冠屬文敦義，異時非能振其宗乎？詩書之教，能淑人心，學之至，可以爲聖賢，其次不失爲善人，其緒餘亦可以得禄，以振耀其宗族。夫孰知不足以利己者，爲其家之大利與？君之於鄉，可表以厲俗矣。君兄弟歿，兩伍之墓隘不能葬，乃改卜倪村葬焉。君配陳氏，子二人，禎，桃源縣教諭，孫男三人，天序、天庭、天庸。竑娶李氏，子一人，孌，將仕佐郎、揚州教授，孫男三人，長天永，次天奇、天亨。至正六年二月述。①

---

① 至正六年：即1346年。

【校勘記】

[1] 利：原作"科"，據文義及正統本改。
[2] 隹：原作"佳"，據文義及正統本改。
[3] 與：正統本作"比"。
[4] 固：正統本作"國"。
[5] 何：正統本作"向"。
[6] 梁：正統本作"京"。
[7] 浚：《永樂大典》卷八二六九《功銘》作"深"。
[8] 鮮有、國：《永樂大典》卷八二六九《功銘》作"既能""圍"。
[9] 敏：《永樂大典》卷八二六九《功銘》闕。
[10] 吏：《永樂大典》卷八二六九《功銘》闕。
[11] 櫛：《永樂大典》卷八二六九《功銘》作"樹"。
[12] "退坐講席"至"張弛禁"：《永樂大典》卷八二六九《功銘》闕。
[13] 盜：《永樂大典》卷八二六九《功銘》闕。
[14] 盜：《永樂大典》卷八二六九《功銘》闕。
[15] 盜：《永樂大典》卷八二六九《功銘》闕。
[16] 未至：《永樂大典》卷八二六九《功銘》作"來"。
[17] 於：正統本、《永樂大典》卷八二六九《功銘》作"性"。
[18] 用之：《永樂大典》卷八二六九《功銘》作"而用之"。
[19] 今：《永樂大典》卷八二六九《功銘》作"向"。
[20] 行：《永樂大典》卷八二六九《功銘》闕。踪：正統本作"跡"。
[21] 益：《永樂大典》卷八二六九《功銘》作"亦"。
[22] 蛇龍：《永樂大典》卷八二六九《功銘》作"龍蛇"。
[23] 齒：正統本作"嚙"。
[24] 既：《永樂大典》卷八二六九《功銘》作"墍"。
[25] 俾：《永樂大典》卷八二六九《功銘》作"昇"。
[26] 闉：《永樂大典》卷八二六九《功銘》作"剔"。
[27] 戒：《永樂大典》卷八二六九《功銘》作"介"。
[28] 昇：《永樂大典》卷八二六九《功銘》作"卑"。
[29] 汪：原作"江"，誤。參見本書《汪尚書夫人挽詩》注。
[30] 陽：原闕，據《劉彥昺集》卷九《劉府君墓碣》補。
[31] 源：《劉彥昺集》卷九作"原"。
[32] 環岫：據《劉彥昺集》卷九《故處士鄱陽劉公墓志銘》："公諱由孫，字傑夫，號環岫。"

［33］安朝：據《劉彥昺集》卷九《故處士鄱陽劉公墓志銘》："大父，諱朝英，宋國子。"
［34］昱：《劉彥昺集》卷九《鄱陽劉節婦朱氏墓碣銘》作"煜"。
［35］授：此字原闕，據正統本補。
［36］父：原作"文"，據文義及正統本改。
［37］時：原作"持"，據文義及正統本改。
［38］掖：原作"液"，據文義、正統本改。
［39］不詣公府：底本此四字爲墨釘，據正統本補。
［40］竭：原作"碣"，據文義、正統本改。
［41］拱：正統本作"共"。

青陽先生文集卷五

策

元統癸酉廷對策①第一甲第二名。

臣聞之，周武王曰："惟天地，萬物父母；惟人，萬物之靈。亶聰明，作元后，元后作民父母。"②此言君天下者，凡以仁而已。臣嘗思之，天地生物而厚於人矣，而於生人之中尤厚於聖人。其所以厚於聖人者，欲其推生物之心以加諸民。是仁者，人君臨下之大本也。臣謹稽天地之理，驗之往古，則仁之爲道，夏以之爲夏，商以之爲商，周以之爲周，祖宗以之而創業，後聖以之而守成，其理可謂至要，而亦可謂至難矣。恭惟皇帝陛下有聰明睿知之姿，有寬裕温柔之德，愛民而好士，神武而不殺。爰自初潛，仁孝之聲固已播聞於中外，今兹誕膺付托，龍飛當天，輕徭役，薄賦斂，罷土木之役，恤鰥寡之民，而仁厚之澤，果有以大被於天下。當天命眷祐之初，人心歸向之日，又能不自滿，假拳拳以守成之大計，下詢承學之臣。顧臣庸愚，無所通曉，然臣觀陛下策臣之言，反覆乎三代及漢守成之艱難，而深輖乎今日當行之切務，自非聖心獨詣深有，以考之於古、質之於今，灼知上天作君之心與夫祖宗創業艱難之計者，不能爲是言也。

臣伏讀聖策曰："古人有言，得天下者爲難，保天下爲尤難。"臣以爲，人之於仁，憂患而思勉者易，安樂而勿失者難。天造草昧之際，英

---

① 癸酉：元統元年（1333）。
② 語出《尚書·周書·泰誓上》。

雄角逐之會,而世主之心所以不敢暇逸者,鮮不如敵國之在旁、嚴父之在上。其思所以康濟小民、惠鮮天下者,蓋饋屢輟而寢屢興,此其勢之易然者也。天下既定,方內無事,兵革不動,四荒向風。天下之臣又日奏祥瑞豐年,頌聖德者聲相聞於朝,歌太平者足相躡於道,雖以創業之君尚不免於不終之漸,况其後世乎?蓋治平則志易肆,崇高則氣易驕。志肆則敗度之心滋,氣驕則愛民之意熄。如是,則豈復念夫先世艱難勤苦爲何如哉?甚者至以其祖宗爲昔之人無聞知,見其先世勤儉之迹,則田舍翁得此亦足矣,此亦勢之有必然者也。陛下以保天下爲難,此臣所以踴躍忻怵而不自知。陛下此言可以承宗廟,可以奉六親,可以育群生,可以彰洪業,臣拜手稽首而爲天下賀,願陛下永永無忘此言也。

臣又讀聖策曰:"自古持盈守成之君,莫盛於三代。夏稱啓能敬承繼禹之道,殷稱賢聖之君六七作,周稱成、康能致刑措,夫以禹之功而惟啓,以文武之德而惟成、康,賢聖之君之衆莫若殷,亦不過六七而已。其後惟漢之文、景,而言文、景之治,猶不得比之三代善繼承者,何若斯之難也。"臣以爲,惟思祖宗得天下之難者,則於保天下也斯無難。啓、太丁、太甲、太戊、祖乙、盤庚、成、康、文、景之君,則思祖宗創業之難而保之者也,桀、紂、幽、厲、桓、靈則反是。故伊尹之於太甲,則明言烈祖之成德,周公、召公之於輔相成王也,亦諄諄於文王之典、武王之大烈,蓋知其祖宗得天下之難,則必能求其所以得之之道矣。知其所以得天下之道,則知所以保天下之道矣。夫祖宗得天下之道,即其子孫保天下之道也。孟子曰:"三代之得天下也,以仁。"[1]此仁者,祖宗得天下之道也。《易》曰:"何以守位?曰仁。"[2]此仁者,子孫保天下之道也。夫仁之難成亦已久矣,持盈守成之君,若是之難得者,宜哉!

---

[1] 語出《孟子·離婁上》。
[2] 語出《周易·繫辭下》。

臣又讀聖策曰："我祖宗積德，累世至於太祖皇帝，肇啟土宇，建帝號又七十餘年。世祖皇帝始一天下，以致至元之治，厥惟艱哉！願予冲人，賴天地祖宗之靈，紹膺嫡統，繼承之重，實在朕躬。夙夜兢兢，未獲其道。"臣以爲，陛下此言，可謂深知祖宗創業之艱難者也。當其巡天西下，又詔定西夏、懷高昌，北取遼、金，南取趙宋，其經營開創之事，有不待賤臣之言而後知。若夫祖宗所以得天下之本，則陛下之所當知也。臣嘗妄論之：我國家之得天下，與三代同。自太祖皇帝起朔漠而膺帝圖，世祖皇帝揮天戈以一海内，不恃強大，而其仁義之師自足以服暴亂；不用智力，而其寬大之德自足以結人心。至於渡江臨鄂與建元之詔，觀之則我國家得天下之本，一仁而已矣。故以曹彬之事命帥臣，而革命之日市肆有不閉，以《大易》之"元"建國號，而中統之紹，天下所歸心。太祖既以七十餘年而平一之，世祖皇帝又以四十餘載而生聚之，德在民心，功在史策，以聖繼聖，傳至陛下，吾祖宗所以得天下之道，是即陛下保天下之道也。然曰未云獲者，是即文王望道未見之心也。臣何以多言爲？

臣又讀聖策曰："子大夫通今學古，其求啓之所以敬承，六七君之所以稱賢聖，成康之所以致刑措，其道安在？文、景之所以不及三代，其故何歟？及今日之所以持盈守成，孰先孰後、孰本孰末？何以致刑措、稱賢聖、繼祖宗之盛？悉心以對，毋有所隱。"臣以爲，三代及漢之君，其見稱於當世者，雖有不同，然不過守其先世之仁而已矣。而今日陛下之所以持盈守成之道，又何以他求也哉。洪水滔天，下民昏墊，而成允成功者禹之仁，啓之所以敬承者此也。啓網祝、征仇餉者湯之仁，太甲以之處仁遷義，太戊以之治民祇懼，武丁以之嘉靖殷邦，祖甲以之保惠庶民，盤庚以之鞠人謀人之保居，此所以稱聖賢也。以言文王之仁，則無凍綏之老；以言武王之仁，則行大義而平暴亂。成王特制禮樂以文之而已耳，康王特奉恤厥若而已耳，其所以教化行、刑罰措，仁之浹於民故也。漢家制度，視三代雖有愧，然高帝之寬仁愛人，實滅秦誅項之本原。文帝之務在養民，景帝之遵用成業，實卓然爲漢賢君。其不及於三代者，無太甲仁義之功，無成王緝熙之學故耳。以今日之道而言，臣則以爲，守成之本仁也，所當先務者仁也。至曰功、曰利、曰甲兵錢穀、曰簿書期會、曰禁令條教，皆末而當後者也。然就仁之中，而其本末先後亦不容以無序也。有先王之仁心，有先王之仁政，孔子之告顏子曰"克己復禮爲仁"，此以心言也。孟子告齊梁之君，所謂五畝之宅、百畝之田，與夫學校庠序之類，此以政言也。有是心無是政，則其心終不能有洽於天下；有是政無是心，則其政亦不能以自行。必有內外、本末交相通貫，是即堯舜之道也。陛下有顏淵明睿之姿，可以致修身之功，有堯舜君師之位，可以推愛民之澤，不宜狃於近功，安於卑下，而不以聖賢自期也。臣願陛下萬機之暇，取孔孟之言而深究之，體之於身，揆之於事，求其何者爲欲，何者爲理，知其爲欲而必克之，知其爲理而必復之。明以察其幾，勇以致其決，日日而克之，事事而復之，則自心正身修而仁不可勝用矣。或於聽朝之時，或於進講之際，數召大臣，延問故老，深加咨訪：某事爲先王之仁政而未盡行，某事爲今日之弊端而未盡革；某害未去，某利未興，某賢未用，某物失所。敏以求之，信以達之，時省而速行之，委任責成而程督之，使天下疲癃殘疾得其生，鰥寡孤獨得其養，而無有一物之不遂其生，則民物安阜，而人莫能禦矣。異時陛下五刑不試如周成、康，聖賢之作如商諸王，夫然後可以答上天玉成陛下之心，生民蘄望陛下之意，先帝茲皇付托陛下之深計，而我國家時萬時億之統，可以傳之永世而無疆矣！《詩》云："宜民宜人，受祿於天。"①古人有言曰："愛民者必有天報。"陛下誠如臣之所期，則申命之休將如日之升、如月之恒矣。伏願陛下少開天日之光，得賜鑒察，則臣不勝大幸！祗冒天威，[1]臨書不勝戰慄之至。

―――――――――

① 語出《詩經‧大雅‧假樂》。

書

上賀丞相書①

闕以微才叨蒙柬拔，伏惟閣下以不世出之才，居大有爲之位，此誠千載一遇之會，切欲奔走左右，以效微勞，以報知遇之萬一。時事親日短，烏鳥情切，急急謀歸，而閣下眷顧之恩，筆舌莫既。南至金華，不勝依戀。因念下之報上不限遠邇，苟有尺寸之功，即事左右之道。撫問雕瘵，屏除奸貪，所按郡縣粗見條理，特以上無知己，即罹謗議。老親衰病旋棄，諸孤煢煢，廬次又遭俶擾，墨衰從役，辛苦萬狀。嘗切痛恨，以爲當賢者擯棄之時，乃有天步艱難之事，仰天號痛，譬猶中流遇風波，無所維楫，私心自分惟有與城俱斃而已。仰荷天休，偶全性命，且聞閣下爲時一出，董師淮南，其喜何可云喻也！瞻望前茅，爲日已久，比聞旌節已渡大河，限於守城，不能親詣轅門以聽約束。今遣縣尹陳秉德迎迓馬首，事上常禮，僭易塵瀆，伏計不拒。部内地圖就用呈上，盜賊之勢可見大端。小邑城郭不完，方議修築。去年饑饉，不能進兵，今冬欲調各縣義兵掃除餘孽，二者非有錢糧不能成功。倘朝廷饋餉有餘，乞撥糧數萬石、鈔五七萬定，或者犬馬之力少得展布，部内之地可以澄清。外有區區之請：世祖之取江南，或日中未食，或中夜以興，艱難混一，非偶然而致也。國家經費太半仰之，非砂磧不毛郡縣之所比也，今日不幸半淪於盜。切計以爲，江南不定，中原殆難獨守，中原不守則朝廷不能獨安，朝廷不安則宰相不能獨富貴。伏願廣忠集思，勉圖大業，以作穆穆迓衡。而用兵之道，所以驅人赴湯蹈火，無賞無罰，決難集事。仰瞻光範，多所欲言，粗陳其大者如此。因布區區，伏望垂鑒。

---

① 至正十五年(1355)，賀太平任淮南行省左丞相，徽州城陷時，余闕分守安慶，戰事緊急，先後四次上書求援。《青陽先生忠節附錄》卷一有《賀丞相答書》可參看。

上賀丞相書

　　前聞六纛已至廣陵,遣縣尹陳秉德迎迓,想徹崇嚴。比日朔氣應祥,雪瑞屢至,伏計天聲所振,遠邇畏懷,神介動履多福,下情良慰。小邑借庇粗守,今歲賊人三次見攻,皆已克捷,但所部縣分民寨多爲殘破,止存懷寧、潛山兩縣百姓。賊勢焰焰,將及於此。城中軍壯四千,精銳者不滿千人,僅能城守,不敢抽撤。若此二縣民寨不守,孤城亦危。孤城倘危,則淮西之地盡爲盜有,長江之險,誰與控制？古人謂解雜亂紛糾者不控拳,救鬥者不搏擊,批亢搗虛,形格勢禁,即自爲解。今南方之賊以蘄黃爲之首,①往時朝廷太不花平章攻其北,②卜顏不花攻其西,卜顏帖木兒平章、③蠻子海牙中丞攻其東,賊勢大窘,將就擒滅。忽調卜顏不花軍入安豐,蠻子海牙軍入格溪救廬州,[2]而太不花平章亦還河南住夏,[3]止存卜顏帖木兒孤軍駐劄蘭溪,以致盜勢復振,武昌隨陷,沿江諸城聞風皆潰。豈天未欲平治天下,亦由人謀不臧以至此耳。今聞河南之兵已至黃州,④以孤軍而討群盜,恐未易定。妄意以爲,卜顏帖木兒、蠻子海牙二枝軍馬,先係蘄黃收捕軍數,正在大人節制之内。今二軍收捕江東,江東爲尋常,蘄黃乃心腹之疾,一軍之中得抽勇銳者,如王達中萬戶、胡伯顏同知,使之由望江登岸剿捕而西,餘軍留取江東,如此則不惟可以救援安慶,蘄黃勢分似亦易破,南賊自平,所謂一舉而兩得者也。若二軍或不用抽撤,麾下兵多,切望垂念淮西之地止有此城,急調精銳三五千人,量與錢糧

---

　　① 蘄黃:《元史》卷四二《順帝本紀》:"(十一年八月)蘄州羅田縣人徐貞一,名壽輝,與黃州麻城人鄒普勝等,以妖術陰謀聚衆,遂舉兵爲亂,以紅巾爲號。"

　　② 太不花:蒙古弘吉剌氏,世爲外戚,至正十二年(1352)任河南行省平章政事,平南陽、汝寧、唐、隨,又下安陸、德安等路,招降服衆,軍聲大振。十四年(1354)任河南行省左丞相。黨於脫脫,爲人驕縱,與丞相賀太平有隙,至正十八年(1358)被其部下殺害。《元史》卷一四一有傳。

　　③ 卜顏帖木兒:字珍卿,唐兀吾密氏。歷事武宗、仁宗、英宗,歷任大都路達魯花赤、肅政廉訪使、浙江路平章政事等。至正十三年(1353)前後參與攻打蘄黃徐壽輝的戰役,至正十六年(1356)卒於池州。《元史》卷一四四有傳。

　　④ 已至黃州:《元史》卷四二《順帝本紀》:"(十一年九月)徐壽輝陷蘄水縣及黃州路。"

賞犒，與本路兵一同剿捕望江、宿松之盜，亦策之善也。自非窘迫，不敢僭易干瀆，伏冀垂察。

再上賀丞相書

前聞斧鉞出鎮淮南，兩遣屬吏詣謁前茅，皆至廣陵，道阻而還。近承台劄，伏審六纛已至耿山，降附踵至，室家相慶，以爲有穆穆迂衡之望，其爲欣慰，何可云喻。茲遣懷寧縣達魯花赤亦速甫賫狀前詣轅門呈報，兼有管見，上塵台聽。切以爲，淮南之敵今有兩枝，一枝在濠，一枝在蘄，擒必先擒其首，餘當自定。今廬州、安豐別無官軍，似難下手，惟蘄黃乃有可攻之機。近日潛山縣報，蘄黃僞官吳右丞投降，大軍攻破沿江諸寨。昨日郡人自賊中逃來，云白水包家窩義丁攻蘄水甚急。白水諸寨，萬户陳漢所部也。西兵既進，如東首得一軍，乘機并進，寇必難支。所索王建中、胡伯顏等正係節制之内軍馬，今宣城已降，姑孰猶疥癬，即目又有阿魯灰平章收捕之軍，得一鈞帖調來，共攻望江、宿松，蘄黃之寇東西受敵，決然可定。蘄黃既定，可以合兵東定廬州、安豐，更得一重臣監軍，多與錢糧，建中、伯顏等許以優加名爵，則無不盡力，淮南有可平之望。萬若或無人可委，江西省完者帖木郎中亦可統率。謬計如此，不知尊意以爲何如？此外又有私請：守城之急，錢糧、功賞二者而已。自兵起之初，大郡皆破，安慶以蕞爾孤城，如寸草以當疾風，賴國洪休，上下血戰至於今日。某誠不佞，斯亦人所難能也。今倉廩匱乏，錢糧不充，所上戰功又以朝廷隔遠不得准報，今幸閣下照臨其地，若麾下錢糧有餘，曲爲接濟，城治可安。所舉有功，皆出衆論，不敢置纖毫私意於其間，早與准除，庶易以使人也。兼以菲儀，就用塵瀆，此部吏事，大府之常，切望不拒。

再上賀丞相書

春末，聞九重加惠淮土，特起大臣出鎮雄藩，罷民俱慶，如旱得雨。嘗遣懷寧縣達魯花赤奉微禮祇迓，遄聞復有台衡之命，此雖一方暫失怙恃，當此多艱而得元老大賢斡旋元化，天下之難其可濟乎？某受知公門爲日已久，軍中之事不能悉陳，粗言其略以復上，執事皆知，格亦易定，特以委任失宜，賞罰不當，以致餘孽復張，江襄大振。所謂委任失宜者，夫將之用兵，自有其才，譬秋之於奕，非學可至。如近宋科目有文有武，兼是二者，一代幾人？而比日將兵惟用大臣，或用謫官，夫戰陳之難，如赴湯蹈火，市井貧賤未得富貴者，或肯捐身爲之，大臣富貴已極，夫復何望？又謫官者心志俱喪，豈能有爲？覆軍殺將，皆由於此。用人不效，甚至用賊。用賊之弊，尤爲難言，一則使天下豪傑有以窺朝廷之無人，二則功多賞薄者皆起作賊之志，將恐一賊未滅，一賊復起，目前之事未見快意，將來噬臍有不可悔者矣。如安慶小邑，世襲官軍善戰者少，而善戰之士多田野市井之子。故某於此事，不盡則世襲軍官，而多用田野市井之子，往往得其死力，克捷俱多。朝廷選將不限有官無官，惟擇能者用之，而以廉公大臣臨之以行賞罰，則將得其人矣。所謂賞罰不當者，比見軍將勇怯，在上有若不知，而上之賞罰與外議絕不相似，頗聞慶刑之典，多出愛憎，或左右便嬖爲之營幹。以近軍所賞聞見者而言，如蘭溪之功，卜顔帖木兒平章爲最，蠻子海牙中丞特因之成事者耳，而朝廷頒賞，中丞居上，平章次之，中丞部內得官者數百人，而平章不過五六人，此猶不過有高下之爭耳。如廬州開義兵三品衙門，而使者悉以富商大賈爲之，有一巨商五兄弟受宣者，此豈嘗有寸箭之功？而有功者皆不受賞，故寇至之日，得賞者皆以城降，而未賞者皆去爲賊。夫用兵之道，紀律爲先，故街亭之戰，武侯不得不誅馬謖，智高未破，狄青不得不誅陳曙。比觀諸將，略無忌憚，擁兵不戰，誰與相督？寇至棄城，無復問罪，不惟不罰，甚又賞之。遷官增秩之功無異，故賊之攻城如燎毛，兵之拓地如拔山。某之守此，智勇俱乏，特以有功必賞，有罪必罰，奉以至公，罔敢阿比，是以列郡多陷，小邑獨存。朝廷苟於諸部，悉以廉公大臣監之，信賞而必罰，天下亦不難定矣。夫江南不定則中原不能獨守，中原不守則朝廷不能獨安，朝廷不安則宰相不能獨富貴，此膚淺易見之説,豈足爲明智而言？計亦大賢之所不厭聞也。夫某之不肖,豈定亂之才,特此邦之民天性忠義,故易與爲守而難與爲亂。然亦戰守五年,大小咸弊,邇日江南郡縣皆破,此邦獨完,如洪爐片雪,大可凛凛者也。謹遣奏差丁正前詣台階白事,諸所請求具於別幅。[4]伏望鈞慈曲爲准報,豈特門下之士賴之,孤城得安,江淮有可定之日,亦國家之利也。謹奉狀上陳以聞,伏冀照察。

與中書參政成誼叔書①

別後凡三奉書,而使者久皆不還,伏計道梗不能上達。閣下位望日隆,負荷日難,特切爲之懸心。比聞賀公復相,②乃大可慶,然聞尚在軍中,不知置左右者何人,相知曾見任否？江淮賊勢本不難定,特以考察不明,刑罰失當,諸將玩愒,遂致難圖。區區小邑,雖曰上下一心,幸爾完固,大類紅爐片雪,實爲可憂耳。今長江萬里止存此城,如大病之人命脉未絶,猶有復生之理,失今之救,則首尾衡決,江南大難定也。兹遣奏差丁正等前赴左右白事,諸所請求,惟閣下是賴,倘蒙朝廷俱賜准報,不惟此邦之幸,未破城邑,孰不以安慶自勉？國家亦有利也。縷縷之言,具別幅上陳。不善爲斷,使還賜教,以匡不及,不勝幸荷。不具。

與月可察爾平章書③

自旌麾致討高沙,兩嘗奉狀候問起居,皆以道梗,不能得達。比聞兵威振揚,賊勢消衄,驛置頗通,謹遣山長秦宗德、千户也先帖木爾持微禮謁轅門,獻歲發春。伏惟履兹新正,即清氛祲,天下蒼生,均蒙福祉。

---

① 此文或接於《上賀丞相書》而作,暫定於至正十六年(1356)前後。
② 賀公復相：至正九年(1349),脱脱與太平有隙,脱脱親信誣告太平及其子也先忽都,太平遂辭官歸家。至正十五年(1355)河南盜起,太平復爲江浙行省左丞相、淮南行省左丞相。參見《元史》卷一四〇《賀太平傳》。
③ 此文或作於余闕分守安慶,即至正十二年至十八年間(1352—1358)。

與國子助教程以文書①

近叔良過舒，②始聞動履之悉，所寄高咏，尤慰下懷。《乾坤卦説》問商主簿，言已付貢公，③想惟所戲藏此，真玩齋矣。多事以來，不特僕輩受此荼苦，聞館閣文臣亦有差使之勞，此際當得優游矣。子美近有書，④言鄉人多相思者，欲取公還山中，斯文無人，得且住爲好。紀千户輩如京師，軍中諸事，左轄公話次，得贊助一言，早賜准報爲荷。僕至軍時，賊勢方熾，然心安去歲，又有讀書之樂。今年賊浸平，惡況百出，每俗事不如意，歸思浩然。近又有同知之除，似未即得歸矣。奈何奈何！自牧聞除禮部，向有一書見寄，手病不能裁答。彦中惜未嘗一見，⑤歆羡歆羡，并煩致意。何時聚晤，話此苦辛？未見自愛，不既。

與曾舜功書⑥

別後屢得書及紙墨之惠，良仞契誼。江西德星所聚，年穀屢登，深爲可喜。徐、鄒之寇，僕久與之比鄰，無長，不足畏，況於已衰而逃者也。下視此間窘迫，則公等皆天上人也。徐朝升糴糧江右，百望維持，得滿載早歸爲好。有便時時惠教，雖相遠，即同見也。餘惟自重，不具。叔良佳否？煩道致意。手病不能多書。

---

① 程以文：即程文，字以文，號黟南生，婺源箬嶺（今江西省婺源縣）人。官至禮部員外郎。以文著稱，著有《蚊雷小稿》《師意集》《黟南生集》。與余闕爲忘年友。七十一歲時卒於紹興錢清僧舍。《新安文獻志》卷四九有傳。此文或作於余闕分守安慶，即至正十二年至十八年間（1352—1358）。

② 叔良：即涂穎，前文已注。

③ 貢公：即貢師泰，前文已注。

④ 子美：即鄭玉（1298—1358），字子美，世稱師山先生，徽州歙縣（今安徽省歙縣）人。至正十四年（1354）爲翰林待制，精於春秋之學。至正十八年（1358），明太祖守將至徽州招子美出，不就，遂自經而死。著有《師山集》《周易纂注》《春秋闕疑》等。《元史》卷一九六有傳，《師山集》附《師山先生鄭公行狀》。

⑤ 彦中：疑即林建（1316—1369），字彦中。曾任翰林直學士、奉議大夫、知制誥同修國史。

⑥ 此文或作於余闕分守安慶，即至正十二年至十八年間（1352—1358）。

與危太樸内翰書①

史館兩得從游,②豈勝榮幸！區區南行,又辱盛餞,尤其感刻也。鄉暑,伏想文苑優游,雅候動履多福,良慰良慰。友人趙子章北上觀光,謹此附謝。子章有學而能詩,佳士也。得公盻睞,當價增十倍矣。仲舉、③志道、④以聲、⑤景先、⑥中夫、希先、[5]鳴謙諸先生處不及別狀,[6]望致下忱爲感。餘惟自重。不具。

五月五日,闕再拜太僕内翰先生閣下。[7]

與劉彥昺書⑦

闕記事奉復彥昺茂異文契足下：李宗泰來,辱四月中教墨,且審舟楫善達無虞,深慰所想。兼承葛布、銅香、模璧、魯紙諸貺,感佩感佩。所聞京兆公還朝、蘄黃官軍捷音,可喜。區區孤城無援,糧乏兵虛,願望者,皇天悔禍耳。先大夫墓銘率爾呈醜,⑧軍務輵輵,殊無清

---

① 危太樸：即危素,前文已注。此文亦載於《式古堂書畫彙考》卷一八《書》一八,題作《余廷心兩得從游帖》,下有雙行小字"行書紙本内李氏印不録",題目疑爲編者所加。余闕手迹現藏臺北"故宫博物院",紙本,29.3×67.2厘米,有"爽溪李亨""李珂雪珍藏""檇李李氏鶴夢軒珍藏記""卞氏令之""無恙"等印。

② 史館兩得從游：《式古堂書畫彙考》卷一八《書》一八《余廷心兩得從游帖》於此句前,有"再拜啓上太樸内翰閣下,同年生余闕謹封","年"字旁注"至正九年七月十九日至",故此文或作於至正九年(1349)。

③ 仲舉：即張翥(1287—1368),字仲舉,晋寧(今山西省臨汾市)人。以詩文知名於世,至正初召爲國子助教,後起爲翰林國史院編修官,參與編修遼、金、宋三史。著有《蜕庵詩集》《蜕岩詞》。《元史》卷一八六有傳。

④ 志道：疑即張以寧(1301—1370),字志道,古田(今福建省寧德市)人。泰定中進士,元順帝時任國子助教、翰林侍講學士兼修國史。著有《春秋春王正月考》《翠屏集》等,後仕明。《明史》卷二八五有傳。志,原帖真迹書作"至"。

⑤ 以聲：疑即周鏜,字以聲,瀏陽(今湖南省瀏陽市)人。篤學,泰定四年(1327)進士,後任翰林國史院編修,參修功臣列傳。《元史》卷一九五有傳。

⑥ 景先：即《葛徵君墓表》中葛聞孫字。

⑦ 劉彥昺：即劉炳,字彥昺,以字行,鄱陽(今江西省鄱陽縣)人。元末明初人,仕明,曾任大都督府掌記、東阿知縣。著有《劉彥昺集》(即《春雨軒集》),《明史》卷二八五有傳。此文或作於余闕分守安慶時,即至正十二年至十八年間(1352—1358)。

⑧ 先大夫墓銘：即本書卷四所載《劉府君墓銘》。

況,幸刪削之。《春雨軒集》中樂府擬題甚古,中朝名賢多未如此用心,五七言亦佳。欲作數語,冠於集首,俟後便當寄達也。景濂宋先生文集不審板在何處,得一本寄惠爲幸,望介意耳。附去漢椒二斤,大能明目開胃,亦服食所宜也。風塵滿眼,關河阻修,何時艮晤,獲文字之益也耶?斯文寥寥,令人短氣,便風幸垂音問,以慰懷想。老懷耿耿,臨書馳神。秋向熱,惟多愛爲吾道自重。[8]

【校勘記】

[1] 天:原作"大",據《元統元年進士錄》改。
[2] 入:正統本作"之"。
[3] 住:原作"往",據文義改。
[4] 於:正統本作"如"。
[5] 先:《式古堂書畫彙考》作"元"。
[6] 謙:正統本作"謹"。
[7] "五月"至"閣下":此句原無,據原帖及《式古堂書畫彙考》補。
[8] "《春雨軒集》"至"自重":原闕,據正統本、《四庫》本補。

青陽先生文集卷六

雜　著

題宋顧主簿《論朋黨書》後[①]

先生之時，上與下同患，故國家之政，夫人而得言之，召康公所謂"士獻詩，史獻典，瞽獻書，百工課，庶人傳語，近臣盡規，親戚補察"，[②]故凡事之得失，政之利害，國之治亂，上無不有以全知而慎修之，而至於無敗。蓋天下之勢如操舟，舵師失利，豈特棹夫之患哉？[1]而凡同舟之人患也。故有憂天下之心者，無不有以盡其言，不盡其言者，是不憂天下者也。有憂天下之心者，由有以知其得失、利害、治亂之故，不憂天下者，是不知所以得失、利害、治亂之故者也。夫天下之大患在於人之不得言，而得言者不以言，與雖言之而不用，其情甚者，[2]至以爲俗。雖有憂天下之心之人，而不知天下得失、利害、治亂之故者，亦不敢言，而國遂以亂亡，如秦季世，蓋可監已。[3]而世主終不以爲戒，何哉？三代而下，若宋之一代，人心、世道猶有近古，內而宰執、侍從、臺諫有奏疏，卿監以下不得日奉朝請，則有論對，朝臣上殿則有奏劄，皆與天子酬酢於殿陛之間，如家人父子之相與；外而監司、郡守，凡所職事皆得以疏聞，天子親御筆劄以報之，日有書至萬言者，若事

[①]　顧主簿：即顧岡，字次鳳，平陽（今浙江省平陽縣）人。紹興進士，曾任錢塘主簿，因同鄉蕭振對秦檜趨炎附勢，顧岡致書與振，言朋黨之弊，後不復仕。《〔雍正〕浙江通志》卷一九一《人物》有傳。

[②]　"士獻詩"至"親戚補察"：語出《國語·周語》："故天子聽政，使公卿至於列士獻詩，瞽獻曲，史獻書，師箴，瞍賦，矇誦，百工諫，庶人傳語，近臣盡規，親戚補察。"故文中"史獻典，瞽獻書，百工課"疑誤。

大體重,言者不以言,則大學、京學諸生與凡韋布之士皆得詣闕上書言之。至其晚年,權臣執命,士益探鼎鑊、[4]冒刀鋸而論事,不可壅遏。其下與上同患如此,故能外捍強國,內修民事,傳緒三百餘年而後亡。雖先王之世,人心之微亦何以過此也。予昔與圭齋諸先輩修《宋史》,①嘗愛德祐時有蕭規者,②前論丁大全黔面貶嶺南,③既赦還,又與京學生葉李論賈似道,④又再貶。似道罷,陳宜中當國,⑤得詔還學,猶伏闕論事,奇氣櫟櫟如平時。宋亡,我世祖皇帝追大臣物色當時言者,[5]得葉李,用以為執政,而規獨不見。蓋當時率諸生論賈者規也,李特因以成事者耳。惟李應時掩以為名,而規遂不見知於世歟?於是時,規已老死或伏溺而不出耶?予屢欲傳其人於史,以不能詳而止,至今惜之。永嘉顧仲明謁選來京師,⑥示余以今大宗伯達公所書其先世主簿君與蕭侍郎《論朋黨書》,言論慷慨而激烈,時秦檜柄國,方以威權鈐制天下,士大夫罹其禍者甚眾,而君言若此,此予之所素嘆以為人心世道之嫩者,故為之書。達公,昔予局之監也,其為之書,亦必重嘆於斯焉。

題孟天暐擬古文後⑦

秦燔燒《詩》《書》、百家之言,漢興,稍掇拾之。諸子後出,然頗雜

---

① 圭齋:即歐陽玄(1274—1358),字原功,號圭齋,瀏陽(今湖南省瀏陽市)人。延祐二年(1315)進士,曾任蕪湖縣尹、翰林待制兼國史院編修官、國子祭酒等,負責修纂實錄、《經世大典》、宋遼金三史,著有《圭齋集》。
② 蕭規:南宋太學生,《宋史》卷四七四載蕭規與同為太學生的葉李等上書攻賈似道專政事。
③ 丁大全(1191—1263):字子萬,鎮江(今江蘇省鎮江市)人。嘉熙二年(1238)進士,南宋奸臣。《宋史》卷四七四有傳。
④ 葉李(1242—1292):字太白,一字舜玉,杭州(今浙江省杭州市)人。曾上書攻賈似道,後仕元,為元世祖忽必烈所重用。賈似道(1213—1275):字師憲,台州(今浙江省台州市)人。宋度宗時任太師,荒淫無度,一味求和,為南宋奸臣。《宋史》卷四七四有傳。
⑤ 陳宜中:字與權,永嘉(今浙江省溫州市)人。南宋末年宰相,任太學生時曾上書攻丁大全,崖山海戰後敗走海島。《宋史》卷四一八有傳。
⑥ 顧仲明:即顧元龍,顧岡五世孫。
⑦ 孟天暐:即孟昉,大都(今北京市)人。官至江南行臺監察御史,著有《孟待制文集》。《書史會要》卷七、《御選元詩·姓名爵里二》有小傳。

以依仿之說,如《國策》諸篇多剿襲之流所撰,甚至竊取他書以足之如先秦者,[6]豈盡《短長》之舊哉?孟君天暐善模仿先秦文章,[7]多能似之,其讀《國策》,當能辯之,知予言爲不妄也。

跋揭侍講遺墨後①

豫章揭先生好稱獎後學,人有片善,即誇道之不去口,況於通家之好、故人之子有可誇道者耶,故世稱先生爲"忠厚先生"。而子沿亦克樹立,世其文行,此忠厚之報。《書》曰:"人之有善,若己有之。以能保我子孫黎民。"②信哉!彼媢疾者聞先生之風,亦可愧矣。

題涂穎詩集後③

涂君叔良來京師,與余同寢處凡兩載,羹藜飯糗之餘,相與論古今人詩,皆有造詣。尤長於五言,其精麗有謝宣城步驟,平淡閑適不減孟浩然。叔良年甚少,將來何可量耶!余嘗論學詩如煉丹砂,非有仙風道骨者不能有所成也。叔良殆有仙風道骨者耶!旦晚余將有越中之行,與叔良同處,不知又在何日?臨別殊難爲情,獨此尤不欲捨吾叔良也。[8]叔良勉旃,他日聞大江之南有謝宣城者,必吾叔良也。此亦足以名世,豈待區區外物哉!

御書贊

今上皇帝潛邸廣西時,書"方谷"字賜臣毛遇順,④謹贊曰:

皇德淵靚,泊如大虛。海上浴日,惟書爲娛。穆穆玄雲,垂若脂

---

① 揭侍講:即揭傒斯。揭傒斯於至正四年(1344)去世,故此文應作於1344年後。
② "人之有善"至"子孫黎民":語出《尚書・泰誓》:"人之有技,若己有之,人之彥聖,其心好之,不啻如自其口出。是能容之,以保我子孫黎民。"
③ 據元陳基《送涂叔良序》可知,至正八年(1348)余闕任翰林待制時,涂穎曾至京師與其共處兩年,此文或作於至正十年(1350)涂穎將要離開時。
④ 毛遇順:字鴻甫,餘姚(今浙江省餘姚市)人。南宋官員,進士,善於進諫,直言不諱,曾直論史嵩之、丁大全、賈似道等人之事。

素。神馬登河,驚鸞游霧。臣順沾賜,今益造玄。雲漢在上,胡不寶焉?[9]

潛岳禱雨文①

具官余闕謹告於南岳潛山之神曰:凡列於天地之間者,吏食君祿以治其爭訟,神享君祀以禦其災患,無非事者也。自盜之興,同安之民,農失其耕,工失其業,商失其資。吾吏日夜孜孜以圖利之、安集之,以思報君食。然自去歲以來,田苗屢旱,雨澤不時,百姓飢死,此則非吏之所能爲而神之責也。夫所謂神者,以其聰明正直而能福善禍淫者也。昔者凶盜燔爾宮廟,竭爾粢盛,而吾民紓忠迪義以殄滅之,而神乃禍民而弗禍盜,所謂福善禍淫者安在?吏或不職,以干天和,神乃降灾於民而弗降灾於吏,所謂聰明正直者安在?夫群神雖舉,各有攸職,能興雲致雨者,惟山川之神耳。爾神受命作岳,司命之寄在東、北、西三神之上,又吾同安封內之神也。水旱之責不於汝而奚歸?今白露將近,雖雨無及,茲與神期三日大雨,田禾熟成,將率吾民修爾宮廟,奉爾祭祀,不然,將與民圖變置,汝其無悔!

勉勵葉縣尹手批②名伯顔。

告青田縣尹葉承事:聖天子憂憫黎元,而承宣者不能道揚德意,反以厲民。君蒞邑之初,即有政平訟理之譽,若漢黃霸、魯恭,皆可師法。③《詩》云:"靡不有初,鮮克有終。"④君尚宜益修美政,以追配於

---

① 潛岳禱雨文:《元史》卷一四三《余闕傳》:"又明年秋,大旱,爲文祈潛山神,三日雨,歲以不饑。"故此文作於至正十四年(1354)。

② 葉縣尹:即葉琛(1314—1362),字景淵,別名伯顔,麗水(今浙江省麗水市)人。曾任歙縣縣丞、處州路總管府判官等,官至行省元帥。有才學,爲元末"浙東四先生"之一。至正九年(1349)至十二年(1352)任青田縣尹。《明史》卷一二八有傳。此文或作於余闕任浙東道廉訪司事期間,即至正九年至十一年(1349—1351)間。

③ 黃霸:字次公,西漢大臣。魯恭:字仲康,曾任中牟縣令。二人皆以爲官清廉、治理有方而聞名。

④ 靡不有初,鮮克有終:語出《詩經·大雅·蕩》。

前人，固不偉歟？公堂酒二尊，專人奉勞。

西海祝文[10]

　　維兌爲澤，奠位宅西。翕輸陰彙，蕩泊金天。我有駿命，肇域茲瀅。祀事惟常，於皇無替。

后土祝文

　　媼靈旁魄，合德於天。食於汾脽，爲古方澤。有嚴母事，殷薦齋明。蘄我亟生，永沐光化。

西岳祝文①

　　節彼靈岳，荒於華陽。二儀鍾秀，三條分方。興雨祈祈，嘉祉耿耿。以報以禷，神休惟永。

河瀆祝文

　　水伯之德，稱自前古。肆予寧神，罔有弗至。粹廟伊嘉，況載薦醤，閔茲瘵人，以翕暴橫。

江瀆祝文

　　水德之靈，神實位長。鴻紀六州，澤施三壤。[11]秔稌允殖，飛潛資養。我報以祀，神哉昭享。

中鎮祝文②

　　岩岩大岳，爲望於冀。宣德禀神，作鎮中土。唯中是建，四方之極。神祐我民，列岳所視。

---

　　① 西岳：即今陝西省境內之華山。
　　② 中鎮：指霍山，位於今山西省霍州市、洪洞縣、古縣三地交界處。

西鎮祝文①

天作高山,典司雲雨。作福於下,秩配君公。有嚴崇鎮,奠我岐下。惠於西土,民人所薦。

湖廣省正旦賀表②

二儀啓曆,申逢首祚之期;四海登圖,誕際朝元之會。普天均慶,庶物皆春。中賀:運撫休嘉,功深對育。與民同始,須解網之寬條;屬吏在延,布畫衣之新憲。光輝縟典,益固皇基。臣等猥以凡庸,叨陪亮采。身江湖而心魏闕,遥陳晉錫之詞;内君子而外小人,願介泰來之祉。

正旦賀箋

伏以青陽焕景,丕陳元會之儀;彤史表年,申告履端之慶。和薰率土,喜洽岩宸;合德無疆,徽音有馥。[12]六宫進御,人涵樛木之恩;九廟烝嘗,時謹采蘩之事。[13]茂臨蒼律,益介鴻禧。臣等遠任旬宣,阻趨朝覲。椒盤獻頌,仰瞻玄武文光;[14]桂殿迎春,早應高禖之瑞。

聖節賀表

伏以華渚效祥,光臨首夏;大廷行慶,忻對上儀。凡四表之尊親,同一心而舞蹈,功超振古,仁洽含生。竭智附賢,特重銓衡之選;輕徭薄賦,屢頒綸綍之恩。德與氣游,壽宜川至。臣等旬宣江漢,之望蓬萊,[15]承露絲囊,遥獻無疆之頌;齊天寶命,願符有道之長。

書合魯易之作《潁川老翁歌》後③

至正四年,河南北大饑。明年,又疫,民之死者半。[16]朝廷嘗議鬻

---

① 西鎮:指吳山,位於今陝西省寶鷄市。
② 此文或作於至正六年至七年(1346—1347)余闕任湖廣行省左右司郎中時。
③ 合魯易:即迺賢,著有《金臺集》。此文亦載於《金臺集》卷一《潁州老翁歌》後。

爵以振之,江淮富民應命者甚衆,[17]凡得鈔十餘萬錠,[18]粟稱是。[19]會夏小稔,賑事遂已,然民懼此大困,田萊盡荒,蒿藜没人,[20]狐兔之迹滿道。時予爲御史,行河南北,請以富民所入錢粟貸民,具牛、種以耕,豐年則收其本,不報。覽易之之詩,追憶往事,爲之惻然。

八年三月,翰林待制武威余闕志。[21]

濟川字説

濟川者,熙寧張子瑞之號也。子瑞,世以活人爲功,聞於時,其艱於衛生若川險者,咸以舟楫濟之。乙未春,①避地來歸,袖卷求予字并説,予方欲濟時艱,得其人,亦可尚已。而言曰:濟川者,司命之謂也。惟命弗罹於險,弗嬰於疾,畀終其天者爲正。嬰於疾,罹於險,乃戕其生爲夭。夭也者,靡有司之者也。嗚呼!惟天生民,有欲汲汲於名,孜孜於利,蛟龍黿鼉之潤,風濤險瀆之所,阻車馬,限往來,罔知禍厲者唯病夫涉;[22]情蕩於中,氣戾於外,膏肓蠱瘵之府,疲癃殘疾之基,賊脉理,伐壽齡,罔重攝養者唯病夫身。此醫藥之利於人,猶舟楫之利於天下,二者固相若已。雖然,匡君正國,燮陰陽以利天下,其道其術,亦不外於是。《説命》曰:"若濟巨川,用汝作舟楫。"②此子瑞之志也,此其所以爲號也,此"濟川"字之説也。

贊 晦

父前子後,大帶長裾。人仰其名,家誦其書。盛哉若人,是謂用譽。

題永明智覺壽禪師《唯心訣》後

永明壽禪師平生著述甚多,《唯心訣》者,其猶般若之《心經》也。孫城祐上人頃作觀心堂於廣福寺,及見西庵遂公明教臺,得是編,即

---
① 乙未:即至正十五年(1355),故此文或作於此時。
② 若濟巨川,用汝作舟楫:出自《尚書·説命上》。

以衣資刻之。甫畢工，屬余歸自范陽，請題其後。心者，萬化之原也。迷則愚，悟則聖，存則治，亡則亂。《易》所謂"差之毫釐，繆以千里"者，正指是言也。是編於心之細無不燭，體用無不該，三藏十二部精要之言無不在是。先民言：聖賢千言萬語，只是欲人將已放之心約之使返，復入身來，自能尋向上去。此又永明著書立言之心也。

元統甲戌五月謹題。①

題黃氏《貞節集》

皇元至正十二年，余闕奉旨出守安慶。時邊警事嚴，日尋干戈，憫憫無須臾得攄懷思。越六年丁酉，②撫金溪。吳級以書抵轅門，請題其母黃氏《貞節集》，并錄其所撰《祭夫文》及《訓子詩》三十韵，讀之辭義嚴正，風節凛凛，令人增氣概。所恨行伍中，筆硯廢置久，安得從容諸先輩翰墨之後，思發其幽潛乎？然闕也方以忠君為務，而級也拳拳以孝母為念，聲相應而氣相求，是可無一言以慰人子顯親之心耶？及觀黃氏年十九嬪於吳，曾未幾而夫死，涕泣誓不更嫁，破衣弊屣，身操井臼，賣簪珥以襄舅姑之喪。日訓二子以學，夜分乃寐。男長以室，女長以家，閨門肅雍，動止無纖毫愧悚，淑德著於鄉間，令名達於朝省，足以表儀於當世矣。若古之衛共姜、曹大家，班班經史者，不是過也。其同郡翰林吳公、奎章虞公皆有敘述，同里危素敘其詩曰："世之人不能天其天，而有愧於黃氏者多矣。"嗚呼！我國家以仁義肇基朔土，乾端坤倪，靡不臣服。列聖相承，風教宏遠，宜可以登三邁五，超越乎漢唐矣。胡何自兵興以來，州縣披靡，能卓然以正道自立者，僅不一二見。其餘賣降恐後，不啻犬豕，昂昂丈夫真無女婦之識，良不悲哉。且天下有可為之機，而無敢為之士，民情有向善之意，而無激善之才，遂使淳良化為梟惡，骨肉轉為仇讎，叛潰奔離，益相戕賊。

---

① 甲戌：元統二年(1334)。
② 丁酉：至正十七年(1357)。

聞黃氏操行如此，彼獨何心，朝廷百年休養之恩，寧不幸矣？此予讀黃氏詩文益有感焉。宜夫德人巨卿，咏贊不已，盛朝所以旌其門、復其家、昭名於史册者，豈偶然哉？予又聞黃氏之子級，以一介貧賤，奮不顧身，集鄉丁禦强暴，里閈得全，非其母訓之素能若是耶？是皆可書。

淮南行省參政西夏余闕識。

染習寓語爲蘇友作

人若近賢良，喻如紙一張。以紙包蘭麝，因香而得香。人若近邪友，喻如一枝柳。以柳穿魚鱉，因臭而得臭。

結交警語

君子相親，如蘭將春，無夭色之媚目，有清香之襲人。小人相親，如桃將春，有夭色之媚目，無幽香之襲人。

附　錄

送余廷心赴大學 維揚成廷珪前壬申年作。[23]

蘆葉蕭蕭江上秋，吳船三日住揚州。靛花深染青綾被，雲葉新裁紫綺裘。官驛馬嘶風滿樹，別筵人散月當樓。明年征雁將書去，人在蓬瀛第幾州。

青陽山房記①

青陽山房在今廬州東南六十里巢湖之上，因山以爲名，武威余公讀書之處也。余公之未第也，躬耕山中以養其親，即田舍，置經史百家之書，釋耒則却坐而讀之，以求古聖賢之學。是時未有青陽山房之名也。及其出而仕也，不忘其初，乃闢其屋之隘陋而加葺焉。益儲書

---

① 據《〔嘉慶〕廬州府志》卷五三《文籍志》："《青陽山房記》，程文撰。至正十年（1350）七月立在合肥，文載《古迹》。"

其中，冀休官需次之暇，以與里中子弟朋友講學於此，於是始有青陽山房之名，然而未有記也。文客京師，謁公於翰林，辱不鄙而與之論學，因及青陽山房之事而屬以記，固辭不獲，退而思之。

余公世家武威，而居淮西。武威之俗以馳馬試劍爲雄，淮西在宋時爲極邊，其民操干戈，持弓矢，習戰鬥。賴國家承平，偃武修文，未百年間，余公以儒自奮，文章政事燁然爲時所宗，而名聲遂流聞於天下。是雖風俗與時移易，而余公以拔萃之資、出群之材、超世之志，有不可誣者矣。向使余公習其故常，當國家偃武修文之餘，風俗與化移易之後，不知學問，其天資才智自足以取富貴，不過富貴之人將以號於天下，曰"儒者"則未也，所貴於儒者，以其能學先王之道也。故雖窮爲匹夫，其言其行，猶足以化民而成俗，遺風餘韵亦足以起人仰慕於無窮，而況於有位者乎？夫青陽山房以余公而得名，不然一田舍耳，故地不自勝，因人而勝；人不自賢，以學而賢。甚矣，人之不可以不學也！余公之有是山房也，非以自私也，欲使學者讀書於此也。里之子弟被余公之教，皆曰青陽山房多書，吾其游焉，讀書而有成；郡邑之人慕余公之義，又將曰青陽山房多書，學之者衆，吾其游焉，讀書而有成。四方之士聞余公之風，莫不曰青陽山房多書，學之者皆有成，吾其游焉。後來繼今，聞風而興起者又若是，將見賢才濟濟，出爲邦家之光，青陽山房傳之不朽矣，豈不盛哉？此記所爲作也。

若夫湖山之勝，深者涵雲天，高者薄霄漢，蛟龍之所蟠，虎豹之所蹲，怒而爲風，喜而爲雨，聲色動植之物，陰晴明晦之變，古人之所爭，今人之所賞，遺墟奧壤，可喜可博，則又青陽山房之奇觀也，當有名公顯人妙能文辭者游而賦之，記不備錄。

余公名闕，字廷心。至順癸酉進士及第，[①]初命泗州同知，擢翰林應奉，遷刑部主事，復入翰林爲修撰，拜監察御史，轉禮部員外郎，出

---

① 癸酉：至順四年（1333）。

爲湖廣行省郎中，徵入集賢爲經歷，尋改翰林待制，今爲浙東廉訪僉事云。

新安程文記。

【校勘記】

[1] 棹：原作"卓"，據文義及正統本改。
[2] 情：正統本脫此字。
[3] 已：正統本作"見"。
[4] 鑊：原作"護"，據文義及正統本改。
[5] 物色：正統本作"物素"。
[6] 先：正統本作"見"。
[7] 善：原作"莫"，據文義及正統本改。
[8] 獨：正統本作"讀"。
[9] 不：正統本作"可"。
[10] 西海祝文：原作"四海祝文"，《元史》卷七六《岳鎮海瀆常祀》："岳鎮海瀆代祀，……西海、西鎮、江瀆爲西道。"據史實，正統本改。又，"七月西岳、鎮、海瀆，土王日祀華山於華州界，吳山於隴縣界，立秋日遙祭西海、大河於河中府界。"故祝文或作於七月。
[11] 三：原作"二"，據文義、正統本改。
[12] 馥：原作"腹"，據文義及正統本改。
[13] 縈：原作"繁"，據文義及正統本改。
[14] 文：正統本作"之"。
[15] 之：正統本作"企"。
[16] 半：《金臺集》作"過半"。
[17] 民：《金臺集》作"人"。
[18] 鈔：原作"錠"，據文義及正統本改。
[19] 是：《金臺集》作"足"。
[20] 藜：《金臺集》作"蓬"。
[21] "八年三月"至"余闕志"：原無，據《金臺集》補。八年，即至正八年(1348)。
[22] 夫：原作"大"，據文義、正統本改。
[23] 成：原作"程"，據《四庫全書總目》卷一六八《居竹軒詩集》作者小傳、《山西通志》卷二三〇《雜志》改。成廷珪：字原常，一字元章，又字禮執，揚州(今江蘇省揚州市)人。與時賢張翥、余闕等人交好，有《居竹軒詩集》傳世。壬申，即元至順三年(1332)。

青陽先生文集附録序

　　《青陽先生文集》若干卷，武威余忠宣公所著也。其前集若干卷已繡梓行於世，續集若干卷，及士大夫忻慕公高風大節播之文辭者又若干卷，則維揚張仲剛氏采諸四方而裒集成編者也，所散逸者猶多，仲剛尚訪求之，次第附焉，其用心亦勤矣。夫太上立德，其次立功，其次立言。公之德追配於古人，公之功有補於當時。文章雖公餘事，然片言隻字必求前世作者之精英，而議論雄偉多過人者。使公生前盛日，則斯文自可垂示於後。奈何值勝國板蕩，以孤軍當日滋之敵，竟仗節就死，功德之卓異，夫誰可及也！余讀公與執政書，慨然憂國家之顛危，惻然憫生民之困悴。凡攻取平定之計，設施措置之方，如指諸掌。當時皆苟且偷安，譬猶焚烈火於積薪而卧其上，雖言之剴切，痛苦曾莫之恤，公死節之志已决於此矣。夫公雖視死如歸，彼其國步當何如哉？余竊謂國家不幸而有忠臣，士君子不幸而爲忠臣。夫明良相逢，都俞吁咈之揚於大庭，不待捐軀殞命，以爲賢也。張巡、顔杲卿、王彥章諸君子豈不願爲稷契哉？不幸臨其時而取義焉耳，公蓋其儔也。使夫居宰輔、守民社、握兵符者皆能如公之志，則國家安有危亡之患哉？[①] 聖朝以忠義勵天下，公之祀已載於彝典，名已傳於信史，雖其死不爲幸，而其慷慨英烈之氣，凌青雲而貫皎日者，與天地同不朽也。仲剛以全集示余徵言，余奚容喙，辭不獲，乃述其概如右。仲剛名毅，以孝行稱士林，是集之編可見其知所慕云。

---

① "《青陽先生文集》若干卷"至"國家安有危亡之患哉"：此段文字亦見於清道光四年(1824)棣華堂刻本、《〔宣統〕大觀亭志》卷二《序》，文末題爲"後學薛瑄序"，疑爲誤收。

青城山人王汝玉序。①

余忠宣公死,無後,君子悲之。遺文固所欲見,然不可多得,郡官能輯刻傳布,可謂有功於名教矣。然繫群賢諸作殆敵其半,[1]似於公無所增損,況方來爲公作者無窮,別自爲集可也。嗚呼!安得世之任方隅者,皆斯人乎?

莆田彭韶謹識。②

言以人而傳,是集之行,重其人也。安慶板久毀,走承乏四載,求舊本重梓,弗獲。歲己卯,③强蕃兵變,幸爾保城勝敵,神昭靈貺居多。亞司徒李梧山公撫臨謁謝,命走葺宇撥役,務得此本梓之,忠義正氣,謂之曠世而相感者非耶!宣守胡君汝登見而輒加讎校梓行,其體公之心而急所先務者矣。

正德庚辰夏四月望日,④海岱張文錦謹跋。⑤

【校勘記】

[1]殆:原作"始",據文義及正統本改。

---

① 王汝玉:名璲,以字行,號青城山人,長洲(今江蘇省蘇州市)人。明永樂初,由應天府訓導擢翰林五經博士,遷右春坊,預修《永樂大典》。《明史》卷一五二有傳。
② 此文亦見於正統本、正德十五年(1520)胡汝登刻本。彭韶(1430—1495),字鳳儀,號從吾,謚惠安,莆田(今福建省莆田市)人。天順元年(1457)進士,弘治初任僉都御史,巡視皖屬,官至刑部尚書、太子少保。著有《從吾滯稿》《彭惠安集》等。《明史》卷一八三、《〔康熙〕安慶府志》卷一二《郡政績》有傳。
③ 己卯:正德十四年(1519)。
④ 庚辰:正德十五年(1520)。
⑤ 張文錦:字闇夫,謚忠愍,安丘(今山東省濰坊市)人。弘治十二年(1499)進士,歷任户部主事、郎中等,正德十四年(1519)前後任安慶府知府。《明史》卷二〇〇有傳。

續編青陽附錄序

忠義之在人心，猶元氣之在天地。天地雖閉塞而成冬，然元氣之流行未嘗息也。人心雖俶擾而成變，其忠義之感激未嘗泯也。是以一臣效忠，一夫死義，後之君子往往曠百世而相感，歆慕愛樂，悲傷慨慷，形言著於史，見於歌咏，自不容已。何也？人心之天，秉彝之良，根於帝降者無不同也，豈惟士君子爲？然雖武夫悍卒，陷於寇戎之黨者，亦知敬仰而惋惜，乃其本然之良心，觸之而即應，彼亦不自覺其呈露也。此忠臣義士所以能壽彝倫之命脉，保天地之元氣，雖分崩離析之秋，人極賴之而植立也歟！彼其歌咏之不足，而形之於聲嗟氣嘆之餘者，寧不有以興起人心之忠義，而愧夫天下後世爲人臣而負不義之名者哉！元季中原鼎沸，大廈之傾頹，有非一木可支。而幽國余忠宣公獨奮忠義，堅守孤城，爲江淮保障，血戰七年而繼之以死，值天厭夷德，不復可爲其臣節之著，炳炳琅琅，與日月爭明，與雷霆爭烈，見者聞者能不震且肅哉！今廟食兹土，襃與崇重，歲時祀享，儼若生存，公雖死，其不死者固有在也。後公而生、過龍舒者，莫不趨拜下塵，願識公之遺像；既獲瞻慕，咸留題廡下，以致其景仰之忱，以罄其揄揚之美。公何以得此於人人邪？忠義激之也。人何以得私於公耶？本心之良，觸之而發，不覺其音吐之鏗鏘也。

公平生所著有《青陽集》行於世，愛公者因輯諸作者之篇什，厠於其間。予承乏於斯，祗嚴祀典，凡公之爲民、爲國可師法者，次第資之，以飾予政之疏略。嘗欲因其舊集考訂之，以廣其傳，適巡撫都憲彭公弭節江干，輒以爲請。公謂後賢之作模寫雖多，於公之大節似無加損,乃混爲一編,則恐弗稱。況來者之相仍,可勝紀哉,宜別置附錄,自爲一集可也。予退而思,公之所論良是,遂搜羅其有關於忠宣公之大義者,采輯而類別之,釐爲二卷,繡梓以行,俾我忠宣公之義烈,與元氣之在天地者并行而不悖也。於戲!公之貫日月而抗雷霆者,豈予言所能既邪?景慕之私則與集中諸君子同一揆云。

時弘治三年庚戌歲九月上旬,①知安慶府事雲中徐傑拜首謹識。②

---

① 庚戌:弘治三年(1490)。
② 徐傑:字民望,大同(今山西省大同市)人。成化五年(1469)進士,弘治年間任安慶知府。《〔康熙〕安慶府志》卷一二《秩官》有小傳。

青陽先生忠節附録卷之一

死節本末

淮南左丞余公守安慶之七年，兵孤食盡，與賊俱亡，麾下士四人脱身至龍興，言公之死甚詳。先是有涂穎者，龍興進賢人也，遠游京師，時公待制翰林，嘗延穎教子，及公之守安慶也，穎還自京師，舟次城下，公復留穎歲餘乃還。安慶商人轉貨易糧於龍興者往來不絶，故穎聞公事迹爲多。至正十七年，予使至龍興，留一歲，穎嘗爲予道説，隨問隨録，得其大略，惜乎其未詳也。嗚呼！公之英風偉烈，照映千古，雖死猶生，故予著之於篇，以俟夫修史者采焉。

公諱闕，字廷心，余姓，唐元氏，[1]河西武威人也。國初，遷淮西之廬州，因家焉。公少失父，及長，家貧，好學不倦，教授生徒以養母。元統元年，科舉法改第一甲三人，公自鄉薦過省至於廷對，名皆列於第二。授同知泗州事，入翰林爲應奉，轉刑部主事，[2]以持正不阿忤權貴，即棄官歸淮西。會有詔修宋、金、遼三史，起公爲翰林修撰，拜監察御史，轉禮部員外郎，出爲湖廣省郎中，入爲集賢經歷，改翰林待制，再出僉浙東憲司事，以母喪，居憂淮西。

至正十一年，河南盜起。十二年，立淮南行中書省於揚州，改淮東宣慰司馬，淮西宣慰司移置廬州。是秋九月，朝廷奪哀，起公爲淮西宣慰副使僉都元帥，分兵守安慶。冬十一月，公始到部。[3]十日，寇至，公身率士卒出戰，却之，即召有司與諸將議屯田守戰之計。於是環郡立寨,屯兵禦寇,令民耕稼其中,以給兵食,而潛山八社土最饒沃,秋成之日常倍他境,公悉以爲屯,民心乃安。

十三年,春夏大饑,[4]人相食,公出俸爲糜,賑饑民於雙蓮寺,民賴以活者衆。時桐城、太湖失業之民數萬,公招徠安集,移文徑達中書,得鈔三萬錠以賑之,民力少蘇。是冬,朝廷進公副都元帥。十四年夏四月,下江道通,商船方集,南臺中丞蠻子海牙將水軍泊於城下,士卒豪橫爭入城與民爲市,[5]公令關吏止之,卒與吏競擊,吏墮水死。[6]公擒卒下獄,中丞大怒,堅求出之,公曰："吾知有法。"竟杖殺之。是秋大旱,公爲文禱於潛山之神。既禱三日,大雨,民乃大悅。八月,公以兵平竹蕩湖之寇,令民取魚出課,會中書省以糧七千來益軍食,[7]民又悅。[8]

十五年春,公命懷寧縣尹陳秉德專典屯田。夏,大雨江漲,禾没水者過半。一夕,城下水湧,有物大吼,聲振城市,公爲文以少牢祭之,水隨息。是秋禾登,得糧三萬。八月,公令士卒理城隍,復爲大防,深塹三重,勢如千壁,南面瞰江,引江水通於隍塹,周圍植木爲栅,城上四面皆起戰樓。每議兵督戰,公常居盛唐門,仍題"武威"二字榜之。寇至攻城,則止宿焉,衣帶不解,夜分不寐,率以爲常。九月,朝廷進公宣慰使都元帥。是時,廣西元帥阿思蘭奉詔,率苗兵五萬來平蘄寇,自望江捨舟登岸,抵於廬州。公即移文中書,以爲苗民不通王化,自古攘之,不可使窺中國。中書以聞,詔阿思蘭還軍本土,時有苗民作暴,公收殺之,境内乃安。復有來攻,抵暮,數百騎羨於城北。中夜,賊兵數萬大至。向曉,公出兵與賊大戰,却之,萬户一人戰死,會天大雨,寇乃散去。

十六年春,朝廷以公戰守功多,進公淮南省參知政事,守安慶如故。二月,公遣安慶判官莫倫赤市鹽浙東,商船數百俱往。夏四月,公命萬户紀思敬通道江西,招商旅以糧易鹽,未幾,師陷江東。五月,趙雙刀陷池州。六月,以其衆來攻,公率士民與戰三日,敗之。莫倫赤市鹽還泊龍灣,過池州,盡爲雙刀所掠。冬十月,復以衆來攻,水陸并進，公率士民與賊戰，連十八日，晝夜不息，又敗之。懷寧縣達魯花赤伯家奴戰死。安慶商旅惟與江西爲市，每商船至，公必置酒勞之。一日，商船數百遇寇於小孤山，盡爲所掠。公聞之，即遣水軍往救，盡奪還之，商人感泣。

十七年春二月至三月，趙雙刀與廬州兩道來攻，公率士民與戰，連三十五日，[9]晝夜不息，竟敗之。秋八月，寇掠八社，公遣萬戶紀思敬將兵破敗走之。是月，公遣人至江西，以漆易糧，時廣東元帥李潤守富州，公以書及弓刀遺之，潤以糧千石爲助。是時，朝廷進公淮南左丞，義兵元帥胡伯顏以水軍屯小孤山，與公爲援。冬十月，沔寇陳友諒將戰艦順流東下來攻，伯顏率衆與戰，連四日，大潰，敗軍走安慶。十一月壬寅，陳寇率衆數萬水陸并進，屯於山口鎮，距安慶十五里。癸卯，寇兵至城下。甲辰，公率士卒出東門，與寇大戰於觀音橋。是日，饒州祝寇復攻西門，公分兵戰却之。乙巳，賊又攻東門，紅旗登城，公率士卒奮力死戰，賊走。戊申，陳、祝二寇夾攻東、西二門，公與諸將分兵率士卒戰愈力，敗之。庚戌，賊環城植柵，起戰樓，炮架內向，公與諸將分兵四面禦敵，晝夜不得息。

至十八年春正月庚子朔，越四日癸卯，趙雙刀益兵來攻東門，連戰三日，[10]至七日丙午黎明，趙寇攻其東，陳寇攻其西，祝寇攻其南，群寇四面并至，西門尤急。公分諸將三門，而以身當西門，是爲大雷門。公徒走揮戈爲士卒先，士卒號泣止公，公不聽，揮戈愈力。公自當一面，乃分遣麾下士督三門兵，至日中，賊破將軍衝紅旗乘城，城中火起，麾下數十人戰死，公力盡，引佩刀自剄死，墮於清水塘。

城既破，陳寇懸賞以求公尸。三日，得於積尸之下，裸而僵卧，容貌如生，身被十餘創，惟一足布襪存焉。陳寇嗟嘆曰："余公元朝忠臣，宜禮葬之。"即令洗浴，具衣衾、棺槨，葬公西門之外。公長子德臣并妻妾皆投水死，次子尚幼，賊舉而棄之水中，家僮三人亦遇害。總管韓建舉家被殺，建病不能行，賊執之，建罵賊不輟，求死甚急，賊不殺，以戶扇昇去，不知所終。時百姓壯者畢登城樓，自捐其階，咸曰：

"寧戰死於此，不忍降於賊也。"城破果然。其他死者相望，知名者得十八人：萬戶李宗可自到，紀思敬、陳彬、富金三人戰死東門之帥府，都事帖譓補化、萬戶府經歷段玉章、千戶人赤不花、[11]音理、[12]盧廷玉、忽都蠻、葛延齡、丘㟰、許元琰，義兵百戶黃君、安慶推官黃圖倫臺、經歷楊恒、知事余子正、懷寧縣尹陳秉德皆遇害，此皆涂穎所識者。正月丙午，安慶陷。二月辛巳，公麾下士太湖達魯花赤那海、潛山主簿楊賽因不花、桐城主簿李興、潛山尉孫賈閭四人脫身至龍興，言公之死如此。

穎又言，公初爲泗州同知，時蝗爲灾，公爲禱於神，蝗盡死。爲僉憲時，巡按浙江，至龍游縣，有二虎爲民害者十數年，傷人百數，公懸賞召捕，二虎遂出境，民得以安。及守安慶也，達魯花赤阿里賽普貪暴不法，公召至廷詰之，阿里賽普一一引服，明日挈家逃。公判官尚某怠於供給，公杖殺之。百戶一人違令，斬首以徇。公嘗病疽發背，不視事數日，百姓憂惶，咸焚香拜天，願以身代。公聞之，即強起上馬巡城，百姓大悅。寇至攻城，公即擐甲持兵，率衆與賊步戰，士卒擁盾蔽公，公亦揮去，曰："汝亦有命，何恤我爲？"廬州遣人以書來合，公視其書有僞正翔之署，[13]公哂曰："是尚爲賊，何謂合邪？吾將自罄吾忠。"每有暇，輒從容注《易》，歲時朔望，率諸生謁孔子廟，後而會坐，講明經傳，立士卒於門外，使人知斯道之尊，其崇尚儒術如此。故人皆知尊君親上，而樂於效死也。公自讀書爲名儒，登科爲名進士，入翰林爲良太史，居憲臺爲名御史，歷任中外，咸著能聲。及其死也，盡力盡忠，不自食言，人道畢矣。先是十七年夏五月中書奏，公固守一方，爲國保障，方之巡、遠，尤著全勛。有旨賜公鈔五百錠，以事功付史館纂修焉。嗚呼！不意巡、遠之諭驗於今日，哀哉！

翰林國史院編修答錄與權字道夫述。①

---

① 答錄與權：一作答禄與權，字道夫，蒙古人。至正二年(1342)進士，累遷河南廉訪司僉事，元亡，寓河南永寧。洪武六年(1373)薦授秦府紀善，改御史，遷翰林修撰；八年(1375)坐事降典籍，尋進應奉；十一年(1378)以老致仕。《明史》卷一三六有傳。

《元史節要》載　張美和[①]臨江人。

　　至正十八年戊戌春正月,陳友諒陷安慶路,守將余闕死之。闕守孤城六年,群盜環四外,[14]而闕獨居其中,左提右挈,屹爲江淮一保障。寇來,至城下,輒敗去。至是,友諒合諸寇來攻,趙普勝軍東門,祝寇軍南門,友諒軍西門,群盜四面蟻集,外無一甲之援。西門勢尤急,闕自當之,徒步提戈爲士卒先。分麾下將督二門之兵,[15]自以孤軍血戰,斬首無算,而闕亦被十餘創。日中,城陷,闕引刀自刭,墮清水塘中。妻耶律氏及子德臣、女福童皆赴井死,同時死者守臣韓建一家被害。建方臥疾,罵賊不屈,皆執之以去,不知所終。闕號令明信,與下同甘苦,然有違令,即斬以徇。闕嘗病不視事,將士皆籲天,求以身代,闕聞强衣冠而去。[16]當戰,矢石亂下如雨,士以盾蔽之,闕却之曰:"汝亦有命,何蔽我爲?"故人争用命。稍暇,即率諸生詣郡學會講,立軍士門外以聽,使知尊君親上之義,有古良將風烈。卒年五十六。事聞,贈攄誠守正清忠諒節功臣、榮禄大夫、淮南江北等處行中書省平章政事、柱國,追封豳國公,諡忠宣。闕既死,[17]賊義之,求尸塘中,具棺槨,葬於西門外。及安慶内附,大明皇帝嘉闕之忠,詔立廟於忠節坊,命有司歲時致祭焉。

死節記

　　有元設科取士,中外文武著功社稷之臣歷歷可記。至正辛卯,[②]兵起淮潁,城盡廢,江漢之間能扞禦大郡、全盡名節者,守舒帥余公廷

[①] 張美和:即張九韶,字美和,清江(今江西省樟樹市)人。明洪武三年(1370)薦爲縣學教諭,遷國子助教,改翰林編修。著有《理學類編》八卷、《元史節要》三卷。《明一統志》卷五五《臨江府》有傳。

[②] 至正辛卯:至正十一年(1351)。

心一人而已。公家世河西，自擢高科，登要職，以浙東僉憲來鎮舒郡。始至舒時，國門之外數十里之地皆盜栅也，公身率壯士累戰而勝，盜遂退。乃爲攘剔傍近之地，令民耕之，大築城壘，修矛戟，募勇士，以圖克復。

　　癸巳秋，①國朝命太師右丞相脫脫征討江漢。使至舒，公即奉命，率兵卒出境，戰潰群寇，遂平樅陽盜栅。維時湖廣陳友諒據上流，趙雙刀據池陽，公常具戰艦數百艘，借糴江西，往來皆爲二兵邀遮，然與戰無不克捷。或誘至城下而設奇，俘獲尤多，盜爲股慄。舒屬六邑皆爲盜所據，民有逃亡至郡者乏絕糧饋，公捐祿米二百石以賑恤，民乃安。凡盜至，民亦爲力戰。時予自閩海還舒，謁公於館下，公延予門塾，俾教授子弟。翼日，侍公於城之南樓，語及國家，顧爲予曰："余荷國恩，以進士及第，歷省憲、居館閣，每愧無報。今國家多難，授予以兵戎重寄，豈予所堪？然古人有言：'爲子死孝，爲臣死忠。'萬一不幸，吾知盡吾忠而已！"

　　丁酉冬十月，②上流陳寇至郡，城圍及兩月，公累出奇兵以戰陳寇，至者甚衆。其屬邑逃難之民悉思效義以報，且戰且守，寇兵遂弱，城栅益堅。盜思不能獨勝，乃會趙雙刀水軍上下來攻，戰艦萬艘，鼙鼓震動，炮石砰礚，公益厲將士，民亦無懼色。十一月，趙寇急攻城南門，陳寇攻城東門，戰數十合，士氣頗急。公駐甲於城東之練樹灣，二寇挑戈渡濠來戰，公持刀躬自殺之，俱墮死於濠池。一賊又復登岸，公復奮兵刺殺之，陳寇望嘆曰："詩書之帥，必如是夫。使天下皆余公也，何患城守之不固哉？"有頃，諸將復集，皆愧私相語曰："元帥躬自奮勇，吾生何爲！"皆踊躍思戰。陳寇見兵勢復盛，遂皆退。十二月，趙寇復攻城東，公誓將士曰："今城守孤危，汝等當爲國宣力，有功者當以吾爵授汝，不然則戮以徇。"將士受命，亦皆以死自誓。血戰至暮，兵稍

---

① 癸巳：至正十三年（1353）。
② 丁酉：至正十七年（1357）。

不利，公被矢傷及左目，神思昏惑，將士遂衛公還。暨至闑內，甦而驚愕，謂左右曰："全忠報國，吾分內事耳，使吾得死其地，吾瞑目無憾。汝奚以我歸耶？"於是將士復衛公出。

戊戌春正月，①盜整兵大合，舳艫延亘，旗幟焰焰。公率將士及城居之民戰於城西門，力敵至午，城遂陷。公拔劍自刎，墮濠西清水塘而死。陳氏以金購求得之，具棺槨、衣衾，葬於城外。公之夫人蔣氏聞公仗節，即率女安安竟赴井死。長子名德臣，時年十八，能熟記諸經書，慟曰："吾父死於忠，吾何以生爲？"乃溺死於後園之深池。甥名福童，善戰有勇力，亦戰死於城濠之間。姪婿花李爲義兵萬户，自城外馳單騎回其家，人勸之降，李怒曰："吾受元帥節制，平日甘苦，元帥與吾共之。元帥已死，吾降，異日何以見元帥於地下？且曰爾等亦當隨吾盡忠，毋爲人所魚肉！"乃盡驅之一室，無大小咸殛殺之，然後坐取巨觥以飲，拔刀自刎而死。賊衆入見，斷其首而去。其餘將士，若萬户紀守中、金勝宗，鎮撫陳彬、千户那海、經歷段玉章等，[18]俱不肯降，咸戰死於鋒鏑之下。

噫！自古天下有盛必有衰，然以予觀之，三代而下，漢唐及宋，未有如元運之盛者。奈何承平日久，武備不修，一旦兵起淮漢，爲臣子者或擁兵自衛，或望風而降，如是中原失守，而忠臣義士幾何人斯，稽之史册，自古忠烈烜赫者，惟唐巡、遠，宋文天祥而已。若吾余公廷心，鍾光岳之靈氣，有文武之全材，方氣運之盛，黼黻大猷，煥然可述。當多難之秋，戰守之功，鮮有儷者。及夫援絕城陷，竟能秉節不屈，視死如歸，尤人之所不及。先民有云："疾風知勁草，板蕩識忠臣。"其此之謂歟。然公之忠節，固職之所當爲，而公之夫人，若子、若女一門之節義，又世之所無者。予素居公之館下，凡公之政迹不及枚舉，而公之大節敢不紀之以傳諸後？故爲之記。仍贊曰：

於赫元運，篤生名臣。識綜今古，學究天人。扞此大邦，戎備整

---

① 戊戌：至正十八年（1358）。

飭。允文允武,克著厥迹。古有巡遠,公實邁之。猗歟忠節,敢揚頌詩。至正戊戌,太原賈良伯爲記。①

近考余忠宣公夫人死節姓氏,大史宋先生傳書"耶卜氏",《元史節要》載"耶律氏",《死節記》作"夫人蔣氏",書記不一,莫得其的。僕因細詢先生侄孫宗烈,云:"叔祖父有妾耶律、耶卜氏,叔祖母夫人實蔣氏,子德臣,年十八;女安安,年十四,皆其所生。"故常服膺,則知向者所書皆妾姓氏也。恐泯其嫡之貞節,遂書之記末以示久遠。

維揚張毅識。②

賀丞相答書

賀太平書復廷心左丞執事:使來承書,忻慰無量。方四方多事,安慶孤城內無贏餘之糧,外有強悍之寇,守禦六年,屹然獨保於江淮之表。方且開拓封疆,安輯流亡,敬教勸學,罰罪賞功,惟執事能之。承平之久,妖人、小夫扇爲邪説,群起爲盗,向之委任失宜,賞罰不當,執事此論焉得而逃?然既往者不可追,未來者安可不熟思而精議哉!自方面大臣銜命四方,[19]或要求爵賞,或暴虐黎庶,或猜忌同列,或貪黷貨色,使冤魂塞路,奸宄窺伺,城邑陷没,田萊荒蕪。嗟乎!何其一至此極也。執事施諸事功,固亦鑿鑿精實如此,行將著之旅常,勒之金石,震耀後世而垂無窮,由其人而觀之,誠可愧已。[20]天朝設進士科,網羅賢俊,得人才如執事者,亦可謂不負國家矣。主上明燭四海,安慶之事,簡在宸衷,故賞擢至公,所請皆允,亦所以勸獎忠義、削平寇難以固萬世無疆之基。惟執事尚懋敬之,無患乎朝廷之不知也。人還匆匆,復書不次。

---

① 賈良伯:余闕嘗延入署,訓其弟子。《宋元學案補遺》卷九二《草廬學案補遺》載其小傳。
② 張毅:字彥剛,又字仲剛,揚州人。《〔同治〕山陽縣志》卷一五《流寓傳》有記載。

七言絕句

劉伯溫①誠意伯。

皖口孤城江水傍,城上猶有秋雲黃。[21]豺狼魑魅相食盡,忠魂白日長垂光。

王諫漢川人,御史。

江山滿目使人愁,不見狐爭鼠鬥秋。皖口蟲沙今幾變,英雄淚洒水東流。

長江東下皖城邊,雲净烟消日色鮮。一派安流人競渡,[22]不知昨日浪滔天。

劉晏衡陽東湖人。

當年不負胡王養,今日尤來聖主褒。也解天人歸正統,為臣爭奈死忠高。

糧絕兵疲數上書,宰臣不報意何如。甘心自刎烟霞裏,[23]萬古昭昭播令譽。

張璿羅山人,訓導。

一朝得上感恩亭,望斷江南幾闠青。千古忠名元不朽,江流應自瀉衷情。

五言律詩

沈永大年,淮南人。

百戰全生易,孤城效死難。援兵斷消息,敵國恣凶殘。淮甸烽烟

---

① 劉伯溫:即劉基(1311—1375),字伯溫,處州青田(今浙江省青田縣)人。元末明初軍事家、政治家,洪武三年(1370)封誠意伯,著有《誠意伯文集》,與高啟、宋濂并稱"明初詩文三大家"。《明史》卷一二八有傳。

熄，舒城戰骨寒。後人應過此，好爲拭碑看。

徐壽大同，吳東婁江人。

保障孤城日，群兵四面攻。七年持大節，一死樂全忠。血劍英靈耿，居民老淚窮。有詩難盡述，青史著高風。

鄒緝①仲熙，廬陵人，侍講。

國運艱難日，孤城獨守時。江淮資保障，歲月極支持。苦戰身方殞，臨危氣不衰。千秋精爽在，凜烈有遺祠。

又

上書三不報，志節愈難窮。力盡兵猶鬥，城存堞已空。碧苔荒舊迹，白日耿孤忠。名與睢陽并，千年汗簡中。

伯顏②子中，元兵部尚書。

義重身先死，城存力已窮。百年深雨露，一士獨英雄。甲第聲華舊，文章節概中。只今千種恨，遺廟夕陽紅。

徐誼嚴州人，吉安知府。

舒州老全節，全死勝全生。[24]天地有遺恨，朝廷無援兵。七年經百戰，千里只孤城。縱使龍山碎，難磨萬古名。

楊茂鎮守淮安漕運參將。

先生遭國難，竭力守孤城。禦敵陳奇策，因奸阻援兵。勞民天共久，[25]大節日同明。千載期張許，英魂死若生。

---

① 鄒緝：明洪武中舉明經，建文時爲國子助教，成祖時爲翰林待制。《明史》卷一六四有傳。
② 伯顏：西域人，祖父宦江西，遂家進賢。元亡不仕，洪武十二年（1379）飲鴆死，歿之先一夕，作《七哀》以祭其先與昔時共事死節之士。《元詩選·二集》有其小傳。此詩亦見於《元詩選·二集》卷一八，題作《挽余廷心》。

余順①岳陽人，吉安知縣。

讀書青陽山，獻策黃金殿。保障值江淮，間關守畿甸。孤忠天地知，大節華夷見。埋玉皖江濱，經游動悲唁。

七言律詩

張桓子永豐人。

抗節前朝賢左轄，扶持邦國仗奇才。七年手止江淮沸，閭宅身殲父老哀。青史不磨遺恨在，寒潮空打故城回。如今只有超然塔，曾見將軍百戰來。

林文啓三山人。

兜鍪誰謂出貂蟬，遺像丹青尚儼然。名節若隨身後死，文章那得世間傳。潛岳有山朝北極，舒江無水達幽燕。皖公門外青青柳，猶冀先生躍馬還。

漁樵翁古番人。

青陽夫子聲明著，保障江淮計出奇。一寸丹心人共識，七年血戰世間知。可憐丞相終無援，慟哭將軍遂不支。遥想九原無限恨，英雄到此倍傷悲。

張豹上饒人。

大帥忠貞曷與儔，雄名耿耿冠舒州。力持虎節凌霜雪，神逐龍光射斗牛。白骨一函藏夜壑，[26]丹名千古湛江流。於今祀典垂元史，奸佞偷生事可羞。

---

① 余順：明成化年間進士。《〔雍正〕浙江通志》卷一五一《名宦六》載其小傳。

張紳①士行，齊郡人，浙江布政使。

余公廷心，少學於紳外舅、江西提舉益明楊先生，登癸酉第。紳會試時，公與公平李先生同爲考官。兵亂守安慶，陳友諒、趙普勝夾攻之，外援久不至，公以忠義導民，民爲之死守，將士亦殊死戰，城破，至有全家至屠者。至正戊戌正月七日，城不守，引劍自刎。贈榮禄大夫、淮南行省平章，追封夏國公，謚忠愍，改贈齒國公，謚忠宣。

一虞分疆噬虎狼，孤城屹立在中央。民知義重從公死，士爲恩深罵賊亡。大史已聞書德業，門生還與刻文章。龍媒僵仆兵車道，[27]國事如斯亦可傷。

胡儼②若思，豫章人，國子祭酒。

舒州城下有忠魂，碧草凄凄古廟存。直欲起兵呼夜雨，[28]豈誇橫槊動秋雲。曾看數對三千字，已識英雄八卦門。清水塘中金鎖甲，[29]空留山月照黄昏。

黄業廣③清源人，知縣。

大夫忠節冠荆揚，[30]千載精神日月光。血戰孤城身已殞，名垂青簡汗猶香。殘碑墮淚空秋草，折戟沉沙自夕陽。我亦有懷追國士，爲君感激奠椒漿。

---

① 張紳：一字仲紳，《千頃堂書目》卷一七載其有《詩集》。
② 胡儼：據《明經世文編·姓氏爵里總目》："胡儼，字若思，南昌人。洪武二十年鄉舉會試乙科，授華亭教諭。永樂初授翰林檢討，與解縉等七人同入閣，尋出爲國子祭酒。洪熙元年以太子賓客致仕，年八十三卒。"本詩亦見於《〔康熙〕安慶府志》卷三〇《七言律》，題作《謁余忠宣公祠》。
③ 明練子寧《中丞集》卷下、《御選明詩》卷七二《七言律詩五》均收錄此詩，分別題作《謁余忠宣公祠》《謁安慶余忠宣祠》，故此詩或爲練子寧所撰，非黄業廣。練子寧(1350—1402)，臨江府三洲(今江西省峽江縣)人。洪武十八年(1385)以貢士廷試對策，擢第一甲第二名，任翰林修撰、工部侍郎、吏部侍郎等，《明史》卷一四一有傳。

朱彥昌①臨川人。

天下紛紛此獨安，屹如砥柱障狂瀾。十年血戰身無援，一旦脣亡齒亦寒。妻子滿門皆烈烈，偏裨終古共桓桓。史臣直筆旌忠節，長使奸諛掩面看。

李璣②天長教諭。

忠義祠前晚繫舟，爲詢往事不勝愁。江城夜雨棲戈甲，帝闕妖氛蔽冕旒。泣血封章三奏日，樵蘇羅雀七經秋。匡扶全仗身先死，過客傷心淚暗流。

許時悅古番人。

信知忠義肯捐生，運去難將一死爭。九陛雲深書不到，三軍食盡鼓無聲。青陽千載山房重，白髮平生嗜欲輕。今古英雄能幾見，睢陽雙廟可齊名。[31]

吳履③德基，東陽人。

一門三節動當今，況復偏裨力足任。卞壼有兒常配食，田橫無客不同心。經傳漢獄情何極，哭向秦庭路莫尋。惆悵真儒淪沒後，皖城萬古一銷沉。

劉丞直④宗弼，章貢人。

指揮戎馬駐江濱，南紀安危寄一身。闇室同歸追李芾，孤城百戰

---

① 朱彥昌：名弘祖，善詩詞，洪武六年(1373)以明經舉，著有《東皋舒嘯集》。《〔雍正〕江西通志》卷八一《人物》載其小傳。
② 李璣：據《〔雍正〕湖廣通志》卷六二《孝子》："李璣，字伯玉，嘉魚人，性至孝。"
③ 吳履：曾任南康縣丞、安化知縣、濰州知州等，《明史》卷二八一《循吏》有小傳。
④ 劉丞直：洪武二年(1369)任浙江按察司僉事，三年(1370)以疾歸，著有《雪樵詩集》。《國朝獻徵錄》卷八四《浙江一》有傳。

繼張巡。河山莫誓勛庸盛，金石徒傳翰墨新。漂泊風塵恨何以，[32]空餘涕淚滿衣巾。

童冀① 中州，金華人。

荒池斜日暝雲陰，獨立空山淚滿襟。遺老能言當日事，寒蟾猶照死時心。[33]百年妻子憐魚腹，一代山河看陸沉。故園春風又芳草，祇應遺恨九原深。

王冕② 玄端，長沙人，府學訓導。

赤熾南來擁萬舟，[34]丹心北望獨悠悠。關東竟起追秦鹿，[35]即墨徒煩縱火牛。萬里一城三面敵，孤城百戰七經秋。[36]空遺世代無窮恨，[37]不盡長江滾滾流。

堯章 古沔門人。

許國捐軀世所奇，斯人堪與古人期。七年戮力無間日，千古英名在死時。白髮祇應憂國變，[38]丹心惟有老天知。皖公門外清清水，都是行人墮淚池。

韓守益[39] 仲修，江陵人，本府通判。

元祚奄奄國步艱，長星夜半落同安。千年家世無華冑，一死聲名重泰山。祠下幾經歌些舞，陣前曾是裹尸還。西風謖灑英雄淚，華表寥寥鶴夢寒。[40]

危城高峙大江坡，偽漢軍來絳幘多。孤忠不變死綏節，百戰猶揮挽日戈。[41]亦有偷生忘社稷，豈無垂涕泣山河。賴公大義扶名教，炯

---

① 童冀：洪武九年(1376)徵入書館，後爲湖州府教授，調入北平，坐罪死，著有《尚絅齋集》《和陶集》。《四庫全書總目》卷一六九載其書及小傳。本詩亦見於《〔康熙〕安慶府志》卷三〇《七言律》，題作《題余忠宣公郡西盡忠池》。

② 此詩亦見於《〔康熙〕安慶府志》卷三〇《七言律》，題作《泊安慶吊余忠宣公》。

炯精靈不泯磨。

一節忠臣豈負君,丹心許國不謀身。臨危折首光千祀,季葉如公復幾人。人讀舊碑停騣裘,草荒孤冢伴麒麟。文章尚有遺黎說,信是甄陶出大鈞。[42]

吳伯宗①臨川人,翰林學士。

四郊圍合偃旌旗,百雉孤城遂不支。空有張雷全節地,竟無周漢中興時。寒烟逝水留遺迹,落日長松想令儀。生死實關倫紀重,簡編千古大名垂。

魏思善南昌人,懷寧縣丞。

龍舒百戰鷹揚將,虎榜當年第一人。文武才能魁俊久,江淮保障付經綸。腹心士卒無生志,貞節妻兒有死身。爲向方塘追往事,落霞和血照青旻。[43]

甘瑾②彥初。

大將分符自朔庭,出師江漢肅南征。賀蘭不救睢陽死,[44]無忌難收晉鄙兵。[45]唇齒百年誰復惜,[46]簡書千里謾多情。[47]西風一劍英雄淚,已逐寒江日夜聲。

楊善天台人。

大夫持節扞潢池,仗劍捐生答誓糜。漢幟七年兵氣盛,楚歌三月燧烟窮。恩埋荒草桐鄉墓,淚墮西風峴隴碑。我向江城酹明月,角聲

---

① 吳伯宗:名祐,以字行。洪武四年(1371)廷試第一,歷任禮部員外郎、國子助教、翰林典籍、太常司丞等。《明史》卷一三七有傳。

② 甘瑾:據〔雍正〕江西通志》卷八一《人物·撫州府》:"甘瑾,字彥初,臨川人,仕終嚴州同知。明初,臨川詩派彥初與揭孟同、張可立、甘克敬皆善學唐人者也。《文翰類選》載其詩四十首,郭青螺《豫章詩話》乃不知其名,或云餘干人。"此詩亦載於《石倉歷代詩選》卷三四六《明詩初集六六》,題作《題余忠宣請授兵書》。

寒送落潮悲。

龍仲高_{廬陵人，始興訓導}

憶昔環城盡賊鋒，君侯戰守奮孤忠。藩維社稷幽燕地，峙立江淮泰華峰。四劄枉勞馳闕下，一星俄睹墮營中。傷心清水塘中浪，猶帶當年戰血紅。[48]

項外_{誠中}，[49]_{潛山主簿}

七年勵志衵兵戈，食盡城危可奈何。徇節捐軀家已滅，感恩酬死士應多。寒原古冢荒秋草，清水空塘澹夕波。聖代嘉忠崇廟祀，巍巍功業等山河。

朱佑_{靜玄，本府道紀}

將分茅土鎮舒州，七載空城一夕休。長劍倚天閑歲月，孤墳拔地老春秋。水流雁汊千行淚，雲抱龍山萬斛愁。躍馬西郊曾吊望，夕陽芳草思悠悠。[50]

閫國文華萬丈過，[51]九原孤冢壓江坡。夕陽芳草嘶銅馬，夜雨空林臥石駝。千古精神明日月，一門忠節動山河。爲君多少傷心淚，灑向吳江作碧波。[52]

蕭靜[53]_{廬陵人，泗洲衛經歷}

功業堂堂有幾人，大夫忠節獨超群。一身許國能報國，萬死求仁已得仁。夜月荒祠飛蝙蝠，秋風高冢臥麒麟。至今仿佛遺靈爽，鐵戟沉沙起戰塵。

張致遠①_{古壇人，前元遺老，號江海先生}

將星殘夜落前軍，[54]鐵馬金戈去不存。躡履西郊尋故壘，采蘋南

---

① 此詩亦見於《元詩選·癸集·癸之辛上》，題作《挽余廷心》。

澗奠忠魂。高風不獨傳千古,死事何緣萃一門。獨倚白楊空悵恨,鳥啼落日滿江村。

危興_{士起,汝南人,懷寧訓導}。

七載江淮總義師,將軍端繫國安危。仰天長劍酬恩日,漂杵孤城戰賊時。盡節張巡還有將,全忠卞壺豈無兒。後來欲覽當年事,細讀祠前太史碑。

曹璉_{大用,瀏邑人,懷寧知縣}。

鹿走中原勢欲傾,獨持黃鉞奮忠誠。令申江右三軍懼,[55]名動淮南一虎争。戎幕荒涼收將印,士林憔悴泣書生。一門骨肉數丘土,池水吹波恨未平。

童賢愈_{澄溪人,本府推官}。

人生一死古誰無,張許睢陽與大夫。白日未消忠節恨,黃金難鑄髑髏枯。山河日落鳴孤雁,社稷烟寒叫老烏。廟祀封崇遺像在,高風千載見真儒。

高永善_{維揚人}。

記得當年受詔行,轅門攬轡欲澄清。已傾心膽酬君父,又見文章化甲兵。事去力窮惟有死,功成名遂豈虛生。[56]九原不朽英雄骨,冢上龍光夜夜橫。

鐵虛義_{紹興人,潛山知縣}。

聲名曾向棘闈開,三策從容濟世才。戰血未乾龍北去,妖氛初靜鳳南來。愁聞父老當時事,忍聽江流此日哀。遲暮艤舟吊祠下,一尊聊奠後人懷。

姚孟季昇，天台人，江夏訓導。

久矣風塵滿四方，纔聞分閫鎮舒邦。紅爐片雪書徒急，尺土孤軍勢莫強。盜賊固聞千古有，英雄誰似一家亡。堂堂廟食應無忝，淚灑西風只自傷。

馬壽修齡，吳興人，府學訓導。

藩屏江淮一偉人，馬蹄曾踏杏園春。材名卓犖兼文武，智節超騰邁等倫。蘇峻豈能污卞壼，賀蘭終莫援張巡。忠邪瞬息俱淪没，予奪分明有縉紳。

張遜宜中，臨川人，谷府長史。

大將才名重若山，匡時怒氣激江湍。五千疲卒六年守，百戰孤城一死安。古皖有碑題姓字，青陽無地葬衣冠。古來惟有張巡傳，却與先生可并看。

嚴律己涪江人，本府同知。

幾度臨戎撫大阿，要清宗社挽天河。乾坤未老英雄志，淮海俄驚薤露歌。三節清名垂竹帛，一抔黄壤護烟蘿。空階滴盡秋宵雨，不及舒人灑淚多。

胡尊尚德，本府人，太學士。

七年不解鐵衣眠，勢盡城危肯負天。妻子共埋幽壤地，偏裨不上別人船。經時計出孫吳右，鏖戰身當士卒先。神鼎欲移元祚去，英雄遺恨慢悁悁。

張毅仲剛，維揚人。

七載忠肝鐵不如，孤城血戰竟捐軀。閨門烈烈全高節，將校桓桓振令譽。塗炭江淮誰保障，金湯關陝自侵漁。應知誤國偷生輩，地下逢君愧有餘。[57]

舒江江上艤輕舠，白髮懷賢幾度搔。清水塘深龍有穴，碧松枝折鳳無巢。雲移殺氣歸秋昊，月照忠魂落楚皋。惟有鼎鐘銘刻在，萬年寰宇頌英豪。

黎霽之克輝，臨江人。

逐鹿紛紛起戰塵，干戈流血禍斯民。一門全節萬年史，千里孤城百戰身。殺賊猶當爲厲鬼，忠臣無愧作元臣。寒鴉古木荒祠晚，過客題詩薦渚蘋。

王魯景沂，天台人，號東溪漁子。

自誓捐軀必竭忠，歷年淮海苦摧鋒。無人射戟銷兵難，有史褒功勒鼎鐘。戟骨捐時臣事畢，[58]愁雲凝處夜臺封。步趨故壘追傷久，[59]不覺沾衣淚雨重。

錢用時雲間人。

一從閫閫剖兵符，叱咤風雲啓壯圖。氛祲未全消皖野，將星俄已墜城郛。同舟客過襟常濕，[60]冢上鵑啼血未枯。不盡江流牽往恨，[61]千秋萬古益鳴鳴。

鄒濟①汝舟，嘉禾人，左春坊右庶子。

潛岳俄催天柱峰，皖城此日喪元戎。祇令節義傳千古，不使功勳達九重。李繡精忠堪與比，張巡血戰亦相同。至今惟有同安月，照見靈祠氣吐虹。

翁瑜惟諭，[62]本府人。

江城曉霽散晴嵐，覽古憑高客淚銜。原野已空雲鳥陣，江流還送

---

① 鄒濟：明洪熙元年(1425)贈太子太保，以事母孝聞，歷任餘杭訓導、國子助教、禮部郎中等，年六十八卒，謚文敏。《明史》卷一五二有傳。

夕陽帆。稔聞大帥忠元國，更睹何人舉傅岩。神爽在天知不昧，暗將池沔二凶芟。

陳貞浙人，麻城縣主簿。

江淮血戰七經春，援絕儲空志莫伸。闔室忠王超李芾，孤城守日過張巡。千年廟貌崇芳祀，一代功勛首縉紳。生死到頭無愧怍，元朝科目更何人。[63]

汪儉克儉，本府人。

七年禦海戰舒邦，力盡城危豈受降。四海幾人心不二，一門全節世無雙。勛庸未遂標銅柱，社稷先驚折玉幢。我悼英魂三酹罷，滿船載恨下蒼江。

王子啓廬陵人，崇慶知府。

左轄當年鎮皖城，江淮千里日交兵。四方共倚雄藩在，一木孤撐大廈傾。高節分明成蹈海，[64]奇才磊落見行營。[65]至今書疏留遺恨，丞相旌旗不遠征。[66]

釋非空幻東瓊

落日殘霞照皖城，青陽劍血亂晶熒。英雄在世誰無死，臣子能忠鬼有靈。一代謀臣無上策，千金戰士困邊廷。江南大史南歸日，白首愁看汗簡青。

鄧玉筍山人。

江雲澹澹江水清，吊古獨上舒州城。青陽先生不可見，群玉山人空復情。一門骨肉死貞節，千古文章留姓名。高風激烈誰能比，李芾守潯當并稱。[67]

釋惠恕守拙,四明人。

南北音書杳莫通,先生猶自理春農。四方群起兵無援,七載孤操力已窮。江上洪濤張怒氣,城頭古木動悲風。不因廟食旌忠節,誰勒功名上景鐘。

張正仲觀,金斗人。

常從遺老問當時,大廈傾頹一木支。闇室捐軀三節著,孤城援絕九天知。夜臺寂寂荒似草,[68]德業巍巍載典彜。神爽在天無覓處,揮殘血淚賦哀詩。[69]

劉復性初,淮安同知。

闕下上書三不報,忠誠如鐵竟難磨。一門共守彜倫死,萬古争傳大節多。祠廟有靈依宿草,江淮無障付頹波。祇今夜雨舒城外,猶見將軍荷戟戈。[70]

受命本從顛沛日,獨收嬴卒守孤城。臨危不改忠君節,至死猶揚罵賊聲。千古英雄誰是侶,一門貞烈笑偷生。艤舟幾向祠前拜,甘爲將軍涕淚傾。[71]

周孟簡①廬陵人,編修。

千載名高宇宙間,一門忠節古今難。長淮月暗潮聲晚,清水塘深夜色寒。遺廟也應行客拜,舊碑還與後人看。傷心回看同安路,[72]故壘荒荒落照殘。

李禎昌祺,廬陵人,禮部郎中。

天遣江淮保障傾,孤軍百戰守孤城。包胥激烈空垂淚,子路從容

---

① 周孟簡:吉水(今江西省吉水縣)人。永樂二年(1404)進士,《翰林志》卷一七載其小傳。

自結纓。炳炳大名昭不朽，堂堂遺像凛如生。寒烟蔓草平原上，風雨黃昏燐火明。

暫維官舸大江壖，獨訪荒祠拜昔賢。生死勛名千載在，古今忠義一門全。英魂壯氣層霄上，斷壘荒營落照邊。欲酹寒泉薦蘋藻，不勝懷古重淒然。[73]

劉翼南①沛郡人，臨江知府。

荆楚黃塵一丈深，孤城百戰力難禁。忠存已化萇弘血，運去寧移許遠心。落日斷雲秋色淡，長江流水夜聲沉。空餘遺恨千年骨，哀些新投淚滿襟。

捷書三上嗟無報，千里圖存國步難。七載江淮空保障，一門忠節重丘山。舒城夜雨江聲慘，祠屋秋風樹色寒。相見英靈在空闊，淡烟衰草不勝嘆。[74]

陳文石德文，南州人，御史。

凛然忠節播鴻音，百戰孤城歷歲深。殺賊有兵藏九地，援書無意惜千兵。[75] 萋萋碧草萇弘血，杲杲秋陽國士心。直筆謾勞諸太史，[76] 輝輝文彩粲儒林。

吳均仲平，臨川人，右春坊右中允。

孤城百雉鬱嵯峨，[77] 此日重持使節過。國士有祠存大節，中流無柱障頹波。愁看落日依軍壘，忍聽悲風激劍歌。擬掬寒泉薦蘋藻，細將遺刻重摩挲。

---

① 劉翼南：據《禮部志稿》卷四一："劉翼南，永樂元年任北京刑部右侍郎，二年改禮部侍郎，尋轉左。"

元釋法智①

浮圖高出暮雲低，[78]雉堞連陰碧樹齊。[79]茅屋人家兵火後，樓船鼙鼓夕陽西。大江千里水東去，明月一天烏夜啼。欲酹忠魂荒冢外，白楊秋色轉淒迷。

吳去疾②本府人，河東鹽運使。

孤軍百戰六年強，救援終無一騎將。鼉鼓聲沉天地老，龍光血漬旄倪傷。荒原風雨催殘壘，斷碣莓苔卧夕陽。白髮門生薦蘋藻，一聲哀些淚沾裳。

烏斯道③繼善，四明人，永新知縣。

江淮父老頌余侯，元世忠君第一流。九里孤城雄砥柱，萬言長策煥皇猷。從容自了人臣義，感慨誰分帝室憂。直筆董狐公論在，大書不減賀蘭羞。

劉辰④伯靜，金華人，北京刑部侍郎。

文武全才足智謀，一麾慨慷鎮舒州。可憐大海揚塵日，正是孤城報國秋。三尺龍光全盛節，千年砥柱屹中流。不知負義偷生者，曾有烝嘗廟食不。

---

① 正統本、沈俊本此詩題作《泊安慶懷古》。《明詩綜》卷八九亦收此詩，題作《過安慶吊余忠宣公》。
② 吳去疾：號蒙亭，《東里續集》卷一九《錄青陽詩》載吳去疾曾從余闕學。
③ 烏斯道：字繼善，號春草齋。長於詩，清麗出塵，與其兄烏本良并稱"二烏"，著有《春草集》。《宋元學案》卷九三《靜明寶峰學案》載其小傳。
④ 劉辰：明建文中任監察御史，永樂初參修《太祖實錄》，永樂十四年(1416)任刑部左侍郎，卒年七十八。《明史》卷一五〇有傳。

趙毅①孟弘,汝南人,工部侍郎。

不爲國老養東膠,罷振兵鋒殄寇巢。靈爽有憑歸碧落,神駒無繼產蒲梢。可憐唇齒爭三輔,不帥貔貅出二崤。[80]拊髀幾回傷往事,遐心如刺淚如抛。

邢旭[81]景暘,金華人,工部員外郎。

龍舒江上悼忠魂,曾挽天河靜楚氛。戰地幾消漂杵血,鼎銘常溢濟時勛。自甘取義垂千古,誰復沉舟奮六軍。慨想高風揮淚久,哀猿聲裏落寒曛。

沈雨叔雨,雲間人,府學訓導。

閨室忠貞萬古稀,聲光烈烈更輝輝。有身爲訓彝倫重,無力回天國祚微。仇敵懸金封馬鬣,烝黎揮淚濕鶉衣。江城霜重秋風勁,似振當年剪寇威。

端木孝思,金陵人,兵部員外郎。

早登西北文章府,晚領東南第一州。舉目豈堪塵世變,攄忠不盡大江流。星沉絕塞烽烟暝,月冷滄波劍氣浮。自是龍舒天柱折,[82]白雲夢斷日邊游。

任倫本府人,御史。[83]

鐵馬金符老制科,孤城援絕奈時何。雙蓮塔殞擎天柱,八卦門摧挽日戈。虞舜躬膺堯曆數,孔明忠在漢山河。偷降誤國空林總,誰似先生死不磨。[84]

---

① 趙毅:據《御定佩文齋書畫譜》卷四〇:"趙毅,字致遠,李本固《汝南志》云字孟弘,汝陽人,洪武末年以儒士薦,授工科都給事,善屬文,工草書,永樂中爲工部左侍郎。"

管時敏[①]雲間人，楚府長史。

元戎百戰守孤城，千里蚍蜉絕援兵。保障有方文且武，簡編無愧死猶生。神來遺廟乘雲氣，鬼哭空江雜雨聲。尚憶李侯并達帥，一時忠義屬科名。達蕪善狀元爲浙東元帥，死於海。李子威狀元爲泗州太守，死於郡。

張　毅

遺黎爲我説當年，保障江淮豈淚然。義士懷恩戮家室，偏裨獻捷被囊鞭。人間遺愛穹碑在，身後聲光列宿懸。戰血幾隨原草碧，不堪惆悵過祠前。[85]

分符千里障江淮，欲濟蒼生節已排。膽壯尚謀攘賊計，兵羸無力抗時乖。七年城毀功難毀，孤冢身埋志不埋。自是天移元祚去，見公能事令人懷。

幽國誠臣罄室家，孤城無復見高牙。牽羅荒冢連秋月，濺血方塘浸暮霞。關陝惟圖仇殺計，朝廷空下肅清麻。傾心自盡酬君義，千古忠貞愧佞邪。

愁雲不盡皖山盈，疑是將軍恨未平。八陣曾陳江上壘，六軍空聚國西營。正當妖氣紛紜日，欲報人君附托情。若使中原救兵至，舒州未必見城傾。[86]

李實[②]古渝人，禮科給事中。

且耕且守六年餘，保障同安志不移。百戰一門甘死日，孤城四面

[①] 管時敏：初名訥，以字行。洪武九年(1376)徵拜楚王府紀善，二十五年(1392)致仕，留居武昌。其生平見於《四庫全書總目》卷一六九《蚓竅集》。此詩亦見於管時敏《蚓竅集》卷六，題作《過皖城弔余忠宣公》。

[②] 李實：字孟誠，合川(今屬重慶市)人。正統七年(1442)進士，累官至右都御史，事迹附見《明史》卷一七一《楊善傳》，參見《國朝典故》卷二九《李侍郎使北錄》。

受攻時。王師絕援風塵起，軍餉無輸國步危。清水塘中千古月，寒光常伴哲人祠。

陳泰武陽人，副都御史。

先生元季老儒臣，武烈文謨事事新。七載孤忠寧殉國，一門全節竟捐身。臺城卞壼誰云過，睢水張巡孰與倫。惆悵英雄千載後，日華虹彩二三人。

龍舒□□謁英賢，戰地曾傳血尚鮮。將佐合忠千古□，妻孥伏節一門全。王師早□來茲援，淮服何由不自堅。聖代祇今崇廟食，褒封何必羨凌烟。[87]

王驥榮昌人，御史。

孤城戰守六年多，援絕儲空奈若何。甘率妻孥全死計，肯圖富貴逐頹波。一門大節通天地，千古高風播咏歌。駐馬祠前傷往事，不禁雙淚欲成河。

葉瓊四明人，本府知府。

海外塵昏列郡危，奮身獨出武侯師。可憐大節名成日，正是孤城死鬥時。元運已移功莫就，捷書不報力難支。龍舒萬古留遺恨，拭淚來看太史碑。

方昇府學訓導。

叨承恩命教舒庠，再拜忠宣重感傷。百世文章凌日月，萬年祠象凛風霜。英雄淚落長江水，忠烈名垂大節堂。幸遇聖朝崇祀典，幾陪侯牧奉烝嘗。

康弘敬泰和人，府學訓導。

群雄蜂起寇孤城，賴有先生統義兵。仗節七年寧避死，輸忠闔室竟捐生。荒丘不朽英雄骨,史傳難磨慨慷名。我忝龍舒淹薄宦,一回陪祀一傷情。

顏□□□人,□□縣主簿。

不易初心困碧流,先生忠節孰能儔。營中長劍西風冷,江上孤墳夕照愁。太史□誠昭日月,皇朝襃祀競春秋。重來祠下多惆悵,讀罷遺□□□□。[88]

楊德□□人,懷寧縣學訓導。

元季驚塵滿目侵,忠宣仗義恨偏深。[89]揮戈殘壘□□□,橫槊空城夕照陰。大節已襃千載祀,孤忠不負□□□。□□陪祭多傷感,企矚儀容淚濕襟。[90]

同安李良字克善,良醫正。

蚤擢科名壓俊髦,晚承閫命守孤操。丹心炯歷風霜□,□氣宏充泰華高。父子一門全節義,簡編千載著勛勞。□□報國衷心者,誰似先生萬古襃。[91]

祖曎都綱。[92]

七載孤城一旦傾,奮身獨戰勢崢嶸。雲封虎帳精光壯,月照龍山怒氣橫。忠節一門無玷缺,襃封千古有光榮。幾回吊謁西郊外,淚灑東風恨不平。

劉泰嘉興人,御史。

城孤食盡勢如傾,報國身同拾介輕。妻子一門甘義死,偏裨數輩不偷生。山雲時吐英雄氣,江漲疑聞戰鬥聲。千古忠魂應不泯,年年精衛樹頭鳴。

劉信懷寧人，漢陽縣學訓導。

守禦淮西七稔餘，黎元感德獲安居。戎行凛肅張威武，兵法縱橫播令譽。累代勛謀南北有，全家忠節古今無。非常勝事人驚異，史筆惟公必備書。[93]

張湜四明人，建昌教諭。

地老天荒業已空，孤城戰守見英雄。一門自盡生前節，萬世爭傳死後忠。石馬駝殘秋月白，庭鳥啼斷夕陽紅。我來瞻拜思遺德，清淚無端落晚風。

周翔四明人，本府知府。

戰守舒城志未酬，糧空援絕計無由。妻孥盡赴滄浪去，勛業都從汗簡收。耿耿孤忠昭日月，煌煌大節重山丘。先生已遠英魂在，野草閑花總是愁。

李楫廬陵人。

海宇風塵國步艱，先生伏鉞鎮同安。憂時髮變千莖白，報國心存一寸丹。七載千城文武備，全家忠節古今難。旌忠有廟春秋祀，青史留名後世看。

七年血戰守孤城，力盡儲空絕援兵。全節妻孥甘就死，感恩士卒競捐生。稜稜殺氣風霜肅，耿耿精忠日月明。節義由來關世教，大明天子重褒旌。[94]

黃諫金城人，翰林學士。

七載孤城勢莫撐，那堪星殞武侯營。直名遠著宗安道，炎祚終傾失孔明。不惜一身惟報國，相隨百口盡捐生。閭門忠孝人難及，含淚來看太史銘。[95]

手持一柱障南天,死守孤城志益堅。嘆息裹尸惟馬革,從容就義仗龍泉。旌忠已受朝廷典,崇化尤誇守令賢。[96]細訪遺踪在何許,大雷門外水塘邊。

李貴菊潭人,本府同知。

國危城陷力難撐,一死能存萬古名。從卒捐軀知義重,舉家赴溺視生輕。烟迷荒隴埋英氣,浪激長江帶恨聲。羞殺當時曾誤國,泉臺何面見先生。

宋瓊漢陽人,本府推官。

幾年血戰守危城,爭奈糧空絕援兵。將卒盡忠甘效死,妻孥全節不偷生。荒祠木落秋風慘,孤冢猿啼夜月明。拭盡古今多少淚,茫茫碧落恨難平。

王諫漢川人,御史。

及第才名著鐵衣,兼資文武古今稀。朝廷不報襄陽請,張鎬尤奔許遠圍。廟壓江流無盡恨,忠摩天日有餘輝。功勳幸遇皇明表,大節從來矢不違。

彭彥充安城人,禮部主事。

舟泊舒城閟國祠,義聲凛凛動吾思。孤城萬姓生全日,七載三軍死戰時。羞見山河紛割據,欲扶天地正綱維。水流嗚咽啼雁切,[97]仿佛猶含壯士悲。

龍虎榜中登首選,豺狼群裏寄專城。兵疲百戰猶殊死,力盡全家共捨生。白骨不虧天地節,丹心可與鬼神盟。精魂莫道當時苦,追諡忠宣萬古榮。[98]

奮劍揮戈不顧身,裹瘡血戰保斯民。矢心不向奸雄屈,伏節堪爲社稷臣。功蓋一時誇獨步,氣陵千古許誰倫。紛紛衰草隨風靡,僅見江南産鳳麟。[99]

朱鉉 東吳人，御史。

文武材全德望優，古今四海幾人侔。孤忠不負君臣義，獨戰能分社稷憂。死節一門昭信史，精靈千載顯舒州。[100]我來拜奠松楸下，風物傷心淚漫流。

耿熙 本府人，饒州教授。

遙憶當年賊寇侵，城圍援絕力難禁。半生不改冰霜節，一死猶存鐵石心。元史有文書茂績，祠堂無主鎖秋陰，滿門骨肉知何在，留得芳名冠古今。

吳節 安城人，祭酒。

六年保境得人和，世亂那知寇盜多。援絕孤城無白雁，手揮落日有金戈。杲卿不負常山郡，屈子甘投楚水波。聖代旌忠存廟祀，一抔黃土抗山河。

尹直① 泰和人。

皖城西畔大江潯，勝國忠臣瘞玉深。碧草黃鸝春寂寞，淡烟疏樹氣蕭森。君臣獨盡生平義，妻子同甘死節心。太史有文昭萬古，凜然英烈使人欽。

郭鏜 恩邑人，僉都御史。

國步艱難不可為，孤軍猶自把旌旗。生能保障功非易，死有衣冠事亦奇。骨肉竟無虧大節，經書真是有微辭。至今清水塘邊路，風景常令壯士悲。

---

① 尹直：字正言，泰和人。景泰五年(1454)進士，曾參修《英宗實錄》，官至兵部尚書，加太子太保。《明史》卷一六八有傳。

鄧存德南康人，刑部主事。

百戰江干萬骨枯，氣吞逆賊皖城孤。闔門許國義云爾，群下同心忠矣乎。大廈既傾應力竭，綱常不墜是誰扶。皇明祀典今崇重，千古羈臣有楷模。

李孟暘中州人，戶科都給事中。

堂扁親題大節名，知公大節最分明。天魔後苑方成舞，赤子潢池久弄兵。精衛有誠填海涸，女媧無力補天傾。皖城城下秋風吼，疑是當年戰鬥聲。

顧福吳下人，吉安知府。

西風占地滿苔痕，長日松蘿掩石門。歷歷江山存義氣，茫茫天地渺英魂。一家甘分男兒死，百戰曾酬主上恩。黃土可憐埋碧血，水光山色自黃昏。

劉憲餘干人，參政。

宸極星殫不忍聞，先生底事樹奇勳。君臣本繫綱常重，夷夏何曾彼此分。千古文章流海宇，百年忠義薄天雲。高山仰止非今日，再拜真香一瓣焚。

崔廷圭御史。

文武全才大丈夫，江淮保障展良圖。疾風勁草威聲烈，砥柱中流志節孤。妻子成仁甘共死，旄倪感德重嗟吁。旌忠廟祀留千古，真氣時看燭太虛。

嚴方舜江人，贈尚寶少卿。

獨守孤城志不移，要將一木柱顛危。淒涼鼓角兵威壯，迢遞關山羽檄遲。父子共成忠孝節，軍民同困亂離時。長江滾滾流餘血，萬古千秋不盡悲。

李贊①蕪湖人，吏部員外。

龍舒城下英雄墓，我肅衣冠拜墓前。白石有書旌大節，青山無口說當年。可堪丞相連書上，最苦將軍帶甲眠。萬古尊崇公一死，今朝不必爲公憐。

徐傑雲中人，本府知府。

地折天崩赤手扶，嬰城百戰扼江湖。志存宗社捐軀命，欲剪群奸潤鼎鈇。名與皖山相上下，血沉清水不模糊。追思前史如公者，卞壼張巡幾丈夫。

畢大經東兗人，同知。

盡日黃堂無俗喧，景忠樓上吊忠魂。文才武略英雄喪，烈日秋霜節義存。繞郭牙檣如畫戟，覆堤楊柳類軍門。我來空自傷懷抱，楓落江干日又昏。

董璠仁和人，通判。

清水塘中事已荒，獨留青冢卧斜陽。投江屈子應無愧，罵賊張巡信有光。百戰勛勞雖不竟，千年廟祀亦何長。幾回吊古高樓上，一度臨風一慘傷。

張訓衛南人，推官。

分符到此值兵荒，葵藿傾城只太陽。大節與天同不朽，精忠和日共爭光。水沉浩氣丹心壯，雲鎖孤墳白晝長。我亦從來慕公義，古碑

---

① 李贊：字惟誠，蕪湖人。成化二十年（1484）進士，曾任浙江右布政使等，《國朝獻徵錄》卷七二《太僕寺》有傳。此詩亦見於《〔康熙〕安慶府志》卷三〇《七言律》，題作《吊余忠宣公》。

讀罷倍堪傷。

楊浩滇南人,懷寧知縣。

辛苦遭逢起寇兵,乾坤誰不說偷生。五申無復軍中令,百戰應留死後名。耿耿真心輝汗簡,陰陰封樹蔽佳城。祇憐未捷星先殞,長使英雄恨不平。

屠琪四明人,府學教授。

出守江淮際亂時,孤軍無援可相支。運籌計欲全玆土,決勝天何喪我師。死難忠誠昭日月,輕生節義及妻兒。幾經清水塘邊過,尤憶當年事慘悲。

秦煜四明人,府學訓導。

先生早見大明宮,不死舒城百戰中。肯學仲由忠衛國,便爲管仲相桓公。一時北狄袪腥氣,千古中華復正風。昨過廣潮山冢下,江聲猶帶恨無窮。

汪紳番陽人,懷寧訓導。

祠堂滿壁墨題痕,愁覓旌旐舊棘門。樹老有人頻繫馬,江空無地爲招魂。生前不愧君臣義,死後應全父子恩。艤棹辦香階下拜,仰天一嘯海雲昏。

范昌齡蘇臺舉人。

四門交戰皖城危,不樹降旗自刎時。百矢中瘡穿髀肉,一塘清水照僵屍。節窮元季真難得,忠著皇明合表之。惟惜青陽遺稿在,早無文字辨華夷。

羅維滇南舉人。

經綸才氣抱中和,出鎮江淮履險多。鐵石矢心擎日月,風塵掩面枕兵戈。許身節擬溫廷皓，敵愾功高馬伏波。忠義褒揚逢聖主，千年英烈壯山河。

阮濬安南人。

元鼎將歸國步艱，城危援絕恨天慳。草埋戰血三年碧，日耀真心一寸丹。成敗何須論利鈍，死生應不愧江山。幾多食祿偷生輩，千載聞風膽亦寒。

無名氏

節表忠宣百世垂，當時血戰號能師。兵戈四合可堪敵，國步多艱信莫支。父子全忠同效死，君臣大義已無虧。只爭欠讀南陽表，漢賊猶須仔細推。

李天爵本府人。

蟻盜環攻已抱援，西門勢惡獨當先。不辭中臂十餘刃，支柱孤城六七年。起火已知無空地，引刀只欲訴蒼天。乾坤一統歸真主，泉下英魂尚屬元。

陳勉①黃嚴人，桐城知縣。

七載民歸保障恩，身亡城陷竟誰援。慨瞻威勇思千古，擬闡忠勳欲萬言。江上有祠春奠藻，山前無鬼夜嘀冤。籌燈若共青陽坐，應勸先生不仕元。

鄭節廣信人，御史。

左袒那堪被袞龍，百年羶氣污華風。中原義旅皆豪傑，夷裔孤臣類梗蓬。閫室盡從同日死，殊恩追錫上公封。舒臺相對祠長在，不負

---

① 陳勉：據《〔雍正〕廣東通志》卷四一《名宦》："陳勉，字汝勉，黃岩舉人。弘治間肇慶同知，有文學，清介自勵，庖無粱肉，或以爲矯，勿恤也。升太平知府。"

青陽講學功。

吳本清_{集古}，懷寧人，監利訓導。

死守孤城志益堅，黃諫。古今忠義一門全。李禎。七年戮力無閑日，堯章。萬古知心只老天。詩統。廢館有名春寂寂，于鵠。古碑無字草芊芊。李群玉。誰知我亦輕生者，杜牧。感慨題詩慕昔賢。元禎。

七年不解鐵衣眠，胡尊。戰池曾傳血尚鮮。陳泰。草沒荒臺人寂寂，張祐。猿啼古木月娟娟。高駢。功勛碑碣今何在，胡魯。遺像丹青尚儼然。林文啓。欲奠忠魂何處問，許渾。一林紅葉送秋蟬。鄭谷。[101]

元綱解紐江淮沸，黃至善。玩寇偷安饗富貴。周霆震。烽火年年報虜臺，李嘉祐。將軍秉心盡忠義。黎昶。奈何宗社神鼎移，李景春。大廈元非一木支。王廷珪。舊業已隨征戰盡，盧綸。江山猶是昔人非。詩統。天柱峰摧將星落，吳鏞。白骨一函藏夜壑。張豸。劍氣徒勞望斗牛，譚用之。文章信使歸臺閣。姚合。起看天地色淒涼，王介甫。城上猶有愁雲黃。劉伯溫。相見英靈在空闊，劉翼南。萬古白日爭輝光。杜桓。人生自古誰無死，蔡襄。但知慷慨稱男子。文天祥。大明當天四海同，張紳。於今祀典垂元史。張豸。[102]

李璡①_{懷寧人}，贛州知府。

奇才天遣障舒州，一劍捐生海宇秋。妻子闔門爭取義，江山千古尚含愁。臥龍有廟依先主，扼虎無顏見列侯。自是斯文多慨感，幾回瞻拜淚交流。

危容_{懷寧人}，大理評事。

死節勛名天地知，英雄到此是男兒。一門妻子循彝教，萬古臣工

---

① 李璡：據《〔雍正〕浙江通志》卷一五五《名宦》："李璡，萬曆《金華府志》：字純夫，懷寧人，成化七年由進士授蘭溪縣，剛介有爲。"

作表儀。黃甲有光經濟策,青陽無恙簡嚴祠。大元人物知多少,誰似先生獨擅奇。

許銳山東人,御史。

考亭絕學道將窮,却喜先生載得東。排難獨當三面敵,臨危竟死一門忠。孤城墮塹天應遠,清水淒風血尚紅。只有英魂依白日,光華千古照晴空。

吳裕餘姚人,御史。

元季群雄爭逐鹿,儒臣此際統三軍。守城百戰七年事,仗節一門萬古聞。拱木迎風枝尚勁,孤墳埋玉草猶芬。我來拜奠荒祠下,細讀窮碑太史文。

夏英吉水人,工部郎中。

想像儀刑未易揣,却憐身世亂離遭。始終節梗冰霜勵,妻子忠貞日月高。千古不慚唐許遠,孤城獨抗趙雙刀。還憐不負將軍者,幾個知名附紫毫。

袁經①長沙人,御史。

江北江南寇賊盈,七年分閫障孤城。驅民捍敵耕還戰,報國捐軀死亦生。萬古精忠天地鑒,一門全節日星明。英雄烈烈歸何處,古木寒鴉繞故塋。

楊茂元②四明人,本府知府。

小構亭臺古墓東,落成聊寄此抔中。江分南北供遐眺,人合賢愚仰至中。草木變哀多慨感,山川割據幾英雄。此生幸際重熙運,稽首

---

① 袁經:據《千頃堂書目》卷二一:"袁經……寧鄉人,巡撫遼東都御史。"
② 楊茂元:字志仁,鄞縣(今浙江省寧波市)人。成化進士,歷山東副使,升江西參政。

皇家混一功。

丁程九江守備都指揮。

元祚將顛赤手扶,江城堅守寸忠孤。七年血戰兵威振,一旦捐軀志節攄。圭壁聲華齊卞壺,經綸事業小夷吾。聖朝襃祀明如日,山水增光風烈殊。

顏祿壽①巴陵人,本府同知。

治亂相尋理自然,公遭元運正將顛。捐生大義全家盡,秉節真心萬古傳。清水有塘神已鶴,荒祠無後淚成鵑。我來拜掃佳城下,榛蕪於今不似前。

程倫太湖人,開化知縣。

出守孤城歲月深,肯隨流俗共浮沉。一家效死俱全節,百戰臨危不易心。時去已亡秦苑鹿,運終空起傅岩霖。幾回獨立揮戈地,屢動哀吟似不禁。

王昂吉水人。

華亭如跂大江東,百里山河入望中。人為達觀增傑構,天留勝境付孤忠。松風不盡平生恨,梧月真如蓋世雄。試問登亭感恩意,萬年引水灌城功。

汪齡黃岩人,府學訓導。

保障江淮七歲中,睢陽絕援勢應同。身膺百戰渾無怯,節盡一門却有終。公瑾非無驅魏策,阿蒙亦建襲關功。皖山多少英雄骨,千古行人獨景忠。

---

① 顏祿壽:字天被,巴陵(今湖南省岳陽市)人。弘治三年(1490)進士。弘治十三年(1500)任安慶同知,正德五年(1510)以憂去。《〔康熙〕安慶府志》卷十《府職官》有傳。

黎鳳新喻人，巡按御史。

天厭華風久蟄胡，聚妖翻作負山圖。也知泰運歸真主，可使寰區無烈夫。人面豈隨時事改，江流不盡士心孤。長松古柏寒塘路，慨慷高亭日欲晡。

王軒仁瑞金，斗人。

分閫曾專保障權，奈何國步竟難前。孤城拒敵齎三面，一節酬恩赴九泉。荒冢空餘秋草碧，方塘遙映晚霞鮮。至今疑是旌忠血，追悼令人思惘然。[103]

五言排律

王演仲泗，臨清人，元中書左丞。

質羨材兼俊，言溫氣又和。東都觀國俗，西夏別沙陀。禁闥瞻丹鳳，番車駕紫駝。好奇稽古博，勤學讀書多。策府超先進，文章決右科。義爻占得失，周禮補差訛。皁囊緘天憲，彤庭奏諫坡。一綱歸正大，庶務去繁苛。雖有能官列，將如暴客何。剖斧司斧鉞，[104]移鎮出淮渦。適皖豺當路，環舒虎間窩。犬牙牢置栅，鹿角密張羅。陷陣豨衝突，交鋒蟻戰柯。炮丸轟霹靂，干羽舞婆娑。傍岸飛神矢，中流走賊舸。犒軍頻割犢，振凱幾吹螺。卒伍同甘苦，賓僚共笑呵。禡旗須問卜，禳厲許驅儺。編户因攤税，均田欲種禾。劫盟完趙壁，變法沸秦鍋。床幻莊周蝶，籠收道士鵝。九宮沾旨醴，諸部及恩波。馬上朝橫槊，城頭夜枕戈。柳營修器械，芹館習弦歌。錢帛支洪鄂，糧儲折海醝。春盤青煮蒠，午飯綠包荷。寇退驚聞柝，兵旋喜聽鑼。野風掀臥帳，塗雪没征靴。老宿時咨議，英髦日切磋。殊勳追李郭，名教仰丘軻。煢獨專存養，瘡痍遍撫摩。韜鈐尊吕望，亭徼比廉頗。炯炯寸心赤，蕭蕭雙鬢皤。索絇懸華獄，[105]抔土障黄河。洞白近分曉，彼蒼俄薦瘥。[106]外奸通秘號，內宄唱搗訶。凶醜連年闞，王師頃刻蹉。苟全還有覺，誓死更無它。坎井藏滄渤，方塘伏汨羅。餓夫罹歉歲，羸體遘沉疴。魂魄憑精衛，危靈仗太阿。戎裝猶擐甲，章佩罷鳴呵。婦殣悲蒿里，兒傷痛蓼莪。旅墳羞謁拜，祠宇怕經過。簾靜下霜葉，階間深綠莎。矮牆滋雨蘚，喬木挂烟蘿。錫爵門雖樹，褒功石未磨。詛辭增感慨，受福願猗那。默默窺容貌，潸潸墮涕沱。銜杯思對酌，聯句記重哦。麟閣誰圖像，烏輪自擲梭。龍山壯忠節，千載勢嵯峨。

王沂[①]子與，廬陵人，徵士。

百戰孤城陷，先生獨有祠。勛名班左轄，心膽戀彤墀。已矣英雄死，傷哉國步危。魚麗荒草沒，虎落墜藤欹。短日紓長算，高風繫遠思。文章傳異代，事業貫窮碑。[107]蘋藻遺氓薦，松楸過客悲。乾坤新曆數，社稷舊陵夷。傳入今朝史，歌餘古樂祠。有懷因感激，千載重民彝。

王伯真 廬陵人，瓊州知府。

忠節可垂世，余侯兼有之。科名既表表，文彩復離離。政事勤無怠，操持湼不淄。霜臺肅貪墨，軍壘仗旌麾。憶昨崩騰際，於今父老思。疲民輸死力，羸卒失瘡痍。力屈心逾壯，時危義不虧。孤城紓戰策，一死重民彝。史籍新添傳，烝嘗舊有祠。高風不可及，題句寫余悲。

鄒律 本府人，襄陽知府。

元祚將移日，孤臣獨奮時。赤心惟不二，白璧欲無疵。[108]金革通宵袵，冰山累卵危。[109]狼烟顛最急，鳥陣勢何依。大相甘膚撓，荆蠻忍面欺。真符遙兆象，偽將每交綏。敗卒疽頻吮，殘民力更疲。杜回

---

① 此詩亦見於《石倉歷代詩選》卷三四七《明詩初集六七》，題作《安慶謁左丞余廷心祠》。

猶結草，魯女尚憂葵。武士心持虎，環人掌致師。登城衝矢石，斬馘賞偏裨。霧鎖山川暗，風催鼓角悲。效王連巨艦，模項作長鈹。自擬身當櫓，誰拼骨解觽。援遲寧後殿，糧絕不先炊。妻子俱投水，衣冠盡染泥。舉家知報國，繼世爲刊碑。大節昭青史，精魂怨綠籬。聖明加寵錫，時祀享多儀。感激英雄志，催驅暴酷私。名高空宇宙，德盛厚民彝。非但人中傑，直爲天下奇。顧予何似者，揮淚寫新詩。

七言排律

丁鶴年①西域人。

　　將軍匹馬入舒城，擊賊頻傾訓義兵。孝以保家忠徇國，聚而出戰散歸耕。圍佯月暈無全隙，捷振天威有大聲。游説飛書徒間諜，推誠仗節愈堅貞。[110]雲梯屢却妖氛豁，露布交馳殺氣平。千里荆陽憑保障，七年淮海賴澄清。山深猰貐殲還出，江闊鯨鯢斬又橫。[111]外援内儲俱斷絕，裏創飲血獨支撐。天昏苦霧埋塋壘，日落陰雲捲旆旌。[112]甘與張巡爲厲鬼，肯同王衍誤蒼生。三千將士皆從死，[113]百二山河亦繼傾。靜對風霆思號令，遥從箕尾識精誠。頌碑不愧詞臣色，哀詔偏傷聖主情。願爲執鞭生不遂，臨風三酹重沾纓。

林和致中，合肥人，沂州知府。

　　身嗟運去國嗟賢，勇氣凌雲出保邊。九地潛兵孫子屈，六韜大將吕公專。浙東僉憲奸貪屏，淮甸摧鋒號令傳。甲冑扈龍尊五位，戈矛挽日麗中天。捨生取義生前許，誓死求仁死後全。恩桂坊存金斗治，青陽傅屬玉堂編。滿門仗節真堪頌，萬户同心足可鐫。回首乾坤頌忠烈，上輝千古下千年。先生故宅在合肥城中西北隅，今爲縣厢，有"恩桂坊"尚存，

---

① 丁鶴年：字永庚，號友鶴山人，回回人。其父任武昌達魯花赤，遂爲武昌籍。著有《海巢集》，烏斯道爲作《丁孝子傳》，《明史》卷二八五有傳。此詩亦見其《鶴年詩集》卷二《七言古詩》、《宋元詩會》卷九四、《元詩選·初集》卷六三，題作《過安慶追悼余文貞公》。

蓋元統癸酉中科時賜額也。

王問 豫章人，合肥教諭。

孤矢懸門髮勝銀，平生聽察動如神。[114]文章驅虎潛山曉，德政綏民泗水春。獨守孤城將墜日，遠令群敵總驚魂。恩深士卒皆殊死，道重妻孥肯獨存。節義昭昭懸日月，聲華燁燁滿乾坤。張巡事業寧多見，卞壺勛名得共論。歿世有榮歸祀典，當時無負賜犧尊。貞心萬古舒江上，一色長天自不渾。

吳宗周① 宣城人。

蘋荻風輕野水晴，維舟乘月拜余卿。矢心殄賊挺身出，勵眾徇城歃血盟。自古江淮爲戰地，到來忠義屬儒生。皖江不瀉英雄恨，留作狂瀾沸不平。七載孤城歘倏危，兵疲力盡可能支。裹瘡二百餘戰處，報國一門全節時。壯氣直凌星斗動，餘哀猶使路人悲。至今廟食忠魂慰，誤國奸回知不知。

【校勘記】

［1］元：疑爲"兀"之訛。
［2］刑：原作"邢"，據宋濂《余左丞傳》及文意改。
［3］部：或爲"郡"之訛，賈良伯《死節記》言廬州爲"舒郡"。
［4］饑：原作"飢"，據字義改，下同。
［5］士：原作"土"，據文意改。以下多處同。
［6］卒與吏競擊，吏墮水死：原作"卒與吏墮水死"，據《朱一齋先生文集》卷六《余廷心後傳》補。
［7］糧：原作"來"，據《朱一齋先生文集》卷六改。
［8］又：《朱一齋先生文集》卷六作"大"。
［9］十：原闕，《元史》卷一四三《余闕傳》："趙普勝同青軍兩道攻我，拒戰一月餘，竟敗而

---

① 吳宗周：字子旦，號石岡，宣城人。弘治九年（1496）進士，官至臨江府知府。著有《來蘇吳氏原泉詩集》，《四庫全書總目》卷一九二載其生平。

走。"據此補正。
[10] 三：原作"二"，據文義改。
[11] 人赤不花：本書附錄余闕傳記資料中，《余廷心後傳》(《朱一齋先生文集》)、《元史》卷一四三《余闕傳》作"火失不花"。
[12] 音理：本書附錄余闕傳記資料中，《余廷心後傳》(《朱一齋先生文集》)作"辛理"。
[13] 翔：疑爲"朔"之訛。
[14] 四：正統本於此字前有"攻"字，《元史節要》於此字前有"布"字。
[15] 二：《元史節要》作"三"。
[16] 去：《元史節要》作"出"。
[17] 闕：《元史節要》於此字前有"初"字。
[18] 段玉章：原作"段玉"，據答錄與權《死節本末》和《〔康熙〕安慶府志》卷九《祠祀》補。
[19] 方：正統本、沈俊本作"出"。
[20] 已：正統本、沈俊本作"死"。
[21] 秋：《太師誠意伯劉文成公集》卷一七《七言絕句·江行雜詩九首》作"愁"。
[22] 竸：原作"兢"，據文義改。
[23] 霞：正統本、沈俊本作"塵"。
[24] 生：原作"前"，據正統本、沈俊本改。
[25] 勞：正統本作"芳"。
[26] 函：原作"亟"，據正統本、沈俊本改。
[27] 兵：正統本、沈俊本作"鹽"。
[28] 起：正統本、沈俊本、《〔康熙〕安慶府志》卷三〇《七言律》作"洗"。
[29] 中：原書此處漫漶不清，據正統本、沈俊本、《〔康熙〕安慶府志》卷三〇《七言律》補。
[30] 大夫：《中丞集》卷下、《御選明詩》卷七二《七言律詩五》皆作"將軍"。
[31] 睢：原作"推"，據正統本、沈俊本改。唐代忠臣許遠卒於睢陽，後於此地敕建雙忠廟。
[32] 恨：明劉仔肩《雅頌正音》卷三《過舒州吊青陽余先生》作"愧"。
[33] 蟾：正統本、沈俊本、《〔康熙〕安慶府志》卷三〇《七言律》作"泉"。
[34] 萬舟：《〔康熙〕安慶府志》卷三〇《七言律》作"上游"。
[35] 竟：《〔康熙〕安慶府志》卷三〇《七言律》作"競"。
[36] 城：《〔康熙〕安慶府志》卷三〇《七言律》作"軍"。
[37] 空遺世代無窮恨：《〔康熙〕安慶府志》卷三〇《七言律》作"空餘千古英雄淚"。
[38] 應：正統本、沈俊本作"因"。
[39] 益：原闕，據正統本、沈俊本補。韓守益，曾任廣西按察司僉事、河南道御史，著有《樗壽稿》。《御選明詩·姓名爵里一》有其小傳。
[40] "元祚"至"夢寒"：底本原無，據正統本、沈俊本補。
[41] 挽：原作"捝"，據正統本、沈俊本改。

［42］"一節"至"大鈞"：底本原無，據正統本、沈俊本補。
［43］"龍舒"至"青旻"：底本原無此詩，據正統本、沈俊本補。
［44］死：《石倉歷代詩選》卷三四六作"厄"。
［45］晋鄙：《石倉歷代詩選》卷三四六作"鄴下"。
［46］惜：《石倉歷代詩選》卷三四六作"恤"。
［47］謾：《石倉歷代詩選》卷三四六作"漫"。
［48］戰：正統本、沈俊本作"劍"。
［49］誠：原作"城"，據正統本、沈俊本改。
［50］夕陽芳草思悠悠：正統本、沈俊本作"半山風雨哭猿猴"。
［51］華：沈俊本作"章"。
［52］"幽國"至"碧波"：底本原無此詩，據正統本、沈俊本補。
［53］静：正統本、沈俊本作"靖"。
［54］殘：正統本、沈俊本作"長"。
［55］右：正統本、沈俊本作"左"。
［56］名：原作"豈"，據正統本、沈俊本改。
［57］"七載"至"有餘"：底本原無此詩，據正統本、沈俊本補。
［58］戟：正統本、沈俊本作"戰"。捐，正統本、沈俊本作"殞"。
［59］趨：沈俊本作"窮"。
［60］同舟：正統本、沈俊本作"祠前"。
［61］往恨：沈俊本作"恨往"。
［62］諭：正統本、沈俊本作"瑜"。
［63］"江淮"至"何人"：底本原無此詩，據正統本、沈俊本補。
［64］節：原作"即"，據《石倉歷代詩選》卷三四四《明詩初集六四》改。
［65］才：沈俊本作"兵"。
［66］"左轄"至"遠征"：底本原無此詩，據正統本、沈俊本補。
［67］潯：正統本、沈俊本作"潭"。
［68］似：沈俊本作"秋"。
［69］"常從"至"哀詩"：底本原無此詩，據正統本、沈俊本補。
［70］戟：正統本、沈俊本作"戰"。
［71］"受命"至"淚傾"：底本原無此詩，據正統本、沈俊本補。
［72］看：沈俊本作"首"。
［73］"暫維"至"凄然"：底本原無此詩，據正統本、沈俊本補。
［74］"捷書"至"勝嘆"：底本原無此詩，據正統本、沈俊本補。
［75］書：正統本、沈俊本作"桴"。
［76］謾：正統本、沈俊本作"重"。

[77] 孤：正統本、沈俊本作"方"。
[78] 圖：《明詩綜》作"屠"。
[79] 連陰：《明詩綜》作"遙連"。
[80] 二：正統本作"三"。二崤，見於《水經注疏》卷一六《谷水》、《讀史方輿紀要》卷四六《河南一》，爲今河南省洛寧縣東崤、西崤合稱。"三崤"載於《讀史方輿紀要》卷四六《河南一》："《水經注》：'崤有盤崤、石崤、千崤之山，是爲三崤。'"據上句"三輔"推測，當以"二崤"更合詩歌對仗。
[81] 邢：原作"刑"。據《〔乾隆〕江南通志》卷一七〇《人物志·循吏·金華府》和《千頃堂書目》卷一八所載邢旭信息改。
[82] 自是：正統本、沈俊本作"惆悵"。
[83] 御史：正統本、沈俊本作"監察御史"。
[84] 死：正統本、沈俊本作"史"。
[85] "遺黎"至"祠前"：底本原無此詩，據正統本、沈俊本補。
[86] "愁雲"至"城傾"：底本原無此詩，據正統本、沈俊本補。
[87] "龍舒"至"凌烟"：底本原無此詩，據正統本補。
[88] "不易"至"□□"：底本原無此詩，據正統本補。
[89] 仗義：嘉靖本作"使我"。
[90] "元季"至"濕襟"：底本原無此詩，據正統本補。
[91] "蚤擢"至"古褒"：底本原無此詩，據正統本補。
[92] 都綱：正統本作"僧綱司都綱"。
[93] "守禦"至"備書"：底本原無此詩，據正統本、沈俊本補。
[94] "七年"至"褒旌"：底本原無此詩，據正統本補。
[95] "七載"至"太史銘"：底本原無此詩，據正統本補。
[96] 化：正統本、嘉靖本作"祀"。
[97] 啼雁：正統本作"鴉啼"。
[98] "龍虎榜"至"萬古榮"：底本原無此詩，據正統本補。
[99] "奮劍"至"鳳麟"：底本原無此詩，據正統本補。
[100] 顯：正統本作"福"。
[101] "七年"至"鄭谷"：底本原無此詩，據正統本補。
[102] "元綱"至"張豸"：底本原無此詩，據正統本補。
[103] "分闈"至"惻然"：底本原無此詩，據正統本、沈俊本補。
[104] 剖斧：正統本、沈俊本作"剖符"。
[105] 絢：正統本、沈俊本作"絇"。
[106] 瘂：原闕，據正統本、沈俊本補。
[107] 貫：《石倉歷代詩選》卷三四七作"貢"。

[108] 壁、疕：原文如此，疑爲"璧""疵"之誤。
[109] 卵：原作"卯"，據文義改。
[110] 推：《鶴年詩集》《宋元詩會》《元詩選·初集》均作"輪"。
[111] 又：《鶴年詩集》《宋元詩會》《元詩選·初集》均作"更"。
[112] 雲：正統本、沈俊本、《鶴年詩集》《宋元詩會》《元詩選·初集》均作"風"。
[113] 從：《鶴年詩集》《宋元詩會》《元詩選·初集》均作"同"。
[114] 聽：正統本、沈俊本作"聰"。

青陽先生忠節附録卷之二

四言古詩

習韶[1]尚鏞，永豐人，兵部員外。

天地闔闢，禮義攸樞。渾淪粹質，惟賢是居。有美余公，令德斯隅。豹文蔚蔚，變於天衢。[1]靡靡元綱，群生胥溺。無津不波，無土不赤。維皇錫命，[2]公捍其巫。鐵鉞來臨，舒城翼翼。天地遄墜，[3]寸草莫支。群凶四蔓，天戈夜揮。孤城失援，天地爲悲。公死得死，公生奚爲。猗與我皇，念公糾糾。錫土延禧，[4]作祠江皐。春秋有嚴，麗牲釃酒。冠服巍巍，壽公不朽。

五言古風

王紳[2]仲縉，金華人。

昔在元祚去，四海遭亂離。群雄互驅逐，戎馬縱橫馳。降城敗國者，[5]比比忘忸怩。坐令疆宇蹙，一旦山河隳。[6]桓桓忠宣公，耿耿匡濟資。蚤負經綸具，晚鎮舒江湄。七年握兵符，哀集多義師。控禦既云備，撫輯亦已綏。奈何江漢間，[7]妖氛障陰霾。豺狼十八萬，震吼奔鯨鯢。衆寡竟莫敵，孤城遂難支。鞠躬謝蒼旻，臣死分所宜。但恨敵未殄，生民墊塗泥。闔門蹈白刃，子女尸纍纍。公死曾未久，國事

---

① 此詩亦見於《〔康熙〕安慶府志》卷三〇《樂府》，題作《吊余忠宣公》。
② 王紳：建文帝時任國子博士，參修《太祖實錄》，其父王褘曾參修《元史》，與宋濂齊名。《國朝典故》卷二四載其小傳。此詩亦見於《繼志齋集》卷一，題作《謁余忠宣公廟》。

日已非。大明啓泰運,海宇臻雍熙。旌書下九重,褒寵不少遲。忠精貫日月,姓字簡編垂。人生孰不死,公死耿餘輝。舟來自西蜀,拜趨謁新祠。徘徊訪遺胤,仿佛瞻容儀。庭下草萎靡,庭前水漣漪。相像隔千古,忍讀墮淚碑。酹以椒桂漿,悼以忠節詩。願起巡與遠,與公相追隨。

郭奎① 子章,淮西人。

維舟大江滸,攬涕登茲城。哲人不復見,黃鳥悲且鳴。高山尚岩岩,梁木何其傾。忽逢舊耆老,向我宣忠貞。[8] 名公夙有誓,[9] 慷慨存遺銘。死當爲厲鬼,生當殄長鯨。應敵既神武,百戰縱以橫。精誠貫白日,天子無援兵。歲久矢石竭,捐軀全令名。

李庸 德庸,鄂渚人,懷寧教諭。

妖氛起蝸角,頃刻迷中州。奎壁慘無光,終夜輝旄頭。肘腋多反側,心腹翻爲仇。哲人奮忠義,誓挽銀河流。上清帝闕塵,下洗蒼生憂。胡爲國步艱,牽制不自由。六年守孤城,鏖戰無時休。文韜盡奇計,武略皆良籌。令嚴肅貔虎,月冷江天秋。飲食不暇給,蟣虱生兜鍪。妻孥有死心,不抱偷生羞。大夫誓許國,視死輕浮漚。慷慨一長劍,巡遠同遨游。孤墳倚高岡,祀事益孔修。生順死既安,萬古洪名留。嗟嗟愛身者,顔汗將焉求。爲君歌此曲,兩淚濕雙眸。

吳臯② 舜舉,元臨江路教授。

大節不可奪,斯爲儒者儔。君侯守藩屏,遺踪希德周。[10] 龍舒控淮浙,勢比衿與喉。環疆擁凶逆,孤障截橫流。連帥此開閫,忠良孰與侔。坐念王綱頹,君子懷百憂。永矢盡臣節,秉心欲宣猷。構堂華

---

① 此詩亦見於《望雲集》卷一,題作《過皖城吊青陽先生》。
② 吳臯:《永樂大典》收其詩,題作《吳舜舉吾吾類稿》,元亡後不仕。《四庫全書總目》卷一六八載其生平。此詩亦見於《吾吾類稿》卷一,題作《書韓安慶大節堂》。

扁新，盛氣懾豪酋。雄文勒堅珉，光焰貫斗牛。斯人已千載，斯堂屹千秋。

陳仲完閩人，左贊善。

七載守舒城，英聲凜冰雪。城孤勢援窮，全家死忠節。悠哉同安途，可駕睢陽轍。昭昭太史書，萬古垂不滅。

程佑汝佐，建安人。

峨峨忠宣祠，屹立龍舒涘。青陽問世才，忠節誰能似。當其板蕩時，四面鋒塵起。獨力守孤城，群敵徒睅睨。身經百戰餘，凜凜熊羆士。馳驅七載間，四望多堅壘。饋餉道益絕，曷由奮弓矢。[11]上書思援兵，豈料無知己。可憐一片心，耿若冰壺水。城陷未足嗟，從容戮妻子。一門節義全，昭昭無愧恥。淡烟荒草平，古廟斜陽裏。慷慨渺遐思，巡遠同媲美。臨風薦蘋蘩，追悼情曷已。竹帛垂芳名，公死猶不死。

梁闓周行，會稽人，淮安訓導。

世人孰不死，死義心所安。苟非明至理，捐軀誠獨難。偉哉青陽公，忠義為膽肝。伊昔奉朝命，宣慰淮西藩。遭世方板蕩，荊襄肆凶殘。公時在安慶，寧忍視民患。率衆力拒敵，奮怒髮衝冠。[12]抗節守孤城，援絕糧饋殫。勢迫不獲已，慷慨就清瀾。妻孥亦同逝，恥受污辱干。我昨聞其風，噉然發長嘆。丈夫有如此，何愧於兩間。遠繼張許流，千載名不刊。

羅彥美孝偉，廬陵人，安慶訓導。

武威幽國公，忠誠貫日月。萬古天地間，清風凜高節。當其鎮孤城，彼皖豈彈黑。[13]四郊多賊壘，烽火連阡陌。公獨提民兵，揮戈摧峨壁。江淮賴保障，天子親受鉞。抗賊七餘年，心雄萬夫敵。王師隔天涯,地窘無氈齜。一朝力不支,騎鯨訴天闕。全家樂捐生,願以國耻雪。大明昭至治,褒寵靡遺德。廟祀享春秋,勛庸勒金石。緬懷公初年,讀書青陽僻。鰲頭第一人,廟廊判軍國。既文亦既武,有典宜有則。[14]安知巡與遠,而不爲公惜。顔甲李氏陵,如何無愧色。文章鏗宮商,慷慨風騷格。若非張仲綱,幾不墮塵迹。攬涕讀遺篇,躑躅增嘆息。後來奸回輩,覽此亦深惕。

謝正[15] 利貞,江右人,武陵知縣。

元室昔横潰,狂風吹地昏。鯨波漲溟澨,山岳盡崩奔。文物委榛棘,沙塵蔽中原。哲人丁頹運,[16]忠憤激層雲。壯志揮義旗,[17]賈勇奮孤軍。援絶烽火斷,戰酣落日曛。誓令與賊滅,豈獨事功勛。呼天向北闕,白日慘光晶。妻孥先决絶,死節萃一門。至今同安水,嗚咽爲忠魂。我來訪古迹,周覽對通津。[18]焚香拜遺像,生氣儼猶存。古木引危堞,猶疑旌旆屯,千年有常祀,聖代錫深恩。睢陽共貞烈,千載照乾坤。

萬白 孟素,豫章人,武略將軍。

汝漢駴龍戰,[19]九野紛殺戮。貴游遺組冕,鋤耰染肥沃。舒城駐江介,使君總符竹。鯨鯢集漢沔,皖山忽沉陸。[20]傳聞英偉姿,死蹈睢陽躅。至今淮海人,秋春酹泉菊。[21]佳章魏晋規,高風邈難續。

劉季箎[①] 會稽人,刑部侍郎。

荆襄翳氛浸,赤子罹物殘。[22]孤城逾七載,北望阻河關。無由哭秦庭,[23]徒然殱賀蘭。大事已至此,處之良爲難。丈夫既許國,節義重丘山。隕身既不惜,[24]偷生亦何顔。鬱鬱抱孤憤,攄忠激輿情。枕戈待明旦,盞夜心靡寧。浩浩江漢間,予戟森縱横。疲兵禦勍寇,旬

---

① 劉季箎:名韶,以字行。洪武中進士,曾任陝西參政、刑部侍郎,參修《永樂大典》。《明史》卷一五〇有傳。

服爲長城。[25]矢殫伏節死,[26]遺恨安可平。滔滔東流水,猶聞嗚咽聲。睢陽昔邁患,抗節聞張巡。智力固有盡,孤忠良獨存。余公值板蕩,城守惟孤軍。區區伏忠義,而乃成奇勛。殺身諒非易,所貴酬主恩。大節既已立,成敗奚足論。有生既不重,捐生獨奚爲。所以烈士心,耿耿恒自持。忠宣千載人,凛凛英雄姿。精誠貫日月,一死終不移。[27]淡烟没衰草,寒鴉集空祠。悲歌吊忠魂,涕下如綆縻。

胡廣①光大,廬陵人,學士。

征艫泊修渚,前登皖城隅。曠懷浩無際,吊古重踟躕。偉哉青陽公,文武足憲謨。搶攘奠南服,勁氣空萬夫。百戰撫創殘,六載枕戈殳。四郊轉多壘,三復徒上書。盼窮援兵絶,力竭形勢孤。天步挽不回,已矣夫何如。慷慨盡一决,取義以捐軀。全家萃忠節,一死矢不渝。精誠懸景曜,赫赫凌蒼虛。綱常振奔蕩,靡波障隤趨。褒揚炫汗竹,廟食悠龍舒。大江逝滔滔,令名胥與俱。祗肅拜英爽,靈飆揚斯須。凄凉西日下,慘淡寒鴟呼。企矖仰餘烈,攬涕成長吁。媲美巡與遠,千古同馳驅。

王直②行儉,西昌人,修撰。

步出北城門,悲風動荒榛。哲人不可見,慷慨傷心神。伊昔遭屯難,[28]江介飛埃塵。仗劍誓許國,豈復顧一身。皇天亦可違,[29]有志不克伸。偷生非所欲,殺身以成仁。令名垂不朽,千載同悲辛。

---

① 胡廣:一名靖,字光大,號晃庵。建文二年(1400)狀元,官至文淵閣大學士。著有《胡文穆公雜著》《胡文穆集》,參修《五經四書大全》,《明史》卷一四七有傳。此詩亦見於《〔康熙〕安慶府志》卷三〇《五言古》,題作《吊余忠宣公》;見於《石倉歷代詩選》卷三四五《明詩初集六五》,題作《謁青陽先生祠》。

② 王直:永樂二年(1404)進士,曾任翰林修撰、禮部侍郎、吏部尚書等,參修《宣宗實錄》,爲人端重,《明史》卷一六九有傳。

美全城詩　劉永之[①]仲修，臨江人。

朝吟都獲曲,暮誦從軍篇。咏歌何慷慨,爲多忠憤言。明公任藩屏,仗鉞鎮淮壖。孤城當千里,百戰定三邊。斬馘禡大旗,吹笳動前軒。虎落布平野,魚麗度高原。桓桓熊羆士,捷奏日喧傳。鼠狐方喚侶,耕牧被東阡。事業冠終古,勛名何赫然。而我負奇志,早歲重周旋。何當吐寸畫,撫劍臨風前。[30]捐軀赴國難,庶用慰煩悁。

哀全節詩[②]

淮壖古重鎮,龍舒實雄冠。顯顯青陽公,銜命茲屏翰。文能宣皇風,武能折凶悍。仁能撫士卒,知能輯流散。孤城抗千里,一身當敵萬。運否拙壯圖,時屯負英算。城亡遂捐軀,仗節死國難。忠義凜霜日,聲名炳星漢。我來當夏秋,[31]延覽遂興嘆。俯仰成古今,興亡猶在眼。疲人稍歸郭,賈舍臨江岸。午風舟舫集,夜霽燈火亂。精靈或來往,廟食儼容觀。生爲烈士尊,死爲奸臣憚。嗤嗤吟詩臺,千載污青簡。

美全城詩[③]　辛好禮[④]

大江渺千里,荆楚莽爲墟。淮海既振蕩,孤衝當四驅。雄摽九江澨,威薄三吳區。[32]江左俯洪流,東南倚輔車。晨旌耀雲日,素鵝麗城隅。問之此邦人,實猶我大夫。王師自無敵,仁者桓有餘。[33]登高望八荒,北顧見潛舒。有桑沃已落,雨雪紛在途。施施荷戈士,穫稻滿

---

① 劉永之:洪武初徵至金陵,好書法,著有《山陰集》《石門集》。《〔雍正〕江西通志》卷七四《人物》載其小傳。

② 此詩亦見於《元詩選·二集》卷二二,題作《過安慶懷余青陽先生》,《明詩綜》卷八題作《過安慶精舍》。

③ 此詩亦見於《元詩選補遺·辛判官敬》。

④ 辛好禮:據《御選元詩·姓名爵里二》:"辛敬,字好禮,大梁人。仕至龍興路判官兼水軍千户。"

䈞畬。征人豈不懷,國士甘捐軀。安得黃鵠羽,寄聲達我都。

林弼① 元凱,古閩人,登州知府。

連山亘城西,長江走城東。岡阜紛起伏,波濤争怒雄。泛覽古舒國,太息青陽公。[34]一旅餘弊卒,七載當兵衝。[35]狂瀾日以潰,砥柱盡朝宗。[36]弱矢繼蒿剡,急檄通質筒。[37]謀身貴食肉,徇國思匪躬。慷慨望西拜,烈日明丹衷。封墓昭聖德,建祠勵臣忠。百年等一死,千古留清風。疇能識公心,願起文山翁。

李彥澂 新淦人。[38]

四海方鼎沸,奸回頹紀綱。國士奮勇氣,慷慨在勤王。節鉞典南郡,潛皖況要邦。指顧滅寇掠,[39]信賞俘叛亡。殫力行伍間,百戰身百創。焉知大廈傾,力匪一木撐。如彼父母疾,救死必兢兢。所冀可一活,臣子分義明。含淒撫將校,誓死豈顧生。奈何盜日益,困乏無完城。舉室赴水死,忠魂殞天星。至今城池水,嗚咽銜悲聲。偷生僥倖者,視此孰重輕。睢陽巡遠輩,千古與齊名。我未睹公傳,聞知激衷情。椒醑致遠酹,因之寓其誠。

曾焕 希真,廬陵人。

赫赫烈丈夫,聞之神膽驚。文章炳翰苑,戈戟森舒城。三千廷內策,十萬胸中兵。中原鹿初走,襄漢狐鼠興。赤心一披露,秉鉞方專征。破敵敵莫已,戰袍血涵腥。走馬上封事,重雲蔽陽精。六軍旄不動,七載糧無贏。嗟嗟廣廈頹,大木難孤撐。時沮銳氣盡,胡乃思功成。拔劍奮自到,顧義焉顧形。城中萬家在,一門萃忠貞。山哀草木震,水泣波濤鳴。富貴不足惜,何惟死與生。[40]到死臣事畢,偷生奚爲榮。宋並文相節,[41]唐齊許遠英。姓字書汗簡,千載流芳馨。廟貌今

---

① 林弼:至正八年(1348)進士,曾任吏部主事,官至登州知府,著有《梅雪齋稿》《使安南集》等。《四庫全書總目》卷一六九著錄《登州集》。此詩亦見於《林登州集》卷一《五言古》,題作《安慶府》。

在兹,取鼎春秋烹。[42]吊者豈無謂,黜陟懸幽明。

陳維裕①閩人,御史。

元室昔云季,兵革四方叛。郡縣皆割據,孤城復何望。内無數月儲,外乏寸兵援。有如萬頃波,一葉浮臣浪。時哉不可爲,勢也難相抗。余公真人傑,耿耿懷忠亮。思扶社稷危,欲固江淮障。七載守城中,數書達宰相。奈何計不行,賊勢成醖釀。舳艫蔽江來,戈戟屹相向。容色不驚動,辭氣何慨慷。陳師喻大義,死戰無相忘。開門出迎敵,整然列兵仗。督戰氣俱振,被創力猶强。累進勢已窮,殺身報君上。公已爲忠臣,妻子將焉仰。慟哭耻偷生,不惜身命喪。感激同日死,衆兵與裨將。嗚呼宇宙間,孰非類人狀。忠義本全畀,苟得者無算。況值板蕩秋,[43]死國能先倡。公學飽六經,此理知至當。所以決死生,從容一何壯。綱常賴維持,忠誠滿穹壤。張巡事同歸,田橫名不讓。人生孰無死,公也死何恨。聖代特褒封,立祠寵名貺。舒城山崔峨,舒江水浩蕩。萬古此山川,萬古祠公像。公名垂不磨,公像祠無恙。我來觀民風,節義在咨訪。登祠重再拜,引領意無限。落木風色寒,夕陽水聲愴。興亡未足論,忠義良可尚。把筆播歌詩,[44]奸佞重懲創。

陳漁紹②閩人,御史。

高山枕上聳,[45]名山蟠大龍。巍巍閩國祠,凛凛忠義風。公昔擢第日,名聲已渢渢。字牧與持憲,到虜蘇民痌。迨來鎮舒郡,適值元曆終。城壘四郊合,敵舟三面攻。中流屹砥柱,欲障狂瀾東。訓練瘡痍民,盡爲貔虎雄。射蛟斬鯨鯢,躍馬凌烟峰。[46]七年窮智略,百戰多殊功。豈徒淮海蔽,再期頹運隆。外援苦斷絶,内儲亦虛空。孤城如

---

① 陳維裕:字饒初,長樂(今屬福建省福州市)人。陳航孫,監察御史,《千頃堂書目》卷一九載其《友竹集》四卷。

② 陳漁紹:生平不詳。此詩亦見於《石倉歷代詩選》卷三五八《明詩初集七八》,題作《安慶謁余忠宣公祠》,記爲"陳根"所作。

片雪,置在紅爐中。力竭繼以死,全家俱徇忠。更有偏裨士,感恩多委躬。祇今清水塘,血染荷花紅。大節昭白日,芳名耀蒼穹。幸逢聖明世,追贈光無窮。有司潔傳祀,[47]應與睢陽同。[48]我來拜遺像,企仰猶華嵩。題詩柏臺上,[49]感激攄素衷。

七言古風

呂謙伯益,東平人,元廣東廉使。

古來英雄大丈夫,居未遇時如庸愚。忽然執政當要途,霖然沛然澤寰區。武威文士身姓余,少年失父幼而孤。慈母鞠育教讀書,學成卓為當代儒。明經傳道誨生徒,菽水孝養為親娛。一朝擢桂登雲衢,聲名籍籍動帝都。翰林法曹膺選除,廟堂機務資謨謀。親不逮養忽云殂,哀毀失食瘁而癯。終日戚戚懷不舒,守服閉戶甘貧居。百年四海方晏如,卒爾盜賊起不虞。俄傾蔓延偏江湖,殺掠城郭為丘墟。安慶正當江北隅,民殷厥土惟膏腴。兵興年年苦供需,居民失業田荒蕪。公因久處如鄉閭,民如子事爭來趨。哀哉百萬將為魚,賴公主守為扞驅。[50]聖朝重念民炭塗,命公為師降璽符。開屯勸民事耕鋤,選拔少壯操鼓桴。死者有葬生者蘇,寒得其衣飢而餔。奮然仗鉞行天誅,有時遇賊如摧枯。死其斬馘生獻俘,[51]撫安流散歸田廬。孤城固守七載餘,四面莫敢相侵漁。群凶日夜相聚呼,近郊壁壘先逃逋。乘時憑陵氣轉粗,狼貪虎視思吞屠。奈何援絕糧無儲,死戰力拒殞厥軀。嗚呼不仁甚矣乎,父子既沒并妻孥。張巡許遠絕代無,百世之下君與俱。朝廷聞之為嗟吁,贈官褒寵駭要樞。事功赫赫傳不誣,史官直筆文靡虛。故人道夫何勤渠,備述終始無缺疏。我今停筆空踟躕,[52]言不盡意情難攄,吞聲躑躅淚如珠。

張紳士行,齊郡人,序見七言律。

叢林狐嗥楚氛起,胡馬不飲長淮水。將軍夢斷玉門關,死作大龍山下鬼。大龍山色撐秋空,遺恨不與江流東。荒城矮屋琵琶語,從此無人説呂蒙。憶昔將軍初鎮此,十里孤城贅疣耳。復業殘民遍地來,感恩戰士全家死。城中日日望太平,奸臣南來猶弄兵。十年血戰孤城死,雁書不到黃龍城。旄頭夜墮城門戟,十五嬌兒向爹泣。野塘霜老芙蓉花,化作鴛鴦影尤隻。大明當天四海同,天子垂拱明光宫。旌忠敕賜將軍廟,共道豳公勝夏公。空城八月秋風起,衰草黃雲槕孤艤。一樽濁酒酹江濱,白髮門生淚如洗。

吴鏞[①]子韶,新安人。

陰霾夜吞小衡岳,天柱峰摧將星落。俄聞赤幟環城郛,[53]坐見蒼生犯鋒鍔。將軍急呼父老言,食君禄厚居城專。吾將力戰死報國,[54]爾輩何計能生全。[55]壯士聞言皆感泣,願附將軍雪中臆。[56]大江浪湧風悲鳴,[57]白日光磨天動色。開關突戰奮莫當,[58]熊跑虎躩敢敵強。三軍命逐鼓聲絶,千里血染春風香。將軍當代文章伯,力挽乾坤寸心赤。當時閶闔排青雲,今日污泥見奇璧。手書大節思殺身,片言效死數萬人。嗚呼天下真將軍,睢陽遺廟同千春。

黄至善清江人,常州訓導。

元綱解紐江淮沸,鹿走中原犬群吠。閭閻童豎變而異,有羶其巾赤其幟。蟻聚蜂屯勢轉熾,大夫領命曷奔逝。盡心所事天弗貳,舒城言言屹中峙。封豕長蛇互吞噬,士卒瘡血爲呒洗。大小戮力奮忠義,扶傷救死殫劬勩。七更寒暑氣彌厲,孤城安危生死寄。[59]一木難支大厦顛,[60]城摧堞圮旌旗靡。劍鋒拂喉血噴雨,閣室甘作忠義鬼。繼迹巡遠耿青史,兩朝褒錫美封諡。廟祀綿綿歷年歲,靦然愧殺襄陽吕。

龔資遠龍泉野叟。

元季如秦失其鹿,高材疾足爭先逐。群雄掎角心形疲,蒼黄得失

---

① 此詩亦見於《新安文獻志》卷五二《古詩七言》,題作《挽余廷心》,作者題爲"余子韶"。

譬蕉覆。武威余闕太平時,射策親臨白玉墀。傳聞教子嘗希聖,[61]擐甲勤王屢出師。旌麾來守桐鄉土,貫日忠誠猶李繡。扶持社稷共安危,拊循邊郡同甘苦。[62]孤城寇至環三方,指揮獲醜飛樓傍。呼聲動地兵威振,殺氣經天賊勢猖。恨若睢陽無外援,奮身再裹金創戰。在生養毋盡中心,臨死思君猶北面。聖皇建極都江東,澄清天下斬群雄。詔令立廟褒忠節,黎民祭與事親同。闔門寧死爲忠鬼,聞將禮葬衣服偉。[63]國步正逢危急秋,死重泰山能有幾。爲公作歌情慘傷,酒酣擊節聲繞梁。男兒百世當流芳,嗚呼!男兒百世當流芳。

鄒濟汝舟。

孤城抗賊無援繼,七載長淮藉屏蔽。白日黯慘氣浸殷,獮猲磨牙駃騠蹶。忠如卞壺身殉國,誓若中丞死爲厲。英靈竟爾助天兵,僕姑一發渠魁殪。

周廣原廣。

青陽先生誰與同,分明仗劍全孤忠。丹心耿耿貫白日,堂上廟食真英雄。七年領鎮舒州職,獨障江淮若麈敵。枕戈橫槊志愈堅,歃血裹創身不惜。長江餉絕財饋殫,掘鼠羅雀給軍食。夕烽不舉絕援音,仰頭告借蒼天力。蒼天不言元祚移,天命大運歸皇極。嗚呼!力疲城陷不自專,引劍捐軀盡衷赤。妻孥取次沉清淵,[64]豈肯蒼黃受危逼。一門忠孝史筆新,千古萬古磨不得。戰骨於今葬江皋,冢上年年芳草碧。日月居諸秋復春,寒食城西弔遺迹。東風淡蕩飛紙錢,辭客追傷淚沾臆。[65]清水池塘綠湯湯,忠魂列魄情何長。社紅蕍碧幾夕陽,子規啼血春茫茫。

劉素①真白,廬陵人,編修。[66]

元綱解紐搶攘開,四郊多壘生民哀。湖襄劇賊陳友諒,[67]揭竿斬

---

① 劉素:據《翰林記》卷一七:"劉素,貞白,江西永豐人,永樂丙戌進士第三。"

木崇嵩萊。黃塵暗空鶴群淚,[68]黑風倒海鯨波沸。真儒端可佩安危,一柱孤梯屹淮瀅。[69]羽書曉夜祈援兵,誓不與賊求俱生。皇天克永國年祚,白日合照臣忠精。奈何軍敗鼓聲死,仗劍臨營命妻子。汝今先我盡捐軀,我亦刳肝爲厲鬼。[70]當時列郡非無人,含污忍恥羞彝倫。青陽山中夜光紫,[71]先生烈氣開愁雲。乃知曆數歸真主,天錫吾皇義旌舉。[72]九江鬥艦清盜區,[73]十道先鋒夷醜虜。歘瞻閶闔乘飛龍,怒蛟妖鰐無餘踪。便援公議下表典,[74]蒐獵遺靈旌死忠。同安郡郭修塋域,特敕先生長廟食。逸編文焰吐晴空,[75]千載清名常赫奕。[76]自是鄉斾叨錦榮,[77]艤舟祠下悲前星。堂堂古貌鬚如戟,烈烈英威秋滿城。[78]我來引觴薦未已,稽首再拜思儀架。[79]彩毫題罷倚闌干,落木寒鴉叫烟雨。

潘訥 孟賢,青山人。

乾綱已隳坤軸折,朵頤元鼎奔妖孽。戎馬揚塵正騷屑,舒城閫帥人之傑。保障江淮樹勳烈,挽弓欲射天狼滅。炯炯丹心凛冰雪,七載爭雄智力竭。援兵不來餉道絶,蠆尾蚩群肆傷嚙。旌旗偃影城摧堞,裏創扶疲氣不懾。捐軀報國死生決,劍華如霜沁碧血。闔門妻子皆全節,雖死猶生名愈潔。潛山黯淡江聲咽,古廟夕陽遺恨切。[80]李公點首顔公舌,萬古清風與同列。

徐孟曾 毘陵,處夢。

四海湯湯鼎釜沸,中原滾滾烽烟起。[81]元綱一解不可紐,天運將歸大明主。巍峨山岳盡傾摧,冥茫草木皆披靡。群公皆偷螻蟻生,惟子甘隨玉石毁。節婦耶卜子得臣,烈女安安同日死。古來死節良有幾,漢有諸葛唐張許。宋季文山元余闕,簡編歷歷誠可數。成仁取義固當然,誰能化及妻與子。古今英靈無殞墜,景星慶雲燦天宇。聖朝立廟顯忠烈,千古流芳載青史。[82]

石宇永熙，淮南人，山陽訓導。

江口風沙虹貫日，猘貐三方蜂蝟集。裹創百戰誓孤忠，四望無援攻愈急。使君丹衷真可憐，讀書大義非徒然。愛女賢妻何足顧，一心保障東南天。出師漢表魁文苑，今誦篇章亦精選。淮東老叟爲珍收，要使斯文共悠遠。君不見，熊湘閣、從容堂，望江樓宇遥相望。行人弔古每凄惻，編簡聯輝百世芳。

向寶克中，豫章人，應天府尹。

舒城角聲吹曉霜，天星墮地寒無芒。將軍許身死報國，死作英靈猶殺賊。蘭臺寶鑒泣離鸞，彩翼竟碎青雲端。沉珠毀璧真足惜，光輝耿耿埋泉關。一門節義冠今古，月冷鵑啼魂魄苦。東風草色碧連天，恨血千年不成土。

張昱①光弼，廬陵人，元浙江行省員外。

雙刀悍卒來江關，余侯一死人所難。英風千古激頑懦，大節一旦回狂瀾。祇今廟祀遺淮甸，几几軒裳凛生面。我來哀些吊忠魂，[83]白日啼鳥淚如綫。

杜桓②宗表，金華人，辛卯進士。③

元政陵夷兵四起，戎馬紛紜若峰蟻。烟塵千里暗中州，烽火連年照江水。青陽先生天下雄，擲筆手提莫耶鋒。平生讀書伏忠義，[84]十年領職當兵衝。保障江淮鎮南服，幾回殺賊賊摧衄。軍士分屯野外

---

① 張昱：據《〔乾隆〕江南通志》卷一七二《人物志》："張昱，字光弼，廬陵人。仕爲江浙行省員外郎，行樞密院判，已而棄官。號一笑居士，往來松江，張士誠辟之，不就。洪武初召見，以老乞歸，太祖曰可閑矣，遂更號可閑老人。"

② 杜桓：據《御選明詩・姓名爵里二》："杜桓，字宗表，金華人。永樂辛卯進士，官趙府紀善，有《艮庵集》。"

③ 辛卯：永樂九年（1411）。

耕，飢民屢賑官中粟。孤城日落鳴鼓鼙，中營風急搖旌旗。歃血登陴裏創戰，許身報國終不移。援絕兵孤糧餉竭，大星前墜國柱折。三軍躑躅民悲號，江水東流共鳴咽。乘風騎龍游帝鄉，追逐張許參翱翔。忠精炯炯貫霄漢，萬古白日争輝光。往事凄涼五十載，至今生氣凛如在。有客示我青陽編，撫卷令人重悲慨。

廖寬惠陽人，府學訓導。

聞道胡元初失鹿，天下紛紛争角逐。中有奸雄恃井蛙，結網張羅誇疾足。一朝遠臘皖城東，公爲勍敵當前鋒。六步七步賊敗去，折衝惟在笑談中。同安一帶公獨守，孤軍屢持戰難久。身軀雖赴清水塘，劍鋩要斬渠魁首。舉家妻子盡捐生，泉下甘同節義名。骨肉一時皆塵土，茫茫堪輿恨不勝。聖代旌能豐祀典，廟食千秋忠益顯。令譽終教貫古今，新碑不使封苔蘚。我來和淚吊孤墳，古木鴉聲不可聞。往事令人傷懷抱，夕陽荒草空黄昏。

儲玉府學訓導。

淮西當日分符節，誓與孤城共存滅。只將大義鼓三軍，盜賊頻來頻破拆。一朝悉衆環相攻，力不能支智亦竭。佩刀自刎沉清塘，妻子聞之遂俱絶。虜亦從來知重公，禮斂親令葬高垤。聖皇掃蕩寰宇清，褒典輝煌表人傑。黄菊籬邊萬瓦霜，青松岩畔三冬雪。一家忠義自古無，父老至今猶解説。我來吊古日已暮，望中青草猶凝血。摩挲兩眼讀豐碑，砌蛩啾唧增嗚咽。

杭淮[①]宜興人，刑部員外。

胡俗椎髻亦可厭，耿耿忠義如左丞。荆揚賊柵蝟毛起，慄慄孤城誰足撑。手提干戈自血戰，六年展轉無援兵。誓不與賊共生死，張許

---

① 杭淮：字東卿，宜興人。弘治十二年（1499）進士，官至南京總督糧儲右副都御史，著有《雙溪集》八卷，《四庫全書總目》卷一七一著録。

獨守睢陽城。城陷身危世事去,天下之勢如土崩。嗟哉公妻義不辱,亦與諸兒同日坑。丈夫忠義有如此,烈烈上貫陽烏精。且聞數百猛士死,悲歌慷慨思田橫。秋深荒臺石漠漠,江寒落木雲冥冥。江流暮激石頭怒,遺恨猶存戰伐聲。嗚呼！吾皇爲公殺賊亦足報,公今廟食公須平。

吊余青陽賦[85]　　泰和羅鶴①

絜皖城之征舸,謁青陽之墓祠。悲□仕以殉國,托蕪詞而吊之。粵胡元之末造,斁九法與三綱。獨匡之以正道,隨所任而能臧。一居州之在宋,自降割其奚醫。既以直而見擯,正履遯之亨期。俄四海以鼎沸,分麾係其安危。異符堅於王猛,矧時勢之難爲。何晃忽之承制,遂矢死以驅馳。昔季路之死衛,雖居位猶靡宜。更靈均之溺湘,誘宗國而罔之。埒先生於二子,應仕止之無疑。彼三良之殉穆,以畏迫於泰康。昭至義於陳思,尚深哀其不當。死不難而處難,疇先生兮生張。匪顧命之將相,戰敵愾以勤王。必救世以自許,儵審己之行藏。昧狂瀾之難遏,覷胡運之靈長。支一木於頹厦,終莫拯其危亡。泥食焉以死事,惑堅冰於履霜。此所以惜先生之勇果,而中道之或傷也。嗟乎！出處由己,伊誰能逼。出謀既決,死皆其職。求一節之終始,尟十百於千億。緊先生之守此,樹屏翰於南北,陳忠義以勵衆,經百戰而愈力。冒矢石逾六稔,賊環攻而靡克。逮援絶而力屈,率妻孥以死國。雖異代之遺氓,猶恤忠而感德。揆蠹國之權奸,舉先生之巨賊。氣凜凜以如生,與龍山而競色。宜血食於茲邦,爲守臣之永式。江流兮有遷,英風兮罔極。謣曰：

中庸難能兮仕止難時,宣尼既遯兮斯言已而。一節靡渝兮代能幾人,允矣先生兮胡元忠臣。

---

① 羅鶴：字子應,泰和(今江西省泰和縣)人。著有《應庵隨錄》。

長短句

劉彥昺①

漢之季，洪流何湯湯。赤子爲龍蛇，蔓於漢以淮，割我城邑圖不祥。[86]天子曰："嘻，予何以奉宗廟，[87]朝群臣，登明堂？曰予近臣御史闕，咨爾撫師古舒國，閫以外，爾制之，賜爾三百衛士斧與節，毋黷民，毋冗刑，[88]苟附而安，文武并用禮之經。"

臣闕昧死頓首泣，主憂臣辱敢不力。御史騎馬來，萬姓淚落喜且悲。子我塗炭民，漢官威儀今見之。東市率牛羊，西市羅酒漿，紛紛列道左，御史下馬相扶將。諭以天子聖且愛，明見萬里外。宵旰不遑食，兵爾飢爾苦顛沛。御史雖愚頗知忠與慈，惟爾患難相扶持。鼓爾鼓，旗爾旗，疾則疾，徐則徐。壯者戰守老者居，俾爾農桑無奪時。桑青青，麥茫茫，牛羊走丘墟，御史城上行。茅屋人家聞讀書，以心感人心，敵至輒敗不敢窺。城東啼虎豹，城西嘯熊羆。蘄黃攻始退山越，什什伍伍來相圍。裹創戰城南，吮血戰城北，大船小船捍江列。城中如流魚，[89]御史奮臂城上呼。悲風揚，塵沙起，白日無光士爭死。廩無粟，士氣衰，朝食城上草，暮煮城下萁，瘠殍相枕何流離。御史斬愛馬，士卒不忍食。日久援不來，矢盡兵殘益危逼。梟騎死野戰，烏鳶銜肉流屍僵。孤城坐於瘁，土山地道不可當。御史誠不德，握手謝父老，爾民多殺傷。御史登城北面拜，稱臣萬死無以報陛下，闔室竟與賊俱亡。楚山蒼蒼，楚水洋洋，御史之節，功烈顯彰。天之奎璧，地之山岳，人之綱常，千載弗渝。日月普光，誰能置廟復立社，享於百世及天下。

趙濟川 東吳人。

余左相，身如琛，膽如鐵，千萬人中一豪傑。讀書青年舒德業，經

---

① 此詩亦收錄於錢謙益編《列朝詩集》，詩名爲《漢之季哀故御史余公闕守舒城死節而作》。

濟之才邁前哲。鰲頭曾占科場魁，袞職欲補王家闕。元綱既不振，四海正騷屑。保障江淮禦妖孽，七年力戰氣弗懾，一門效死甘伏節。

余左相，何烈烈，遺恨難忘國仇雪。古舒城下東流水，風激鯨波尚嗚咽。[90]大義炳日星，精忠貫璧月，土華不蝕萇弘血。董狐直筆青史書，地久天長名不滅。

徐益謙受，四明人。

石可爛，海可竭，惟有死義臣，萬古名不滅。余文忠公志英烈，舒城六載持元節。身經百戰心未降，塵暗三方輻重絕。惟公自是真丈夫，勢孤力盡將何如。詈聲不受賊奴爵，死忠豈惜千金軀。既聞捐生得其所，妻豈不能作汝忠臣婦？賢兒愛女英淑姿，玉碎花飛上天訴。漢室田橫皆義兵，從公將士尤可矜。一朝同憤葬魚腹，月明浪泣嗚咽聲。[91]維揚義士重然諾，示我遺篇珠磊落。豐功盛烈銘鼎彝，圖形尚擬凌烟閣。

古哀引① 辛好禮大梁人，元照磨。

古哀引者，爲淮西閫帥余公廷心而作也。公守安慶，以孤軍當三面之衝，[92]抗方張之寇者凡七年。至正十八年春正月，寇大集城下，樵餉路絕，郡遂陷。公知民不支，[93]即躍馬返舍，戮其妻子，已乃自殺。予聞公之義，慟不自禁，乃爲《古哀引》，以見意焉。公嘗爲文名堂，題曰"大節"，則其死生不渝之誠以見乎是。尤工著《易》，嘗曰："吾書成，當以金石爲櫃，藏之名山，以俟後之知者。"

馴歸房，申返岳。東南一柱折，橫流將安托？哀哉！古舒之國國有城，城平淮沃天下清。大夫之來難方作，以江爲城捍江郭。天狼墮城南，天狗噬城北。江流何舒舒，虎兕不敢薄。哀哉！天地何反覆，大夫騎馬歸，閫室化作萇弘碧。大節有新堂，堂中《易》有書。哀哉！大夫

---

① 此詩亦見於《元詩選補遺·辛判官敬》。

民非爾爲魚,誰使鼠穿我埔,龍嚙我居。哀哉！大夫爲精衛,爲湛虚。

李景春時榮,芝陽人,臨安知縣。

爲臣當死忠,爲子宜全孝。五常備而三綱明,始著剛腸丈夫操。[94]昔聞元季日擾攘,群凶嘯聚爭陸梁。攻城援地一何速,[95]遂使海内隳封疆。迭命元戎仗旄鉞,可憐不肯虧臣節。[96]賣降鼠竄圖苟存,孰效將軍奮忠烈。將軍秉心鐵石堅,誓不與賊同戴天。孤城大小二百戰,揮戈破賊皆身先。屹若中流雄砥柱,欲挽天河洗寰宇。奈何宗社神鼎移,一旅難將江漢毀。[97]力盡城危勢不支,鑿山煮弩難周飢。四陳章疏妖氛障,七年不見來王師。關峽兵屯百萬甲,紛紛割據惟仇殺。一任江淮望眼穿,排難誰將一騎發。將軍含笑掣龍泉,從容就死沉清淵。偏裨妻子同時殺,大義直壓崑崙巔。荷我天皇登九五,盡四海外民安堵。首頒丹詔表忠臣,烈烈高風千萬古。嚴祠間氣何稜稜,精英夜夜輝長庚。絶代英雄嗟已矣,長江千古空流聲。

胡温①樂府二章,會稽人。

參政余公鎮舒六年,水陸交戰,屢徵援兵不至。戊戌,②陳友諒入寇,城陷,公死於清水池,作《池之水》。

池之水,可雪國耻。侯面如生,侯心不死。

附水軍萬户紀守忠,隨戍安慶,楚寇大入,力戰不及,馬上刎首而死,作《楚雨來》。[98]

楚雨來,漲旁流,百戰不屈志未酬。[99]手提髑髏示主帥,此身雖死報國仇。

附羅伯輝樂府《玉帶光·哭道童司徒》。[100]

---

① 胡温:據《御選明詩·姓名爵里一》:"胡温,字遵道,會稽人。"
② 戊戌:至正十八年(1358)。

玉帶光,羅衣紫,鍾陵相公臨川死。臨川死,骨亦枯,何似莫出鍾陵途。鍾陵城頭頭百烏,夜夜爲爾啼鳴鳴。李潯陽,余安慶,千萬年,人欽敬。

黃諫金城人。

君不見,有宋享國三百年,扶危全得儒者力。多方養士得士用,文山叠山一時出。又不見,胡元遽失中原鹿,四海豪雄競相逐。列郡失守朝廷危,全節惟公與李苪。二公學識邁等倫,虎榜擢冠新郎君。堂堂大志不小就,說是忠州真鳳麟。江淮東南勢披靡,黿鼉肆凶沸波水。大廈傾頹不可支,江州已陷公復死。

當時王公宿將任藩翰,坐擁雄師幾千萬。良策不過欲偷生,就縛就降舉無限。余公家世出西凉,河西間氣公獨當。我亦生在黃河滸,仰企前哲心難忘。前年奉使過祠下,睡聞猿啼清夜□。王事勤勞未暫留,欲奠椒漿憾無暇。兹來拜墓意獨虔,從謁祠堂江水邊。獲見賢孫問家世,鄉心切切還相憐。人謂余公死王事,我謂余公今不死。大明當天重倫紀,遺像儼然歆血祀。死者如公萬萬人,誰有廟像今猶存?自古設科稱得士,碌碌偷安奚足貴。[101]

劉淮羅山人,巡按御史。

三月三日江上行,江滸之麓忠臣塋。忠臣者誰余左丞,樓亭春潮風樹鳴。意昔元衰啓真祚,四海霧塞奔鯢鯨。公昔罷歸青陽山,承制宣慰分兹城。當時城外悉盜柵,來從官道推赤誠。不謂學古儒飭吏,手揮一劍當勍爭。淮東西路城半陷,烽塵旁午無援兵。而公誓士捍羣敵,舒州城廓風中莖。屹然江淮一保障,[102]扼絕諸路奮軍聲。鐵椎碎齒斬說客,焚書破僞何神明。漢兵大集壓城破,孤軍血戰猶抗衡。欲官將軍漢急呼,戟手大罵聲訇訇。吾恨不得汝即手,嗷之飼物屠之烹。事急引分溺清波,忠節所係身毛輕。妻子聞之競赴井,余氏血祀無遺丁。誅曰:

臣死於君，妻死於夫，子死於父，忠孝貞節萃一門，高風直與乾坤并。衆謂將軍不負國，我於將軍何愛生。從之死者餘千人，義風海內聞者驚。君不見，晋卞壺、齊田横，忠義感激人委傾。横五百士壺二子，此殆過之吾容評。古人養士豈徒爾，國之元氣從枯榮。文忠一死大勢去，興國從此歸皇明。胡元得國百十載，終史僅見公之名。同安江上一抔土，望中風烈雲英英。再拜墓前斟明水，江花江草忠予情。

謡類

古金城謡[①]　周霆震[②]亨遠，安成人。

國家承平百年，武備寖弛，盜發徐、潁，熾於漢、淮、武昌，南紀雄藩，一旦灰滅，洪省堅壁。寇蔓延諸郡，水陸犬牙，北來名將，相繼道殣。丞相出督步騎，直抵高郵，事垂成，以讒廢。方面多貴游子弟，貪鄙庸才，漫不省君臣大義，草芥吾民，虛張戰功，肆意罔上，誅求冤濫，慘酷百端，重以吏習舞文，旁羅鷹犬，意所欲陷，即誣與賊通，其弊有不忍言者。間存一二廉介，則又矜獨斷，昧遠圖，坐失機會。民日以散，盜日以滋，廬、壽、舒三州，屏蔽上流，廬、壽既没，舒獨當鋒鏑之衝。至正十年壬申，進士余闕以淮西元帥之節來鎮，廣設方略，招徠補葺，備戰守，豐軍儲，賊飲恨不得逞。朝廷嘉其功，授淮南參知政事，自是日與賊遇，受圍凡四十有二，大小二百餘戰，江西賴以苟安，坐視弗援。十八年正月丙午，城遂陷，公一門爭先赴死，闔郡無一生降。賊黨舉手加額，稱余元帥天下一人，購得其尸城下池中，禮葬之。傷哉！寄痛哭於長歌，使後人哀也。公西夏世家，字廷心，貌不逾中人，當紀綱廢弛之餘，治郡立朝，每與衆異，故其樹立如此。[103]

崑崙烈風撼坤軸，日車斂轡咸池浴。六龍飲渴呼不聞，赤蟻玄蜂

---

① 此詩亦見於《石初集》卷二《七言古詩》、《元詩選·初集》卷六〇、《〔康熙〕安慶府志》卷三〇《七言古》等。

② 周霆震：自號石西子、石田子初，著有《石初集》十卷。《明史》卷二三八有傳。

厭人肉。荆襄弗支廬壽孤,江東掃地如摧枯。忠臣當代誰第一,七載舒州天下無。[104]東南此地關形勝,天柱之峰屹千仞。當年赤壁走曹瞞,天爲孫吳産公瑾。我公千載遥相望,崎嶇恒以弱擊强。孤城大小二百戰,食盡北拜天無光。[105]當關拔劍蒼龍吼,[106]盡室肯污奸黨手。摧鋒闔郡無生降,群盜言之皆稽首。堂堂省臺羅公卿,建牙分省日募兵。[107]哀哉坐視無寸策,遂使流血西江平。向來莫曉皇穹意,[108]大將南征死相繼。[109]一時貪暴盡庸材,[110]玩寇偷安饗富貴。河流浩浩龍門西,燕山萬騎攢霜蹄。英雄暴骨心未死,去作海色催潮鷄。玉衣飛舞空中見,大息孤忠麈百戰。五陵元氣待天還,睢陽誰續中丞傳。[111]

舒州謠　前元劉參謀

聖朝封域際海隅,行車班班通九衢。諸州城廢不修築,民安耕織無憂虞。妖狡行怪惑其徒,向來食民被脅驅。國家少備莫禁止,遂使猾夏窺中都。大夫仗鉞來守舒,舒州城小鐵不如。城下長江限濠柵,[112]周遭守備用百夫。[113]賊子干城不得逾,大夫叱戰人爭趨。嚘嚶魑魅半就死,陰風吹血腥東吳。七年孤兵經百戰,白日炯炯忠義俱。我民衣食仰官給,盡力效死寧睢盱。王師不援百計疏,城中食盡官無儲。沔陽健兒肆剽殺,殺人遠盡終何辜。大夫應戰如走珠,誓國寧愛千金軀。寶刀斷折笳喑嗚,戰不持鐵至日晡。絶咽剥膚血濺鬚,游魂半空罵賊奴。大夫白骨行將枯,大夫赤心死不渝。大夫大節青史書,大夫遺像麒麟圖。皇天后土有終極,大夫精靈無時無。哀哉!我生不能報大夫恩,死不能報大夫冤。但願化作精衛魂,年年銜土爲蓋大夫墳。

同安謠①　　黎昶伯輝,清江人。

黄雲漲空雪欲飄,長江落日生暮潮。同安城頭獨遥佇,悲風拂鬢

---

① 此詩亦見於《明詩綜》卷一六。

寒蕭蕭。市蓬老翁年七十，鶴髮鶉衣道傍立。倚筇爲我説興亡，含憤未言先涕泣。前朝值亂戍守奔，土豪割據何紛紛。攻城拜將爭殺戮，同安賴有余將軍。將軍秉心盡忠義，訓練民兵久精鋭。城邊握濠深百丈，城上嚴更列旗幟。朝廷消息久莫通，江襄群盜矜豪雄。樓船萬甲氣如虎，戎衣染遍秋江紅。將軍此時力匡國，執鋭開關屢迎敵。鐵騎交馳白日昏，雕戈上指青天拆。樅陽門前殺氣高，奮身寧辭征戰勞。江淮黎庶半爲鬼，僵尸卧骨填空濠。同安拒守經七歲，破圍不見官軍至。銅柱難成馬援功，[114]睢陽竟出張巡志。一朝群盜登城堙，揚旗百里飛紅塵。疲兵裹創不能戰，計窮豈願圖全身。將軍挺身出帥幕，竟逐飛星陣前落。半夜精靈出戰營，千秋廟食依江郭。聖人一出寰宇寧，鳳麟應瑞黃河清。當年逃亡命如蟻，豈期年老逢升平。荆棘連雲戰爭地，近來茅屋方成市。山鳥如呼耆舊名，江流尚帶英雄淚。當年繁華何足論，聞翁此語傷吟魂。樓臺盡隨灰燼滅，人物風流今幸存。樽前感慨應未已，宦情總付東流水。長歌因賦同安謠，留與他年入詩史。

龍舒謡　晏璧[①]彥文，廬陵人。

旄頭芒角昏三階，海潮怒湧騰江淮。黃河夜奔失故道，神州陸沉妖霧霾。湘漢列城先失守，不逞之徒紅帕首。天留忠節在舒州，七載堅城古希有。余侯冑出忠義門，一念誓欲清乾坤。殺聲未入雲鳥陣，勁氣已息烟塵昏。南征諸將多貪暴，抗疏薇垣三不報。凛如片雪嚮紅爐，安得檄書來遠道。五千疲卒百戰餘，[115]君臣義重輕頭顱。妻孥伏節痛切齒，士卒冒刃爭捐軀。臣頭可斷心難死，願托精魂爲厲鬼。遂同烈士李江州，[116]渠賊殄殲方雪恥。太行雪薄河無冰，十年雁不到淮城。秋風空撼五陵樹，天子無意圖中興。匣中龍創乘時化，

[①]晏璧：據《趵突泉志校注・人物志》："晏璧，字彥文，廬陵人。永樂二年(1404)任山左僉憲，有《七十二泉詩》。"

英雄力盡嗟凋謝。太白蒼蒼北斗垂，國殤暴骨泉臺夜。春深艤棹經淮汜，落花芳草啼子規。莫從故老談興衰，淮山肥水含餘悲。

行　類

哀歌行　盛景年[①]修齡，新昌人。

江州在江南，舒州在江北。楚人輕佻厭承平，抵掌吹唇弄鈎戟。私鹽船上插紅旗，下江攻城如箭急。前年江州李侯死，余侯今歲舒州没。獻策俱登龍虎榜，專城不避豺狼窟。文章已照汗竹青，姓名只與秋虹白。當時儒服世所輕，一代綱常兩侯立。李侯能死亂離初，劃地斲開忠義途。題詩屋壁雷電走，下視白刃能捐軀。可憐猶子如玉雪，揮之不去亦已殂。余侯固守六載餘，扞庇江淮功莫逾。鄰藩不借睢陽粟，問道久絶長安書。一朝城壞侯已死，妻子賓客同時俱。兩賢相對如璧立，江水欲流流不得。瞿塘破碎白日昏，盤渦無底潜蛟泣。江南江北春冥冥，忠魂對語百鬼驚。汀蘭既芳復欲歇，江豚吹浪何時平。邊江大船摇四櫓，不載私鹽載兒女。却厭紛争無了期，夜祭船頭過江去。

詞　類

沁園春[②]　劉基伯溫，括蒼人。

士生天地，人孰不死，死節爲難。羨英偉奇材，世居淮甸，少年登第，拜命金鑾。面折奸貪，指揮風雨，人道先生鐵肺肝。平生事，扶危濟困，拯溺摧頑。[117]　　清名要繼文山，[118]使廉懦、聞風膽亦寒。想孤城血戰，[119]人皆效死，[120]闔門抗節，誰不辛酸。寶劍埋光，星芒失

---

① 盛景年：據《御選元詩·姓名爵里一》："盛景年，字修齡，新昌人，至正十三年鄉貢。"
② 此詞亦見於《詞苑叢談》卷八，前有小序："宋文丞相過唐忠臣張巡、許遠雙廟，留題《沁園春》一闋，詞旨壯烈千載後，昭然與日月争光。明劉文成伯温過安慶，亦作《沁園春》詞，哀余忠宣公闔，正與文山之詞相匹。"

色,[121]露濕旌旗也不乾。[122]如公者,嘆黃金難鑄,白璧誰完。

沁園春　唐廣雲桂林人,司業。

元綱紐解,四郊多壘,國步艱難。公武略文韜,孤城分閫,躬擐甲冑,心在金鑾。保障江淮,頹波砥柱,鐵石心腸忠義肝。當年志,願肅清氛祲,汛掃冥頑。　高名重若丘山,[123]仰凜凜、英風六月寒。幸遭逢聖代,加封廟食,行人吊古,淚殞心酸。檐馬奔馳,祠林霜染,猶似征袍血未乾。評公德,[124]克忠克孝,百行皆完。

念奴嬌　彭彥充

元衰運去,空產余忠宣,一代人物。亂寇環攻領孤軍,七載守城堅壁。萬里皆降,孤城獨抗,一片紅爐雪。闔宅捐軀,赴難同爲豪傑。　整頓三綱,父子君臣夫婦事,一時奮發。清水池邊古廟中,千載香烟不滅。景仰遺容,想義膽忠肝,竦人毛髮。物是人非,贏得清風明月。

又　天仙子①

保障江淮誇氣概,砥柱中流屹抵礙。七年百戰歷艱辛,申未解,鋒争快,援絕兵疲何所待。　尺寸難容天地隘,日月無情更世界。山河破碎幾沉浮,東一帶,西一派,惟有忠臣名久在。

調糖多令②

遠樹列平洲,長江日夜流。孤舟過、遙望城樓。追想余公堅守處,二百戰、士經秋。　力盡赴池頭,忠魂在此不?綠波皺、猶似含愁。一曲悲歌閑吊古,知何日、更重游。

---

① 此詞底本原闕,據正統本補。
② 此詞底本原闕,據正統本補。

哀　辭

晏璧彥文，廬陵人，僉事。

　　元朝以科目取士者四十年，而兵起中原，一時由進士列王官者千餘人，能以孤城抗敵，係民心而重國勢者，淮南左丞余公一人耳。公名闕，字廷心，武威人。癸酉進士及第，累官至浙東僉憲，以劾臟吏忤時相，退居合淝，及盜蔓延，朝廷始起公，帥淮西，分兵鎮舒。舒，故楚地，介江淮，當水陸要衝，尤盜所必攻，大概舒之可守者，以有合淝爲之根柢，池陽爲之屏翰，江西爲之聲援。已而列郡相繼陷，而舒亦危。公以大義結人心，撫以仁，守以信，平時煦煦相勞苦，若父兄詒其子弟。及發，一號令如雷霆、如江河，必不可回，以故盜常以十數萬抵舒，公部分素定，左圖右書，談笑如平。昔民爭踴躍赴之，夫征婦餉，旄倪奔呼，朝夕拒戰，至彌旬日越歲而不以爲勞；裹創飲血，至相枕藉而不以爲病；征輸供億，至累巨萬而不以爲困。自是盜勢浸衰，而舒之封守固矣。故環其境，自河南、北江、襄、閩、廣、浙、蜀，其間名藩之所都，[125]方伯連帥之所統，執法司憲之所臨，往往淪爲鬼域，鞠爲丘墟，驛道荊榛，行千里不見人迹，而舒屹然有不可拔之勢。使夫民之徇義者有所恃而不詭隨，盜之陸梁者有所憚而不敢騁，[126]是則公之烈，豈尋常□方面者可比哉？[127]惜元運將傾，一木不能支大廈。丞相帥抵高郵，[128]事垂成，以讒廢。藩垣將帥多苛刻貪佞，縱豪惡吏爲爪牙，專務深文巧詆，陷人於非辜，使不得反其眞。藉募兵爲名，誅求冤濫，民富者，誣與盜通，籍其財，恣意笞殺，[129]人無復按。宰相又唯視賂厚薄定賞罰，賂厚者，雖無勞，遷就爲之請；其無賂，功雖上，輒抑之。故寇至之日，吏之濫賞者棄城走，未賞者以城降，罰之者去爲寇。公陳其弊於時相賀太平，凡四上書，俱不報。十六年，蘄寇倪文俊來攻，公出戰，寇敗走。別將胡伯顏敗績小孤山，紅巾海天鵝數千艘突至城下，公出奇兵襲之，奪其船，斬首千餘級。先後受圍凡五十，小大二百餘戰。十八年正月七日,城遂陷,公自剄,妻孥子女争赴水死,幼子甫晬,棄水濱,寇剽之去,[130]迄今存。舒守韓建舉家被殺,淮民登城捐階,罵賊求死,無一人生降。麾下士死老相望,知名者得十八人。

事聞,贈公淮南行省平章,謚忠宣。公天資超邁,貌不逾中人,文章氣雄健,語必自己出,立身廉,[131]不殖貨産,善待士,故人樂於効死。予被召過舒,慕公節義,爲楚聲以吊之,其辭曰:

晴暘當空兮,陰霾翳之。嘉禾秀野兮,愆風躓之。嗚呼夫子兮,不幸際之。揚神武以抉之兮,覺晦冥之。愈深箋天閽以訴之兮,何肅殺之?難禁竭余力而繼之以死兮,求無負於此心。[132]嗟襄樊之土崩兮,感湘漢之川決。遭舒州之士民兮,[133]凜紅爐之片雪。羌夫子之執法兮,循繩墨而不頗。欲人心之固結兮,必仁漸而義摩。慟兵孤而援絶兮,糧糗既匱。民聞風而嚮義兮,鞠躬盡悴。譬廣厦之將傾兮,非一木之能支。猶人命之垂絶兮,豈醫藥之可爲?感天地之閉塞兮,淪泥塗於軒冕。[134]抑時運之使然兮,乃邅屯而罹蹇。既燎原之莫撲兮,啼城頭之亂鳥。苟脫身以圖存兮,豈不可以全軀。君臣大義不可以虧兮,思匡扶夫綱常。[135]受民社之重責兮,宜死守於封疆。惟舒民之激烈兮,不可以爲變。而孤城危亡兮,僅不絶之如綫。烟霏霏其晝冥兮,風蕭蕭而揚沙。[136]天地爲之黯慘兮,日月失其光華。淬匣中之寶劍兮,拭腰間之玉玦。生不足以成名兮,死爲厲鬼以害賊。甘一死兮,[137]頸血淋漓。妻妾子女兮,相從如歸。傷舒州之士民兮,争捐軀而授首。其人可以義化兮,而不可以利誘。人有生而必死兮,死有輕於鴻毛。惟精忠於大節兮,與泰華而相高。彼睢陽之小邑兮,附巡遠而名彰。舒州之大藩兮,抑千古而流芳。挹夫子之貌兮,温其如玉。臨大節而不可以奪兮,秋霜之肅。聆夫子之言兮,穆如清風。遇大事而果斷兮,鏘然劍鋒。友龍逢於地下兮,驅國殤於淮陰。痛奸諛之誤國兮,甘俯首而包羞。紛荃蕙之化茅兮,胡犬豕之不若。雖徼倖以苟活兮,曷若死之爲樂。彼蒼者天兮,胡然昏蒙。成虧通塞兮,舉失其中。何虧者不可以成兮,而塞者不復通。觀夫子之志暫若虧塞兮,垂清風於萬古。欲買絲而繡其像兮,且沽酒以澆舒州之土。潛山兮蒼蒼,淮水兮泱泱。仰夫子之風兮,山高水長。

祭 文

何文輝參政。

於乎！公之生也,翰林省郎,憲臺紀綱,道德政事,行義文章。公之死也,忠貞之表,邦家之光。臣民之式,人道之常。孤城七年,敵摧守堅。狂濤蕩潏,砥柱屹然。風節之存,日星之耀。張許睢陽,先後相照。生不虛生,死不徒死。先民之言,惟公是似。同安之山,重岡疊巒。突兀雲端,偉然儀觀。同安之水,漓漓潨潨。[138]涵清流泚,淵然德美。澤被一方,風高流長。民思無疆,曷云其亡。某自愧匪材,命承師旅。鎮禦是邦,叨公休祉。穿城深池,惟公之思。風雨慘淒,公其來歸。昔在金斗,年少蒙瞖。盛德溫言,循循誨誘。耿耿於懷,恒焉孔悲。敬奠一觴,公其鑒之。

楊平章璟。

於乎！洪濤蕩潏,砥柱屹立。雪霜摧烈,喬松茂鬱。公之忠貞,皎如日星。俾後之人,是式是承。天道之常,人倫之綱。泰山北斗,峻極光芒。公之蚤歲,茂登甲科。蘭臺柏府,其政伊何。秋霜之烈,春陽之和。令聞令望,內外喧歌。惟公之學,聖賢堂室。羲軒周孔,是究是習。惟公之文,雲漢天章。於經於史,賈馬班楊。四方靡寧,塵驚波揚。公闢帥閫,鎮於大邦。率民以義,身先戎行。孤城自守,不撓以康。七年之中,信乎政舉。人弗予欺,敵弗予侮。在昔張許,守厥睢陽。勛烈赫奕,昭於有唐。迨死不變,千古彌彰。公乎同安,先後有光。愧我不材,時焉何補。[139]奉國之命,來守茲土。疆場其寧,全民之生。爰浚厥隍,爰新厥城。惟公神靈,永保吉真。清酒蔬肴,是用假享。公其有知,來燕來享。

錢性士復，天台人，本府知府。

國之盛衰，氣運所關。惟公之心，義則不然。務抉妖氛，幹旋元氣。泰山可拔，志不可移。豈以衰微，少虧忠義。以經世之文，仗匡運之武。奉命丞節，守此淮土。募兵於農，戈戟田器。樹柵爲城，剪衾爲幟。我衆既寡，彼攻斯急。東奔西馳，食不假給。我猷既藏，[140] 軍氣日鋭。來者俘馘，退者喙息。既避我鋒，效義日至。匡復之功，屈指而計。奈何豺狼，千億鷹揚。孤贅六年，鏖戰不已。羸壯五千，扶傷日幾。城孤援絶，糧餉不繼。雀鼠盡羅，難充輞飢。愛妾未殺，淵沉其軀。士有死心，卒無生意。潰圍匪難，義不可去。國步斯窘，遂不可支。彼蒼者天，將心其隳。[141] 大明麗天，旌忠斯棘。安靈以祠，牲牢歲祀。[142] 於萬斯年，名垂青史。嗟予小子，忠孝末裔。來守是邦，得瞻眉宇。是感是悼，薄陳樽俎。靈其來享，以慰景慕。

劉昺[①]彥昺。

維大明洪武歲次己未正月八日，[②]大都督掌記文林郎鄱陽劉某，恭承公務，道經潯陽，弭節舒浦，結珮灣嶠，敬吊故元夏國忠愍余公之墓。夫過汾陽而仰令公，駐大梁而懷夷門，義之所著，心之所感也，雖音容泯絶，而英聲令德昭若日月。仰瞻墓道，苟慕義強仁者，孰不興起，特以瓣香絮酒致祭於先生焉。嗚呼！辭曰：[143]

疾風草勁，板蕩忠臣。翳元之季，[144] 橫流四衝。秦失其鹿，素靈夜哭。[145] 大厦之傾，支匪一木。惟公鷹揚，拯其頹綱。義同田橫，忠軼睢陽。[146] 闔宅捐軀，[147] 與城俱亡。大星墮地，萇弘之碧。昭若星漢，[148] 烈於金石。古舒之濱，斷碑嶙峋。隧草黯翠，[149] 夜臺壘雲。仰兹令德，載瞻載式。攬悲蘭臯，屑淚松砌。嗚呼哀哉！

---

① 此文亦見於《劉彥昺集》卷九，題作《吊余忠愍公祭文》。
② 己未：洪武十二年(1379)。

跋

林士敏[①]莆人，淮安知府。

士敏曾見青陽先生文，僅得一二篇，如古人甕洗，寶愛曾不敢褻玩。[150]近維揚張仲剛氏裒爲全集，[151]讀之不忍釋卷，但匆匆間不能措一詞，[152]以見少時景慕先生之意，并仲綱裒輯之用心也。

記

感恩亭記

一飯之德，一金之惠，人皆知感之者矣。至於天地之覆載，父母之生育，人顧不知感者，何哉？彼其恩至大而人視以爲常也，視以爲常則不知感，不知感則不知報稱之道矣。若夫兼天地父母之責，而人受罔極之恩者，其惟君乎？有天地以覆載也，非君定禍亂、寧天下，吾身其安得乎？有父母以生育也，非君制田里、教樹畜，吾身其得終乎？況夫食君之祿，儋君之爵者，其感恩又非凡氓比也。然不觀諸死難之臣，則亦有無自而知之者矣。霜雪之摧條剥根，然後知春陽之和煦也。孽子之操慮深遠，然後知驕兒之愛養也。

安慶府正觀門之西，故有余忠宣公墓。墓東有巘特聳拔，俯瞰大江，匹練千里，民舍縱橫，歷歷可指。數遥里隔岸遠近諸峰巒，蒼翠青紫，朝夕異觀。旁有古松一株，可兩人抱，上作偃蓋形，江風鼓之，與波濤聲相應答。班荊其下，無日光塵土氣，城中外諸山景，鮮與比肩者。吾同寅二守岳陽顔君禄壽天被，作亭其上，肇工於弘治癸亥仲秋，[②]不越月而工畢，招余與判府喬君瓛廷信、推府沈君珪廷瑞落成

[①] 林士敏：據《千頃堂書目》卷一七："林士敏《芹邊稿》四卷。名懋，以字行，莆田人。洪武中鄉貢，官淮安府知府。"

[②] 癸亥：弘治十六年（1503）。

焉,予名爲"感恩亭",而謂之曰:

當夫勝國之失馭也,四海分崩,群雄崛起,争城略地,斬艾人命,曾不草菅,若積尸成阜,流血成川。而安慶介於湖湘江淮間,在所必争之地,於時陳友諒最強,張士誠次之,其他盗名號據土地者不可殫述。忠宣公承詔命起家,來與韓公建同守此城。六七年間,大小血戰凡幾百,卒之援絶糧竭,遂父子夫婦一門皆死於忠。未幾,我太祖高皇帝殪友諒,擒士誠,四方群雄以次就縛授首,天下始定於一。列聖重華,繼明照百四十年間,養與教兼至,雖鷄犬魚鳥,猶勝於亂離之士庶,此與夫一飯之德、一金之惠,其小大何如也。夫聞韶詔則思舜德,睹河洛則思禹功。異代且然,今吾與子咸享朝家之爵禄,從容從事一堂之上,乘政務之餘暇,得以玩山水、閲帆檣,於尊俎間畢竟罄歡於一日,非我神祖與列聖之恩,其得爾邪?使忠宣遭此時也,必將樹偉績、享榮名以終世,奚有清水塘之難邪?夫死節固臣子所自靖,然亦豈願爲此邪?用是言之,則我國家之恩,合天地父母爲一,而凡登是亭者,其可以不知感邪?感之云何,蓋自一命以上,皆思殫厥心力,盡厥職守,以無負上之所任用。不幸而見危授命,與古之烈臣義士方駕而争先,斯其知所謂感恩者矣夫。然則天被之建斯亭也,豈徒以遠眺望、資游樂而已者哉!予與顔君又各爲屋十四楹於景忠樓之東西,使道士曰汪山蘭居之,以時奉祀,且以舍過客,因并記之。

直隸安慶府知府、四明楊茂元撰。①

本府貳守岳陽顔公□□嘗慕忠宣公之爲人也,②乃於墓側建一小亭,每公事之餘,或迎送之便,必於是憩焉。郡主四明楊公乃爲記其巔末、發其意,而標曰"感恩"者,蓋謂人臣之受恩於君,時勢不同,常變或異,而理則無間也。報之者或能決死生於危迫之際,未免計豐約

---

① 楊茂元:字志仁,別號麟州,鄞縣(今浙江省寧波市)人。成化十一年(1475)進士,弘治十六年(1503)任安慶知府。《國朝獻徵録》卷四六有傳。

② □□:底本爲空格。

於晏安之時。故欲因其死者感吾之生，使生者無愧於其死；思其變者儆吾之常，俾常者無忝於其變，斯爲知所感而能報者矣。公之心何盛哉？若夫來游君子玩斯亭也，感斯意也，亦以公之心爲心，隨事效忠，不以生死而有異志，因時盡職，不以常變而有異心，則不徒羨人而甘自棄矣。斯亭之建，其有功於世教也，豈尋尺者哉？故備錄其記，別爲一卷，連於集後，以爲觀者之勸云。

安慶府學訓導、黃岩汪齡謹識。

【校勘記】

[1] 變：《〔康熙〕安慶府志》作"遠"。
[2] 維皇：《〔康熙〕安慶府志》作"赫維"。
[3] 天：正統本、沈俊本作"昊"。
[4] 土：原作"士"，據沈俊本改。
[5] 敗：《繼志齋集》卷一作"販"。
[6] 一旦山河：正統本、沈俊本作"百二河山"，《繼志齋集》卷一作"百二山河"。
[7] 江漢：《繼志齋集》卷一作"荊楚"。
[8] 忽逢舊耆老，向我宣忠貞：此句原闕，據《望雲集》補。
[9] 名：《望雲集》作"明"。
[10] 遺：正統本、沈俊本作"愁"，《吾吾類稿》作"哲"。
[11] 由：正統本、沈俊本作"猶"。
[12] 奮：沈俊本作"大"。
[13] 黑：正統本、沈俊本作"墨"。
[14] 宜：正統本、沈俊本作"且"。
[15] 正：原作"王"，據正統本、沈俊本改。
[16] 丁：正統本、沈俊本作"感"。
[17] 壯志揮義旗：正統本作"斬牲禡太旗"，沈俊本作"斬牲禡大旗"。
[18] 通津：正統本、沈俊本作"高墳"。
[19] 漢：正統本、沈俊本作"潁"。
[20] 皖：正統本、沈俊本作"峴"。
[21] 酹：正統本、沈俊本作"酬"。
[22] 罹：原作"羅"，據正統本、沈俊本改。

[23] 秦：原作"春"，據正統本、沈俊本改。哭秦庭，典出《春秋左傳正義》卷五四"定公四年"。
[24] 既：正統本、沈俊本作"豈"。
[25] 甸：正統本、沈俊本作"南"。
[26] 矢：正統本、沈俊本作"力"。
[27] 一：正統本、沈俊本作"之"。
[28] 遭：正統本、沈俊本作"遘"。
[29] 可：正統本、沈俊本作"何"。
[30] 臨風：正統本、沈俊本作"當尊"。
[31] 秋：《元詩選·二集》卷二二、《明詩綜》卷八作"杪"。
[32] 吳：原作"英"，據正統本、沈俊本改。按，"三吳"泛指長江下游一帶。
[33] 桓：《元詩選補遺·辛判官敬》作"勇"。
[34] 太息：沈俊本作"永懷"。
[35] 七：正統本、沈俊本作"十"。余闕於至正十二年（1352）任淮西宣慰副使僉都元帥府事，分守安慶，至正十八年（1358）殉節，前後五年有餘，或可概稱爲七年，而十年之說不確。
[36] 盡朝宗：沈俊本作"惟獨崇"。
[37] 質：正統本作"爍"，沈俊本作"蠟"。
[38] 淦：原作"洤"。新淦，明代屬臨江府，據改。
[39] 掠：正統本、沈俊本作"抄"。
[40] 惟：正統本、沈俊本作"憚"。
[41] 並：正統本、沈俊本作"匹"。
[42] 取：正統本、沈俊本作"五"。
[43] 值：正統本作"期"。
[44] 把：正統本作"執"。
[45] 山：正統本作"城"。上：正統本、沈俊本作"江"。
[46] 峰：正統本作"虹"。
[47] 傅：正統本作"時"。
[48] 睢：原作"維"，據正統本改。按，"睢陽"指張巡、許遠睢陽保衛戰之事。
[49] 柏：原作"相"，據正統本改。
[50] 守：正統本、沈俊本作"維"。
[51] 其：正統本、沈俊本作"具"。
[52] 躅：正統本、沈俊本作"惆"。
[53] 聞、郢：《新安文獻志》卷五二作"驚""郭"。
[54] 將：《新安文獻志》卷五二作"當"。

[55] 計：《新安文獻志》卷五二作"許"。
[56] 附、中：《新安文獻志》卷五二作"輔""忠"。
[57] 悲鳴：《新安文獻志》卷五二作"鳴悲"。
[58] 開關突戰奮莫當：《新安文獻志》卷五二作"開門突陣憤莫當"。
[59] 生死：正統本、沈俊本作"死生"。
[60] 顛：正統本作"輕"，沈俊本作"傾"。
[61] 聞：正統本作"經"。
[62] 郡：此字原闕，據正統本補。
[63] 服：正統本、沈俊本作"冠"。
[64] 沉：正統本、沈俊本作"投"。
[65] 辭：正統本、沈俊本作"詞"。
[66] 編修：正統本、沈俊本、嘉靖本作"翰林編修"。
[67] 襄：正統本、沈俊本作"湘"。
[68] 淚：正統本、沈俊本作"唳"。
[69] 梯：正統本、沈俊本作"撐"。
[70] 刲：沈俊本作"割"。
[71] 陽：原作"夜"，據正統本、沈俊本改。
[72] 旌：正統本作"旂"。
[73] 盗：原作"咨"，據正統本、沈俊本改。
[74] 表：沈俊本作"襃"。
[75] 空：正統本、沈俊本作"虹"。
[76] 常赫奕：正統本、沈俊本作"昭史册"。
[77] 自是：正統本、沈俊本作"竭來"。
[78] 烈烈：正統本、沈俊本作"凜凜"。
[79] 我來引觴薦未已，稽首：正統本、沈俊本作"引觴薦椒醑"，因此詩爲七言古風，故正統本、沈俊本或有脱字。
[80] 夕：沈俊本作"斜"。
[81] 烟：沈俊本作"塵"。
[82] "四海"至"青史"：底本原無此詩，據正統本、沈俊本補。
[83] 哀：正統本、沈俊本作"投"。
[84] 伏：正統本、沈俊本作"仗"。
[85] 賦：原訛作"賊"，據文意改。
[86] 邑：原作"色"，據正統本、沈俊本改。
[87] 宗：原無此字，據正統本、沈俊本補。
[88] 冗：正統本、沈俊本作"宂"。

[89] 城：正統本、沈俊本於此字前有"嗟"字。
[90] 嗚：正統本、沈俊本作"與"。
[91] 浪：正統本、沈俊本作"淚"。
[92] 三：正統本作"二"。按，二面、三面之説，均見於答録與權《死節本末》："戊申，陳、祝二寇夾攻東、西二門""至七日丙午黎明，趙寇攻其東，陳寇攻其西，祝寇攻其南"。
[93] 支：原作"知"，據正統本、沈俊本改。
[94] 丈：正統本、沈俊本作"仗"。
[95] 援：正統本、沈俊本作"拔"，當是。
[96] 虧：正統本、沈俊本作"恢"。
[97] 毁：正統本、沈俊本作"禦"。
[98] 楚：原無，據樂府名之體例補。
[99] 酬：原作"酹"，據正統本、沈俊本改。
[100] 正統本、沈俊本題下有"臨江人"三字。
[101] 貴：正統本作"論"。
[102] 屹：原作"吃"，疑誤，據文義改。
[103] "國家"至"如此"：底本原無此段文字，據《石初集》卷二補。
[104] 州：《〔康熙〕安慶府志》卷三〇作"城"。
[105] 北：《〔康熙〕安慶府志》卷三〇作"百"。
[106] 拔：《石初集》卷二作"援"，《〔康熙〕安慶府志》卷三〇作"投"。
[107] 牙：正統本、沈俊本、《石初集》卷二作"官"，《〔康熙〕安慶府志》卷三〇作"曹"。省，《石初集》卷二作"閫"。
[108] 莫：《石初集》卷二作"不"。
[109] 大：《石初集》卷二作"名"。
[110] 盡：《石初集》卷二作"聚"。
[111] 續：原作"讀"，據正統本、沈俊本、《石初集》卷二改。
[112] 城：正統本作"賊"。
[113] 百：原作"白"，據正統本、沈俊本、嘉靖本改。
[114] 援：原作"瑗"，據正統本、沈俊本改。按，馬援爲東漢時期軍事家，《後漢書》卷二四有傳。
[115] 疲：正統本、沈俊本作"憊"。
[116] 遂：正統本、沈俊本作"遠"。
[117] 拯溺摧：原文作"極□□"，□□爲漫漶破損處，據正統本、沈俊本、嘉靖本補正。
[118] 要：原文漫漶不清，據正統本、沈俊本、嘉靖本補。
[119] 孤城血：原文漫漶不清，據正統本、沈俊本、嘉靖本補。
[120] 皆效死：原文漫漶不清，據正統本、沈俊本、嘉靖本補。

[121]星芒失：原文漫漶不清，據正統本、沈俊本、嘉靖本補。

[122]濕旌旗：原文漫漶不清，據正統本、沈俊本、嘉靖本補。

[123]高：此字前原有"石"字，據正統本、沈俊本刪。

[124]評：正統本、沈俊本作"翳"。

[125]藩：正統本、沈俊本作"王"。

[126]盜：底本此處爲墨釘，據正統本、沈俊本補。

[127]□：底本此處爲墨釘。

[128]相：底本此處爲墨釘，據正統本、沈俊本補。

[129]恣意：正統本、沈俊本作"孤立行一意妄"。

[130]剠：正統本、沈俊本作"劍"。

[131]立：正統本、沈俊本作"居"。

[132]無：底本此處爲墨釘，據正統本、沈俊本補。

[133]州：底本此處爲墨釘，據正統本、沈俊本補。

[134]淪：正統本、沈俊本作"俞"。

[135]扶：正統本、沈俊本作"拯"。

[136]沙：正統本、沈俊本作"砂"。

[137]甘：原作"耳"，據正統本、沈俊本改。

[138]潨潨：沈俊本作"漎漎"。

[139]時：正統本、沈俊本作"昧"。

[140]藏：正統本、沈俊本作"臧"。

[141]心：正統本、沈俊本作"星"。

[142]牢：正統本、沈俊本作"醪"。

[143]"維大明"至"辭曰"：底本原闕，據《劉彥昺集》卷九補。

[144]翳：《劉彥昺集》作"緊"。

[145]靈：原作"雲"，據沈俊本、《劉彥昺集》改。按，典出漢高祖斬白蛇有老嫗夜哭之事，晉陸機《漢高祖功臣頌》："彤雲晝聚，素靈夜哭。"

[146]軼：原作"鈇"，據文義、正統本改。

[147]宅：正統本、沈俊本作"室"。

[148]星：《劉彥昺集》作"雲"。

[149]黯：沈俊本作"暗"。

[150]曾：沈俊本作"之"。

[151]全：原作"命"，據沈俊本改。

[152]但：沈俊本作"以"。

重編青陽附録後序

　　《青陽附録》乃寰中士大夫景慕余忠宣公之高風大節，見諸吟咏述作，而慨悼、敷揚、追挽於没世之下，實維揚張仲剛氏采集而成編者也。自是厥後，凡詞人墨客經謁祠墓，暨土著衣冠而倡和賡續之者，亦頗多什。先是與先生本録混爲一編，前守徐君民望别置附録，自爲一集，但其間類列參錯弗次，我貳守岳陽顔侯覽而病之，命郡庠司訓汪齡衷而析之，其《死節本末》《元史節要》并元人傳記、書劄仍居首簡，自餘始七言絶句，次五言律詩，次五言排律，四言、五言、七言古詩，長短句，次之謡行、詞調、祭文、題記又次之。編既成，侯復虞字義舛謬，疵冗交雜，乃屬忠爲之校正。忠乘暇展閲數過，其間若"持掎""朽朽""鈇鈇"之近似者，改而易之；"巾襟""帥率""巫殛"之差誤者，釐而正之。間者語意蹈襲前人、略無變態而嫌於屋下架屋者削去之，或二三首出自一人而工拙殊製者，存其尤而其次則删之，若此者悉遵侯之命意。是故考證去取、播揚淘汰者數四，庶幾訛舛訂而義意明，繁簡適中而不傷於濫厮也，若昔"戌戍""角甪"之不分，魚目驪珠之不辨，則無之矣。用是進呈侯所，侯閲而頷之，曰："子之校正者近是矣。"忠重惟侯之倅是郡也，其宅心操行，好士愛民，剚繁治劇，敏捷冰能，政譽籍籍，在人口碑，不容復喙。至於嘉篤忠貞，好古文學，雖則職務紛縷，而未嘗不加之意焉。
　　侯於弘治辛酉歲下車，①即政臨民之初，首謁先生陵墓於正觀門

---

① 辛酉：弘治十四年（1501）。

外之西。時景忠樓之四隅，陵峭境嶮，荆莽叢翳，侯乃興役，鏨平剪薙，界址奠方，與主土者協謀，建屋十四楹於樓之東西，命羽士汪山蘭責專典守，用供馨薦。又豎仰高、感恩二亭於墓之東畔，以備遠眺，而仰止景行、感恩圖裨之意實寓於其間。侯之意，以寢廟增修固足以聳人之瞻仰，而載籍整飭尤足以感人之心思。而是編之品析校正有由然也，豈彼尋常集烟花、荒唐、怪誕之説，徒沽好事之名，無補於風教者所可同日而語哉！齡承命於其始，忠受托於其中，而侯復鋟梓於終，以溥其傳，則先生之高風大節，將與天地相爲悠久無疆，而仲剛創編與徐君别録之志，俱於是乎卒矣。忠不愧讕陋而踐序於末簡，俾後之君子嗣而葺之者知所本云。

　　時正德貳年龍集丁卯建未月哉生明日，①賜進士、陝西按察司副使致仕、進階三品太中大夫、前監察御史皖城柯忠拜手謹書。

　　錫麟少時習觀元史，至陳賊攻皖城陷，余左丞豳國宣公死之，未嘗不高公之節義而悲時敵之頓，向以徒抱景仰耳。丙申歲承乏此邦司刑，既至，首謁公之祠，登公之冢。長江泛恨，芳草含冤，惕然爲之動慨，心猶歎以未睹公之掣集爲也。越翌祀夏，適寧國鄧貳守兩峰公入於皖，授以公《青陽文集》二帙，予欣然受之。縱觀之達旦，弗克釋寐，作而歎曰："神會者與目遇有間。目遇者，今自我也；神會者，昔自我也。公之英爽遐矣，弗可即公之遺，即公之遇也。目遇之切者，所以驗其神會者之尤至也。雖然太上立德，其次立功立言，皆謂之不朽，公之節義，揭揭乎其昭宇宙而不可掩也，錚錚乎其貫金石而弗可渝也。尚矣！故其發於文也，贍而典，潤而章，質而不俚，簡而不鄙，斯人之所以愛而傳，久而彌光，遠而彌昌也。"間訪諸古皖士人，則以爲公之正集《青陽》，前守海岱張中丞公刻之矣，而弗存；百世之下慕頤之而見於贊述、稱咏者，維揚張仲剛氏采而成編附刻之，而復傷於

---

① 丁卯：正德二年(1507)。

殘缺。予病夫觀者之難,悉公之全集也。公暇取二集校閲,正集釐爲四卷,又以附刻之二卷續諸後,繡梓以行。庶夫公華國之英、垂世之美,而後人好德之私、贊述之富,一覽無遺矣。予素譾陋,以刻成不可無識之以歲月,遂弗敢固辭。

　　嘉靖戊戌夏六月之吉,①閩長樂鄭錫麒謹識。

---

①　戊戌：嘉靖十七年(1538)。

附　　錄

《青陽先生文集》佚文

雨中過長沙湖①

細雨洒秋色，平湖生白波。客心貪路急，帆腹受風多。落木生秋思，驚禽避棹歌。舟行不借酒，兀坐奈愁何。

飲散答盧使君②

契闊思相見，留連及此辰。長江映酒色，細雨若歌塵。所喜襟懷共，由來態度真。何時洗兵馬，得與孟家鄰。

可惜吟③

春風吹人上妝樓，樓頭畫眉望池州。平生倚君似山海，十年不見胡不愁。東家買紅聘小女，西家迎鶯夜擊鼓。眼看拾翠同年人，今又堂堂作人母。良人良人固家貧，妾身待君亦苦辛。只愁明鏡生白髮，有錢難買而今春。此心懸知燕堪托，裁書繫渠左邊脚。願將妾言入其幕，纈紋資裝亦不惡。

揚州客舍

一④

平山堂前折楊柳，小紅樓下買梅花。一年兩度揚州客，人似鄉間店似家。

---

① 見於《元詩體要》卷一〇。
② 見於《元詩選·初集》卷四九、《御選元詩》卷四〇。
③ 見於《元詩選·初集》卷四九、《御選元詩》卷九、《元詩體要》卷六。
④ 見於《元詩體要》卷一三。

二①

船頭澆酒祀神龍,手擲金錢撒水中。百尺樓船雙夾櫓,唱歌齊上呂梁洪。

三②

娼家女兒名莫愁,唱歌日日上江樓。不是行人不願聽,門外東風好放舟。

李白玩月圖③

春池細雨柳纖纖,手倦揮毫日上簾。想得停杯江海夜,月明照見水晶鹽。

白峰嶺④

一過東峰路,幽懷不可言。山如倒盤谷,水似入華源。時有飄香度,多聞囀鳥喧。何人此中住,謂是辟疆園。

出雷港⑤

江水碧如鏡,晴空無垢氛。青山遙隔浦,白鳥自成群。花落春才半,潮平日欲曛。歸期應不遠,消息未相聞。

桐　柏⑥

靈越此稱最,隱嶙表東區。拔地凌丹霄,鬱爲青芙蕖。緣壁陟霞上,九嶺乃周廬。瓊階掩奧室,赤城標外樞。樓如空中現,人若華上居。不知三岳表,當復有此無。留連卧日久,非爲失是途。

題餘姚州海堤⑦

南村北社事耕耘,田鼓逢逢處處聞。誰築新堤障東海,千年强似水犀軍。

---

① 見於《元詩體要》卷一三、《元詩選·初集》卷四九、《御定佩文齋咏物詩選》卷一二七。
② 見於《元詩體要》卷一四。
③ 見於《元詩體要》卷一三、《元詩選·初集》卷四九、《御選元詩》卷七五。
④ 見於〔民國〕嵊縣志》卷二八《藝文志·詩》。
⑤ 見於《〔康熙〕安慶府志》卷三〇《藝文志·五言律》。
⑥ 見於《天台山全志》卷一六。
⑦ 見於《餘姚海堤集》卷四。

題小景①

長淮烟水繞城斜，壯士依依漂母家。日暮槎頭人不到，蜻蜓飛上野菱花。

題稼亭②

天官初候景，稅野待新晴。海上人耕早，雪中春草生。荷鋤忘吏役，掩户愛香清。還省京華日，朝服祀蒼精。同年方貴顯，常懷隱者情。時從粉省出，自尋黃鳥耕。春陽初泛野，小雨回遮城。想子還釋耒，芳尊誰與傾。

題萬山深處樓③

黃山三十六峰西，天葆顏公深處樓。開牖看山青入户，移舟釣水綠平堤。崖邊石虎風前嘯，嶺上金雞月下啼。遥想此情何日到，詩篇聊爲故人題。

賦得琵琶峰送人降香龍虎山④

瓊峰妙奇態，高高出先天。柄超琳闕迥，盤影渌池圓。別廊標蒼檥，回窗蓄紫烟。淙流如度曲，藤蔓似長弦。肖像生儀始，希顏大古前。雖無羅袖拂，常映澗花妍。子有靈侯技，能彈大道篇。函香一臨眺，天際意飄然。

瑞岩詩并跋⑤

孤絶緣高嶂，[1]幽尋及早春。送鐙瑶殿小，煮酒瑞泉新。陽彩方澄景，[2]惟流欲近人。燕談真得地，風磴入深筠。

至元三年正月□□偕□午吉節領客游瑞岩，[3]從者郡吏高□、張靈、徐德、□□，而盱眙監桑哥答思、尹孔君美、簿□□麟、尉廬仲唐、[4]典史李華甫繼至，因并刻之山石。泗州從事武威余闕□□書□吏□。[5]

---

① 見於《大雅集》卷八。
② 見於《稼亭集》(《韓國文集中的蒙元史料》影印本)附《稼亭雜錄》。
③ 見於《〔弘治〕休寧志》卷三七。
④ 見於《龍虎山志》卷一三。
⑤ 見於《〔光緒〕盱眙縣志稿》卷一三《金石》，清光緒二十九年(1903)刻本。下同。

玻璃泉詩并跋①

石在第一山，長三尺五寸，橫一尺三寸，字徑二寸三分，今存有闕。□□□丁丑十有二月十又九日，②監泗州斡赤、[6]同知余闕來游，倉使孫□、縣典史王世榮從行。賦詩：

第一山頭雲淡淡，玻璃泉上日暉暉。太平官府元風景，又向松間喝道歸。

齊河節婦③

河水北流急，人家臨廣川。桑柔初覆壟，苗生復滿阡。似聞田畯遠，益知寡婦賢。吾徒能捆屨，亦願共鄉田。

郡城隍廟記④

合肥之城，江淮之巖邑也。其神祠在淝水南，浮圖祖桂至元中由明教臺寺來奉祠。傳其子惠淵，孫宗楷始作僧舍祠旁。楷之子可龍益募人錢，爲殿堂、門廡，繼又得祠後廢軍廨及夏氏所施地，建別殿於其上。龍嘗以役請於皇孫宣讓王助之，有司與郡人亦皆來助。龍又克效勞苦，[7]至畚鍤之事，皆自親之，或不足，則稱貸以從事。如此者凡十有餘年而後克成，而城之廢久矣。元受天命，萬國悉臣，山徼海埵，咸奉貢職，[8]舉千餘年分裂之天下而一之，故海内之城皆圮不治。而淮南者尤負固而後降者也，故城之廢爲甚，特其神祠爲民祀禱而存，[9]古之報祀，雖坊庸之微，皆索而祭之。城隍者，保民之大，具其功，視坊庸甚遠矣，其祀豈可以不嚴？祀之嚴，則先王保民之政，尚亦有能議者乎？龍之爲，視其徒可謂近民者矣。郡人白玉、張世傑事神素謹，乃伐碑，飭闕請爲之銘。其辭曰：

阻江陁淮，大邦維廬。夾城於肥，萬人以居。天作潛阜，以殿其旅。神精

---

① 見於《〔光緒〕盱眙縣志稿》卷一三《金石》。
② 丁丑：至元三年（1343）。
③ 見於《元詩體要》卷八。
④ 見於《〔嘉慶〕廬州府志》卷一八《壇廟・府治合肥》、《〔雍正〕合肥縣志》卷二二、《〔光緒〕續修廬州府志》卷一九。《〔嘉慶〕廬州府志》卷五三《文籍志》："《郡城隍廟記》，余闕撰，正書，至元五年（1339），立在合肥，文載《祀典》。"

攸屬,靈保攸御。赫赫厥燭,卓卓厥序。綺寮珠樹,呀如鰲呿。雕房玉除,下有芙蕖。冠裳珩琚,神容穆如。邦之大夫,童庥婦女。歲時來胥,其容栩栩。燔蕭擊鼓,烝衍於下。粤神莅予,以及斯所。一者之季,[10]廬受其弊。臨衝大橚,[11]亦莫我既。誰其爲之,伊神之貽。楚人有戶,[12]如杅之縷。燠寒風雨,歲以民裕。云誰之佑,神之賚汝。我相而疆,昔爲金湯。山川回翔,神其不忘。修捍而域,神有舊勞。時享其逸,式居以敖。天子息民,燕及百神。神作民主,[13]天子萬壽。[14]

復陳景忠修撰書①

闕啓子山修撰：遞至所寄書,承諭令先世死事,辭義懇至,此正仁人孝子之用心。比來遣使購求四方野史諸書,宋故家子孫少有送上者。豈歷年既久,文字散亡？或子孫衰亡不能記憶,而下材者不知暴揚先烈,亦庸或有之也。僕樸陋無似,惟平生於人一言一行之善即喜稱道,況宋之亡降者甚多,而死義者甚少,豈不以降則生且富貴,而死者人之所甚難也。夫能捨其生且富貴,而行人之所甚難,此非若一言一行之善,猶可勉而爲者。而史者所以發潛德、誅奸諛,所宜急急暴著,以諷厲天下而爲名教勸,非特爲宋氏計。令先世事,僕所以遲遲不可決,非敢少有他志,特以德祐時國家分崩滅亡,皆無著作,而樞密院故牘載常事特略,野史所紀特姚王劉事,又皆紛紜失真,而陳通判無能知者。夫家傳不敢盡信,先輩屢有是言。必參稽衆論,有可徵據而後定。聖人於夏殷之禮詳矣,然猶徵於杞宋之文獻,況其下者乎！況其文獻無足徵者乎！雖君子善之,使足下處此,亦不易也。近書庫中始得德祐日記數册,陳通判事始見。蓋姚訔之常在三月廿五日,劉師勇復常在五月五日,陳通判之辟在十八日。時陳見攝西倅,復常之日,姚亦後至,見於劉師勇之奏。君家所紀,亦傳聞之誤也。謹以載入史中,不敢遺落。人禍天殃,豈不畏哉？昔歐陽公作《五代史》,不爲韓通立傳,人以爲非第一等文字。要是宋人避忌太甚,如黃太史修《宋書》,用見聞,幾陷大禍。今幸我朝至仁,世祖皇帝爲金死節人立碑,聖上詔修三史,凡死節者,命一切無所忌諱。夫古之良史,殺三人而猶執筆以往,況今遭逢聖明,何苦而爲不肖之行如陳壽輩哉！香筆之類,今士大夫往來之常,固不必辭。然

---

① 見於《〔光緒〕無錫金匱縣志》卷三六、《〔光緒〕常州府志》卷三三。

恐有乞米之嫌，兹用納上。高文足見筆力，欽慕！欽慕！何時合并，以副所懷。秋高千萬自重。不具。

《柳待制文集》序①

　　天地之化物，類人事之理，久則敝，敝則革，革則章，非敝無革，非革無章。吾何以知其然也，在《易》之"革"。"革"之卦，貞離而兑悔。離，文也。時至於革，則其敝也久矣。夫兑，離所勝者也。物敝當革，雖所勝者熄之，故兑革離。夫惟革其故而後新可取，故革其文者，乃所以成其文也。近取諸物，若虎豹之文，非不彪然炳也。及久而敝，則黯昧龐雜，曾不若狌狸之革而章者也。四，離之終，而革之時也。五與上，革之功也，故五爲虎變，而上爲豹變。以其世考之，成周之文，唐虞以降之所未有也，至孔子之時，乃大敝矣。周公，聖人也，曷不爲是勿敝之道，以貽其子孫，以傳之天下後世，使之守而無變哉。蓋物久而敝，理也。理之必至，聖人亦末如之何也。

　　孔子之作《春秋》，或者以爲紬周之文、崇商之質，夫豈盡然？以其告顔子四代之制與夫後進禮樂者觀之，則其所損益者可知也，由周而來，亦可概見。漢之盛也，則有董子、賈傅、太史公之文，東都而下則敝而不足觀也；唐之盛也，則有文中子、韓子之文，中葉而下則敝而不足觀也；宋之盛也，則有周子、二程子、張子、歐、曾之文，南遷而下則敝而不足觀也。夫何以異於虎豹之文彪然炳也。及久而敝，則黯昧龐雜，曾不如狌狸之革而章者哉。文之敝，至宋亡而極矣，故我朝以質承之，塗彩以爲素，琢雕以爲樸。當是時，士大夫之習尚，論學則尊道德而卑文藝，論文則崇本實而去浮華，蓋久而至於至大、延祐之間，文運方啓，士大夫始稍稍切磨爲辭章，此革之四而趨功之時也。

　　浦江柳先生挾其所業北游京師，石田馬公時爲御史，一見稱之。已而果以文顯，由國子助教四轉而爲翰林待制，兼國史院編修官。蓋先生蚤從仁山金先生學，其講之有原，而淬礪之有素，故其爲文縝而不繁，工而不鏤，粹然粉米之章，而無少山林不則之態，惜其未顯而已老，欲用之而已没也。余在秋官時，始識先生，嘗一再與之論文甚歡。比以公事過其家，問其子孫，得其遺文凡若干篇。因使先生弟子宋濂、戴良彙次之，將畀監縣廉君刻之浦江學官。世有欲徵

---

① 見於《柳待制文集》。

我朝方新之文者，此其一家之言也，必有取焉，因題其卷首以俟。

至正十年八月丁祀日，武威余闕序。

與子美先生書①

一

闕稽顙再拜：去歲聞賊陷徽州，漫不知尊兄何在，日夜縣縣。後得帖元帥報，始乃下懷。不知書院如何？去春寇迫鄉城，僕始走六合，道數遇賊，幾陷者再。客居臥病，又爲淮帥所捉使，從軍合肥。合肥氣數，上下雷同，賊至即爲走計，一有言守禦者，衆輒相視如仇人，大恐淪胥以敗。尋得調戍安慶，私竊自幸，以爲頗得展布矣。到鎮以來，丁賊之衰，一戰却之，往時賊月一再至，今不至者八月餘矣。諸軍且會漢鄂，九江、蘄賊大窘，度不久當成擒。惟濠壽主將未甚得人，未見涯涘耳。僕平生以親故奔走四方，近終養，將謂可遂羈鳥故林之願，不意際此櫬槍，殆命也。亂注《易說》，廿餘年不得成。頃在行間，又大病，常恐身先朝露，徒費心力。今幸不死，且粗脫稿，何時盍簪以求正其遺缺，臨風傾注？王仲溫行，謹附承動靜。不覺多言如此，相見當如何？餘惟自重，不次。七月三日，闕謹啓子美聘君先生閣下。病後有心疾，作書多錯，皇恐！

二

闕拜啓子美聘君先生執事：王仲溫還自新安，領所答書，憂懸方置。聞師山書院又獨存，尤以爲喜。僕自前歲冬寇退之後，即大病，不飲食者廿餘日，自以爲戰不死即病死矣。其後幸愈，而氣體覺甚衰。因念平生雖忝登仕版，而甚奇不偶，未嘗少得展布所學之一二，而《易》者，五經之原，自以爲頗有所見，其說草具而未成書，遂取至軍中修改。今友生輩錄出，或者後有子雲好之，亦不徒生也。比日賊勢浸有澄清之象，賤體又頗強，尚冀可以少進，未敢示人也。寒舍書籍在莊上，亂後散失者十七八，聞館中書籍亦然，甚可惜。徽有鶴山《易集義》，吾家有之，比歸點視，止存三五册。其版在否？若亦毀，得勸有力之家刻之爲好。以文屢有書，觀其字畫，恐亦有老態。葉景淵聞知婺源，有政聲，此人甚有治才，若益加勉，當不在人後，望時有以教之。徽人之來舒者，時惠書爲望。且晚洗甲即告退，念欲南游一番，未知得所願否。未見，自重。不具。二

---

① 參見《師山集·師山遺文附錄》。

月五日，闕再拜。

<h2 style="text-align:center">三</h2>

闕啓：程客還，附書，并令取王仲温處大字去，此時想至左右矣。秋清，鄰壤計定，山林得安處，可以爲慰。敝邑粗守，然未見大定之日，何時釋此重負，消摇以奉清言，如雙溪時也。以文在翰林，嘗苦差遣，近除助教，可無此苦。此左右所欲聞，漫以爲報。鄉人施子有家童往婺源，闕淮椒一裹奉寄。未見，千萬保重。不具。九月四日，闕拜啓子美聘君先生執事。

定遠縣重修通濟橋記①

溪出韭山，并定遠縣北，流入於淮。邑之西門，斬木聯杠以濟行人，每春夏水潦，則蕩析漂没無存焉。故歲或再葺，居者勞而行者病，凡經幾人幾歲，無有以爲意者。主簿蒲君實來，捐己俸，唯資民之工力以成。爲梁五衡，樹石以爲柱，中施鐵□，覆以石版，琢爲欄楯。穹隆轇轕，上可以載大車，下可以通百斛舟。所用灰石人工，不可勝數。自元統二年十二月十五日戒事，②至三年二月二十一日成。乃揭華表其東西端，題曰"通濟之橋"。君賦有方，程有度，督役有期，故工固而敏，役雖大而民若不與知者然。是故邑之人以暨四方之來者，皆交頌君曰可謂能。今年春，余過壽陽，見有爲單父侯指路石者，以得君之爲政。既來佐泗水，邑人具告君嘗修三皇孔子廟，飾俎豆，創接官亭，凡公府衾褥帷帳一切所以奉公上者，無不治具，而通濟橋乃其績之微也。

我國家稽古建官，典農以尹，治道以丞以簿，官有常職，事宜無不至矣。然爲吏者率樂於從仕，而憚於盡職。詰旦，擁旌張蓋，揚揚入曹司，引筆摘紙署其上，上者曰上，下者曰下，至午而休。他凡所以利民者，拔一毫而不爲也。其統理千數百里，如古方伯諸侯之貴者皆若是，而况佐邑之仕哉？甚者又飾虚功、執空文以調上曰"某事某事備"，如令求誠，能盡其職如蒲君者幾人？夫位不貴於高而貴於治，位高而不治，雖錫圭儋爵，危危然。此余之所深耻，亦必蒲君之所耻也。邑人既上君之治，行部使者又願刻石以垂不泯，予故樂書之云耳。

元統三年八月日，賜進士及第、承事郎、淮安路同知泗州事余闕撰。

---

① 見於《〔弘治〕中都志》卷七。
② 元統二年：1334 年。

鈞州重修學記①

洛於天下爲中土,而嵩少奠乎其間,[15]以當天下中和之氣。嵩少之來,其東爲箕山,其流爲潁水,爲鈞州於其間,以當中州清淑之氣。其山川之麗,民物之美,昔許由嘗薄萬乘之尊而惟樂乎是,其地之特勝於他州可知矣。予嘗過浚儀,思欲一至其地,登箕山,酌潁水,以觀其民人與由棲隱往來之處,卒牽於事而不果。馬君誠叔今爲鈞儒學正,謁予合肥,道其州縣大夫修學之政,且願屬筆以記其事。予備位史氏,凡山川、風俗、守吏、治教之悉固所欲聞,而鈞又其平生之所欲游而不得者。蓋予聞之:五方之土厚薄有不同,人生其間,因以爲美惡之異,而王者之教亦隨其地以爲勢之難易也。雍州土厚而水深,文王用之以成二南之化,如此其遠。及其衰也,而强毅果敢之氣猶足以相死沫。邦之民一變商辛之化,而桑間濮上之俗,至其後世,如此其敝,由風氣之偏。故其民之浮靡,雖更歷數聖,莫之能勝也。鈞受天地之中氣,其民之生宜無甚過不及之性,而易與爲善。帝堯之教,所以勞來匡直之者,寬而使之栗,直而使之溫,剛而欲其無虐,簡而欲其無傲,要以約其情、正其性,使歸之中正而已。以今中州之地、易與爲善之民,而邦君大夫興學以導之,其化之易易,猶轉丸而下千仞之岡,操輕舟之泛大河而東也。異時,予苟得如予志以游於鈞,入其學,觀於諸生之循循然;交於其士大夫,觀其文行之爾雅;游於其鄉,見其民之孝弟忠信以親其上、事其長,相與追道其賢父兄,未必不在於斯也。其學之功,則作靈星門、東西二廡及其游息之亭。[16]其董率,[17]則吏目夷山張榮;勸勞其事,則陽翟縣尹大梁楊泰、儒學正馬立信;提調學校,則知州事李侯端文也。[18]

《青陽先生文集》各版本序跋

許讚序②

天地真元之氣,人得之以生。其浩然者,激而爲忠義;燦然者,發而爲文章。二者士君子之能事也,而每難於兼全。故滎陽大義,著述罕聞;柳州巨儒,

---

① 見於《〔成化〕河南總志》卷一四、《〔乾隆〕禹縣志》卷九上。
② 見於沈俊本。

風烈未睹。惟宋文山先生忠節文章照耀今古，然亦豈多得哉？歷百年而有元青陽余先生，實與文山相伯仲，所謂忠義、文章兼有而俱戀者哉。嘗聞光岳氣完，文獻繼出，至二先生皆生值板蕩流離之世，如大廈將傾，一木猶支，既而輕重差池，卒不勝負荷而與俱覆折者，何也？天下國家亦大矣，其末也，豈泯泯無聞以就陷滅哉？故必有環奇偉特之才，出而拯拔救援，仗大義，振風聲，使國勢如復興，訖定天數。不偶知力俱困，人賢隕萎，胥及危亡，使人憤惋悼惜不能自已。天之拳拳於家國人才者，示後世也。今夫物之就毀也鏗然，火之就燼也燁然，氣之就竭也躍然，盛衰興亡，理相倚伏，亦難明矣。青陽先生元季舉進士，歷官華要，至正之亂以行省丞守安慶，戰守不遺餘力，凡五六年。既而陳、趙諸盜合攻，城陷，罵賊自剄，妻子俱赴水死，孤忠大節炳如日星。至將卒，從死者千餘人，雖大義，感人之深亦古今所未見也。及我聖祖平定天下，首祀於死所，正德初又詔祀於合肥故里。侍御沈公人傑於先生爲鄉人，得先生文集并附錄二帙，時正其訛舛，值奉命出按山西，乃頒刻於太原郡舍，將以忠節風示天下，獨爲鄉邦文獻計也。竊觀先生之著作，其詩典婉麗，則不浮不萎；其文古健雅潔，不腐不淆。其氣昌、其格偉，非涵養純熟、道德盈溢、藻識精卓，未必其言之若是也；未必其當大事、臨大節，視死如歸，而千載猶生者也。非文山之儔匹歟？附錄所載悉名儒巨公頌美之辭，不可或少。

噫！若青陽者，忠義文章兼言語德行而有之矣，其扶植綱常之功愈遠愈烈，不可以成敗論也。叔孫豹所謂三不朽者，先生何愧焉？讃以是序冠諸首，以明先生絕世之學、振古之節，以表侍御公懷賢崇義之心，若先生家世履歷，備在附錄，茲不贅。

弘農許讃序。

羅洪先序[①]

余青陽先生死安慶，安慶之人德其功，壯其節，葬而封之，廟而祀之，集遺文傳之，舊矣。嘉靖甲寅，[②]省吾雷侯守廬州之三年，以爲先生族出武威，世居合肥，合肥乃其故鄉。文獻不足，來者無所徵也，取《青陽文集》校其漫漶，補其亡逸，刻之郡中。

---

① 見於雷迖本、洪濤山房本、《〔宣統〕大觀亭志》卷二《序》。
② 甲寅：嘉靖三十三年（1554）。

夫先生天下之士，不可限以合肥，其爲後世之傳不獨以其文也，而豈必其徵與否哉？惟夫怵勢者短計，徇名者輕生。有情境危迫，不得已而隕首者，可謂之死，不可以爲節；有義氣激作，有所爲而授命者，可謂之節，不可以爲仁。所貴乎仁者，無所累而常自得。其爲累也，莫甚於愛身與妻子之念，而能自得者，必不惑於言語文字之間。予讀先生之文，察其心之所安，智之所及，其有庶幾者哉。《擬古》之章曰"辛苦豈足念，殺身且成仁"，[19]《七哀》之章曰"一身未足惜，妻子非無情"，言無愛身與妻子之念，非人也，然所愛有甚於此矣。去逆旅者，留其囊則返；駕車馬者，曳其後則困。所係者衆，則捐之不易，自非決絕於漸積，則其顧戀遵迴，方且以死爲諱，況望任爲己責耶，以是知其心之有所安也。其論文也，則曰："學聖人之道則并得其言，學聖人之言非惟道不可得，將并其言胥失之矣。"又曰："古之賢士多不兼於文藝，文藝雖卑，世亦貴而傳之者，愛其人故也。夫得其人於文藝之外非難，得聖人之道於言外爲難。不惑於聖人之言以爲道，其肯他徇以爲名乎。"以是知其智之有所及也。智有所及而心且安焉，則一死非所以塞責，爲其責有重於死也；一節非所以善道，爲其道有大於節也。其視身也猶逆旅，而不忍以身爲之囊；其視妻子猶車馬之御也，而不能以妻子爲身困。在親爲親，在君爲君，不必於守死，亦不必於全生。其於生而死也，猶言與默，皆其不容自己也。以是求之，謂有徵於先生不可哉。予爲仁而未之有得，每於古人庶幾者必設身處之，以驗能否，故嘗有徵於先生。今淮南多故，當道急保障安戢之策，而雷侯乃刻先生文集，率非其鄉之子弟，可謂知務。它日考績，其尚有徵於此乎？因慨然序之。雷侯名迖，字時漸，辛丑進士，[①]予鄉豐城人。先生名謚世行自有傳，予嘗附以論說，載在末簡。

嘉靖三十三年仲冬，吉水羅洪先序。[20]

陳嘉謨跋[②]

嘉靖癸丑秋，[③]盜起河南陳潁間，進逼睢陽，地連廬州，唇齒相摇。太守省吾雷公簡兵緝民，指畫調度，咸有方略。盜知有備，竟不敢犯廬，還走河南。會大司空默泉吴公督撫淮南，出師擊敗之，遂以無事。方賊熾時，謨爲廬推官，與

---

① 辛丑：嘉靖二十年（1541）。
② 見於雷迖本。
③ 癸丑：嘉靖三十二年（1553）。

貳守同年李兄乾齋共選武卒,較民兵,爲城守計,公手書勉勞之,曰"斯同心共濟時"也。賊既平,公語譓曰:"昔宸濠犯安慶,不克,巡撫李公謂忠宣公默相有力焉。公合肥產也,以死守安慶,事在二百年前,其遺忠餘烈猶不忘於安慶之民,況合肥哉?"方賊震動兩河以搖江北,勢若風雨之驟至,廬以孤城奪賊氣而卒殲之,此非偶然者,予與若輩何可忘忠宣公?且忠宣遺文實在安慶,而合肥獨無,茲典曠缺,非所以示郡之人士而教忠義於無窮。盍梓之未幾,予別去之京師。明年甲寅,予有母憂,而公千里遣人告以刻成。又明年乙卯,①乃敢遞公所,以刻斯集之意以報公云。公心事如青天白日,其恩澤在廬之民最深且久,屹然爲江淮保障,天下有大事可屬托公,匪徒無愧於忠宣,後之覽者,不愧於公刻斯文之意,則於世道、臣道抑亦有補焉耳矣。

　　廬陵蒙山人陳嘉謨謹跋。

雷奎跋②

　　元季死節之臣若余忠宣公,其最章徹者也。舊有《文集》若干卷,刻於安慶,以公死安慶故,紀勒獨詳。廬陽爲公故鄉,雖代隆俎豆,而是集失傳久矣。夫浩然之氣,大虛無形,天地之根也。其在於人,即其所粹然與禽獸異者,蔚而爲文章,可以鳴金石;抗而爲節義,可以干霜日。清夷則垂紳雍穆,板蕩則靖獻匪躬,其極一也。公之直節大義,與日月爭光,其文足以澤道德,繫世教,視曳王叢貝、爓火同盡、模狀風雲、雕刻綺麗者,不啻涇渭黑白,豈計廬之傳不傳耶。余獨病其文獻無徵,不足以示邦之子弟,因命合肥洪教諭大濱校而梓之,庶幾得以誦讀而興起焉。昔魏徵願爲良臣,無爲忠臣,學者生升平之世,誦法孔孟,苟能知所有事省求剛大,激昂青雲,康濟熙皞,斯固求仁得仁,善養浩然,公之充塞天地之學而刻者之意也。

　　嘉靖三十三年季冬朔日,豐城雷逵識。

張道明序③

　　胡元將復歸沙漠,其間烈節之臣唯余忠宣公爲表,表不獨以其身,又以其

---

①　乙卯:嘉靖三十四年(1555)。
②　見於雷逵本。
③　見於張道明本、張純修本。

妻，以其子女，又以其安慶之人民。後之人艷其節者什九，而不知其文采更表表云。蓋公爲廬之合肥人，其文集有刻存府藏中，與包孝肅公之奏議并傳。不佞守廬，公廟屬在，有司歲時致祭，因益熟公節義、文章，不獨侈於安慶一死，是豈其自古文人率藐行檢，至公反之。不佞輒謂，公之廟立自本朝，雖云勵節，實則報功，惟知公之節有功於前，後則公之詩文，非汗漫流連者所可同日語。此奚以説也。方太祖創業自南，環視四面，惟虞徐、陳，後爲僞漢，其強不可力馴，當時至比劉、項。而安慶實據長江上游，國家經營方始，儻無一梗於中，賊將順流而合，東吳奈何？其合自得。公爲元守孤城血戰，賊去來逗留者幾，而我已稍定，則公雖死也，天若厭夷而默助之本朝。是其平日之著述，無非洩其慨慷之抱，卒至兵革之間，譚藝不休，尤足助其下敵愾之氣，故及其勢盡力竭，身可死，妻可死，子女可死，安慶之人亦可死。嗚呼！公之文章，公之節義哉！議者曰，公文有氣魄，足達其所欲言，詩上江左，徐庾而下不足倫也，則亦披素而摘宮商，循聲而絜輕重。不觀其大，何能知公，又何能盡公？不佞仕於其鄉，方欽公芳躅，飭有司奉遺廟，而睹公之一言一字，若咳唾在前。今將新公之集，與孝肅公之奏議同工，不佞既叙孝肅，復叙公，則亦竊比於風其後之意，是何肥之人多忠義，[21]而并祀於其鄉不絶也。乃公之忠於元而有功於本朝，其節尤揭也。不佞於文集，蓋益觀公之深矣。

萬曆戊子秋，①賜進士第、中憲大夫、知廬州府事、前工科給事中、侍經筵翰林院庶吉士勾餘張道明撰。

黄道月序②

忠宣公以元進士死於元，節甚烈，敕祀於鄉。公家合肥，潛修青陽山若干年，世稱余青陽云。而公守安慶，死安慶，安慶去廬數百里，猶然鄉土哉，而公效死弗去。公故以詩文名，詩文降元且難乎宋矣，超乘而上，豈不類逐日父？而公不溺元習元工，樂府工以宣淫賦艷，而公獨喜爲古選，取裁建安，近體不落天寶後也。文則體直議正，湔滌色澤，上者駸駸乎西京，次亦不失東京故步。爾時狄不倚華人，公家居者久。迫盜起兵連，沿江失守，而公有安慶命，且守且

---

① 戊子：萬曆十六年(1588)。

② 見於張道明本。

戰，安慶巋然獨存，以亡援陷。陷日，公死於朝，妻死於夫，子女死於父，將校死於主帥者，尸枕藉也。始易公文士耳，及戎師充斥，屬兵馳馬，雄氣可吞長江，一休息輒輕裘緩帶，操觚賦詩，鼓諭將士，有餘適焉。文事、武備兼之，謂公全才，非邪。夫立言者少節，近於浮也；立節者少文，近於椎也。公大節屹立，而若詩若文力追古作者軌，公雖没，而文章、節義在天壤間，行江河而懸日月也。蓋文以節重，節以文益重已。公集刻於安慶，復刻於吾廬，而歲久就敝。余重慭之，因分行細校，請之郡守張公、邑令來公重付梓焉。兩公作新文教，振揚士節，嘗擊節而談青陽，亦以集托黃兆聖氏。嗟夫！公不幸生元時，又不幸受元爵，幸遇兩公表揚之，光照異代，觴豆萬年，非偶而已。

里人後學黃道月序。

黃道日跋①

今時諸書競出，人知以意氣相高，亦可爲節義一助，惟議論尚受病於宋人之迂。至仕元者，不問功罪，率加貶詞，致後人多不白其事，黜其書。第不知以高皇帝之威，豈不辦闔孽胡盡殲之。然亦謂彼主中國久，先世曾受其惠，因不絕其醜類，是以於死元之臣余忠宣，首被其褒而廟祀有加焉。然則忠宣之集，所留傳於故里者，非恃高皇帝之卓見，而後緣以不滅哉。今更刻而新之，匪直肥之人藉以有光，即置之時所競出諸書中，當令讀之者譚節義、排迂論，益復不虛耳。

黃道日書。

張純修序②

元忠宣公，唐兀氏，諱余闕。壯猷勁節，炳昭千古，不獨以文傳也。公以至仁有本之言推其志，與日月爭光，公之文豈可泯耶！公先世出武威，後居合肥，遂爲合肥人。合肥爲廬陽首邑，余刺廬，詢其後裔，遂出素藏遺稿，梓之郡中，誠慮其湮没失傳也。古來忠義之氣，可以動天地、貫金石，雖百世之下，常自昭著。一事一物，必有神靈呵護之，足令憑弔者感嘆欷歔，没世不忘。況文章之

---

① 見於張道明本。
② 見於張純修本。

寸心千古，有不爲之罘然高望而遠慕者乎？公當元季，以孤軍無倚守皖六年，大小二百餘戰，未始敗北，力盡城破而死，且闔門甥婿、左右將士俱從，何其烈也。蓋公生平學有原本，深得君子致命遂志之旨，其識堅，其力定，淵粹深醇。今觀其論文曰，聖賢之學"積中而發外"，故其言不期精而精，其《擬古》之章曰"辛苦豈足念，殺身且成仁"，又《七哀》曰"一身未足惜，妻子豈無情"，[22]若此者，皆公之實學，歷萬變而不動其心也。今距公世三百餘年，流風餘韵尤足感發興起，是刻也成，俾讀之者仰止之思，想見公之氣節、文章，鈞爲不朽云。

康熙丁丑暢月朔，①古燕張純修叙。

張楷序②

青陽先生者，元末余忠宣公闕，厲兵守封疆，以身殉於皖者也。考古城亡與亡、甘心膏刃者，如卞忠貞之死於晋，張睢陽、顔常山之死於唐，烈哉，動天地、泣鬼神矣。而公之閤門殉節，視三公尤烈焉。人見其荷戈擐甲，戮力兵間，獨支孤城五六年，不幸畢命於城陷之日，謂是師武臣之忠而烈者耳。庸詎知公乃廷對第二人，挾如椽之筆，穿穴經史，以自成爲一家言者哉！自公歸天上，固與日星河岳俱炳，脱其文不甚傳，亦自爲千古完人，矧煌煌大文，無復有人焉望其肩背，而爲百世之下所必傳無疑者耶。夫公之爲文古，在氣非貌，其似爲聱牙者也。當年讀書青陽山中，日潛心程朱之學而直探根窟，故能以大儒嫺戎，略本至性，爲孤忠微論，其言朝廷事、上宰相書，皆動關大計，持正不阿。即出其緒餘，爲詩歌、記序，亦復彪外腴中而全以理勝，捧讀之下，猶凜然有生氣。公殆天授，非人力已。顧變起倉卒，一時骨肉親串，皆慷慨從公死，致等身著作率散佚湮没於青燐荒草間。余僅從郡志略得數首，竊嘗慨於見少，適諸生孟子亦山於梅林陳氏覓得一編，爲公門人郭奎所掇拾稿，惜其書已爲爛紙，字畫不無魚豕之訛。余亟校讎，重梓以行，誠懼此必傳之文而寖以失傳也。夫公之節自不藉文以傳，而余則欲其并傳，蓋其時元運爐矣，天特留斯文一綫以屬之公。公則文章有神，乃得好古如亦山者搜出，人間大雅不亡，豈偶然哉！頃余方有事郡乘，復舉其有關於皖者備登諸

---

① 丁丑：康熙三十六年(1697)。
② 見於張楷本、洪濤山房本、《〔宣統〕大觀亭志》卷二《序》。

簡,蓋不獨爲藝林洛誦,夫且光賁國書,此亦似有式憑其間者。莊生云,振於無竟,故寓諸無竟。余爲更進一説,曰惟寓諸無竟,終必振於無竟也。知此可以讀公集矣。

康熙五十九年歲次庚子秋九月,①知安慶府事張楷蒿亭氏書於郡署之雙檜軒。[23]

余秉讓序②

蓋聞存樹風猷,没著徽烈,欲傳不朽之迹,必資不刊之書,此忠義所以長存、名教於兹永迪也。然而載諸稗野,不無青編落簡之虞,藏之名山,亦有陵谷遷貿之慮。邃古逮今,名賢代出,而時序遷移,廟貌齾頮,豐碑磨滅,懷鉛畜素之儒憑吊,悲涼表章,無自可勝道哉!第事非其人不舉迹,非其人不核書,非其人不傳,世無沈約,誰成文獻之碑;時乏昌黎,孰表睢陽之烈也。先中丞忠宣公,元季儒臣,出膺皖郡,運遭陽九,神州陸沈,進無蚍蜉蟻子之援,退有羅雀掘鼠之慘,忠殉社稷,義激閭門,雖奉國朝祠祀之榮,而世遠代謝,文章節概漸軼人間。太守張公來涖兹土,更新祠宇,增修丘墓,考訂故實,詳注國書,申請子姓,備員祠祀。嗚呼!中丞闔室精誠,有元一代文憲盛典,文武載在國乘,固已日星并耀、江漢同流矣。今又廣彙文集,搜極幽遐,寸楮片蹄,親爲校訂,逸者補之,紊者叙之,訛者正之,都爲全集,悉登梨棗。俾天下讀中丞書,誦中丞句,知中丞大節原於性命,篤於詩書,成於道德,固不等於武夫倉促、慷慨激烈者之所爲也。噫!公之守是邦也,日昃罷勞,未明圖治。其爲政也,孕虞有夏,甄殷陶周,近世以來得未嘗有,六皖閭閻、三江士女莫不嬉游浩蕩,瞻依周召。今斯舉也,其於獎勵名教不過全豹一班,而乃心王室,雅意振興,忠懇誠篤,潛布於宣敷措置間者,其於中丞殆先後同揆也。中丞值衰亂之秋,爲防禦、爲忠臣;公當聖明之代,爲宣猷、爲分化、爲良佐。所處不同,所事各別,要亦遇有幸不幸耳,其忠悃豈有以異哉?至於染翰操觚、咏歌言論,其志操、學業寄托,良復不淺,公之倦倦於此者,豈在詞章撰搆哉?相湲於性命,相得於詩書、道德,其所契合者深矣。嗚呼!中丞不遇,公烏能使不朽者常留天壤哉,是中丞之幸也

---

① 庚子:康熙五十九年(1720)。

② 見於洪濤山房本。

夫,抑余後人之幸也夫。

康熙五十九年天中節,青陽十五世孫秉讓謹識。[24]

余秉剛序①

先忠宣公潛心績學,傳注五經,解釋《易》理,蓋不下數百萬言,其聚徒於青陽山房也,固將以濂洛關閩之遺藏之名山,傳之後世。乃不幸值元末運,守孤城、捍疆虜,糧絕援盡,遂慨然以精忠大節,夫婦、父子效死皖江,獨遺孤受五公,甫周歲,收養於萬户杜君。當斯際也,大江南北倚公屏障,迨公殁而兵燹禍熾,民無孑遺,公所著五經、《易》理、詩文、篆隸諸書,悉成灰燼。至公孫貞四公避亂遷桐,入贅於洪濤王氏,始得公詩文七十篇於公門人郭子章先生,乃珍藏家廟,歲時伏臘,出示子孫。後有明諸君思,表揚公之學業者,皆於此見全豹之一斑也。國朝以來,世遠年湮,流風暫歇,先君蓮舫公欲授剞劂,而每慨於見少,因命大兄温、二兄良廣為搜羅以益之。適太守鶴城張公有事郡乘,訪於懷邑孟亦山先生,先生亦得公門人郭所纂集者售之公,時堂叔祖天秉、五弟秉讓、堂弟秉毅,備員奉祀,過郡城而書已。告成,乃謹為之識,不敢贊末議焉。迄今數十年,版益朽壞,殘缺不復收拾,而兩兄與五弟皆謝世,剛亦老且病,恐不遂先君之志。因亟出家廟所藏暨兩兄所彙,共得公所為古文詞若干篇,古律、截句詩若干首,與諸姪日墀、姪孫飛熊、大勇輩較讎而編次之。嗟乎!五經、《易》理蕩然無餘,而僅得詩古文詞,所謂存什一於千百者,豈敢言表揚哉,亦聊以卒先君之志云。

乾隆十八年歲次癸酉秋八月上瀚之吉,十四世孫秉剛薰沐謹識。[25]

余雲龍跋②

先忠宣公元季死節,歷今三百餘年,蒞兹土者,欽慕有人,表章殊乏也。太守張公來守是邦,撫兹堂宇,聿更新之;瞻兹寢室,重營建之;憫冢墓之頹,封石固之;考赴難之也,糾工浚之;彙本末之全,郡縣志之。公之有造於忠宣也,豈淺鮮哉!至於詩文、篆隸,屢遭兵燹,存者十一,家廟所傳僅得《青陽》一集,公

---

① 見於洪濤山房本、棣華堂本、《〔宣統〕大觀亭志》卷二《序》,其中後兩個版本與洪濤山房本有部分文字出入。

② 見於洪濤山房本。

復返搜博采,考訂真贗,彙爲六卷,捐資剞劂,斯文未喪,微公之力,烏能臻此?嗚乎!節者,本也;文者,華也,均之性情之發也。節已著而文顯,文不朽而節不磨矣。昔廬陵傳杲卿之烈,昌黎叙巡、許之忠,後人讀其文,欽其節,激觸奮興,感發於性情而不能自已。是刻也,正公之敦勵末俗,啓牖後賢,範人心於不死,維節義於無窮,獨吾余氏傳書乎哉?是大有功於名教也。

青陽十五世孫雲龍謹跋。[26]

張祥雲序[①]

合肥余忠宣公英風勁節,炳耀千古,海内之士知公之名,高公之節,皆能言公之行事,而至其文之沈博絶麗,出風入雅,則罕有能讀之者。夫公之精誠,貫金石而燭霄漢,固不以詞章重,然古之君子,臨大節,捍大患,類皆發乎仁,止乎義,根柢乎學問,而其緒餘則流露於語言文字之間。是故智窮勢絀、一死塞責者,小諒也;蹈水火、冒白刃、授命疆場者,小勇也。若公當元之季,守孤城,群盗環布,四外南北,音問隔絶,兵食俱乏。抵官十日而寇至,倉遽之間,乃能議屯田、築保寨,左提右挈,將帥用命屢却强寇,固守者六年,使瘡痍饑饉之民可以守、可以戰,且可以共死。至於矢亡援絶,城陷身殁,則時勢使然,豈輕生徇名之輩、憤激於一時義氣者之所爲耶!史謂當時欲挽公入翰林,公以國步危蹙辭不受。又謂公留意經術,五經皆有傳注,爲文有氣力,能達其所欲言,詩體尚江左,高視鮑謝,篆隸亦古雅可傳。然則使公居承平之日,簪筆史館,雍容揄揚,潤色鴻業,後之人讀其文而想其揚拜賡歌之樂,公豈獨以忠顯哉?余來典是郡,求公遺文,僅得《青陽山房集》五卷,刻既漫漶,版復散佚無存,特校而梓之,以垂久遠,使知公之見危授命,不存乎臨事之捐軀,而存乎學問之素定。《易》曰"立人之道曰仁與義",如公者可以當之矣。

時嘉慶八年春正月,[②]賜進士出身、誥授朝議大夫、署理安徽寧池太廣等處兵備道兼管蕪湖關税務、廬州府知府、前刑部陝西司郎中總辦秋審處加四級紀録十三次温陵張祥雲撰。

---

① 見於鑒湖亭本、《廬陽三賢集》本、《[民國]大觀亭志》卷二《序》。
② 嘉慶八年:1803年。

張璿華序①

　　吾聞古之言不朽者有三，曰立德，曰立功，曰立言。然或德盛矣，而功與言不著；功懋矣，言或略焉。豈非本大者末遂，源遠者流深，雖理固然，其於輕重緩急間抑有所不暇歟？若夫徒恃其言而無實，譁囂之美，君子無取焉。有元中葉，鴻儒巨生，麻立中外，迨其末造，繩纘弗替。惟時余忠宣公以名入，少從同時諸公游，諸公所以稱道之者，無異詞也。其後公官淮南，分守安慶，挫偽漢之衆，百戰不懈，卒以力絀，援絶城陷，自剄死。公死而元之城守，或幾乎絶矣。公在京師時，尤以文字見知虞學士集。是時，危素方以文學徵起，士君子想望其風采，或以問虞曰：素事業如何？集曰："素入京後，其辭多誇，其事業非所敢知，必求其人，其余闕乎。"曰："何以知之？"曰："集於闕文字知之。"其後，公以死事有聲，而素卒用自詭傳史，宛轉逃脱，終爲明祖所薄，使之守公之墓，天下於是以虞爲知人，而公之名益暴於世。予讀公《上賀丞相》四書，指斥當時賊勢最爲詳盡，使能早用其言，必不致貽後日之禍。而其《元統癸酉廷對策》，敷陳切摯，所以告其君者，又莫不出於唐虞三代之言，雖順帝之爲君昏庸，孱弱不足爲益，抑公之志，亦可謂能盡矣。余夙慕公之爲，以爲陸忠宣、李忠定之亞，恨未得究其全。及備官青陽，偶從他處得讀温陵張太守祥雲所刊全集，似竊欣幸。顧恨其間有訛舛，欲得他本刊正，而訪諸藏書之家，一時未得，然私心敬愛，則不可已。會與安慶訓導陳君祥熊言之，樂有同志。陳君與予同里，交世有舊，愛學好古，相與校訂，以廣其傳。而僭引其端，非謂予之文足以稱公，亦獨明其區區之嚮慕而已。世苟有善本得以參校，於以作興忠義，振起文學，斯又豈獨予之幸也夫！

　　道光元年歲在辛巳十月，②後學華亭張璿華謹序。

申瑶序③

　　余校刊明僉憲任復庵先生集已竟，復校元余忠宣公《青陽山房集》，付雕蓋

---

① 見於華亭張氏本、棣華堂本。
② 辛巳：道光元年(1821)。
③ 見於棣華堂本。

凤志也。余少讀史,至危素履聲橐橐事,輒祈嚮忠宣公,不置。嘉慶丁卯,①銓授廬州。廬,公桑梓地,公故讀書之青陽山在焉。壬申,②調官安慶,則又公遂志致命之地也。公裔孫之在安慶者存有《青陽集》本,癸亥,③廬州守張君祥雲曾刊行之。道光辛巳,張璿華、陳祥熊兩廣文再刊於松江,江淮間往往有其書,北方之學者尚多未之見也。公全家殉節,論者以比晉卞壼,其障蔽江淮,比諸唐之張巡。然睢陽以孤軍掎角旋成兩京克復之功,公血戰六年而卒,無救於元社之屋,豈果功有高下哉?當由公能爲張、許而同時無李、郭故耶。《元史》稱公詩體高視鮑謝,宋金華稱公篆隸皆精緻,余謂公文原本經術,勁達而不苟作,蓋亦不減虞伯生,而揚詡者少,亦爲節義所掩耳。余讀《青陽集》,悲公之遇,壯公之節,而所最不釋者兩事,一《上賀丞相書》,賀當時所稱賢者,公感激知遇,慷慨披陳,以求濟師撥餉,乃四上書而迄無一應,卒至援絕潰陷,幾與賀蘭進明之嫉巡、遠者等意。賀公必不至此,豈其時路多梗塞,前二書以廣陵道阻而還,餘或亦未能達耶?抑時事孔棘,賀公亦左右支絀,或其身方觥觎匆匆,無暇及此耶。一《與危太樸書》,太僕與公同以文學負重名,預修遼、宋、金三史,游處甚習,當其侃侃批麟,義形於色,言事不報,棄官歸卧房山,豈不毅然烈丈夫哉!而乃遇難逡巡,委蛇朝列,卒爲明祖所輕,詔謫和州爲公守祠。始同臭味,繼乃霄壤,何也?孔子論仁,必基於審富貴、安貧賤而後能極之,造次顛沛以無違於終食之間。昔者管幼安、華子魚皆東京名士,華且龍頭也,而流芳貽臭不可同日語。此其相判,不待於管之辭嚴詔、華之捽后髮也,蓋自其擲金壟上之時而優劣已較然矣。吾特附論之,以質世之讀《青陽集》者。

時道光四年歲在閼逢涒灘病月上澣五日,④上黨後學申瑤南村氏謹序。

李鶴章序⑤

丁卯二月,⑥幽國後裔以忠宣公《青陽全集》來謁,余讀之慨然曰:人莫患

---

① 丁卯:嘉慶十二年(1807)。
② 壬申:嘉慶十七年(1812)。
③ 癸亥:嘉慶八年(1803)。
④ 道光四年:1824年。
⑤ 見於李鶴章本、《〔宣統〕大觀亭志》卷二《序》。
⑥ 丁卯:同治六年(1867)。

乎無氣節,氣節不必皆有,忠宣公之不幸而後以爲表見也。有氣節而後可以爲功名,有氣節而後可以爲文章。以忠宣公忠君愛國之心,百折不回之氣,使竟得遂其澄清江淮之志,扶翊元祚,滅寇中興。吾知後人之讀其詩文者猶將愛之,如《梁父吟》,如《出師表》,以爲讀若人之文,知若人之事業,必當如是也,何也? 忠君愛國之心,百折不回之氣,爲文章則清剛雋上,不爲才人;爲功名則任重道遠,不爲苟就。予方與仲兄少荃議,擬即皖江之上、清水塘之濱增起書院,顔曰"求忠",俾士之游藝其中者,咸知慕公生平,以爲學殖根柢,爲世大用。今既得公之《全集》,益當以爲士先器識之證,播之士林,公之天下,共圖不朽。今而後庶幾天下不患有可與論文章,而無可與共功名者。韓氏論文曰氣盛則言宜也,孟子言氣曰是集義所生者,以此爲功名優矣,而猶患無文章之可傳世者,吾不信也。予故曰人莫患乎無氣節也。聞忠宣公與臨川弟子張亨游,學因絶出,明學士宋濂爲公傳,稱亨善談文理,然則是集也,是青陽之正氣,亦即臨川之文理矣。江河萬古,寧有廢歟? 公集原版已毁於兵,爰捐資就竹莊方伯書局重刊之,時予艤舟待發,將省親金陵,因倚裝爲之序。

時同治六年歲在丁卯花朝日,誥授通議大夫三品銜、甘肅甘凉兵備道軍功隨帶加二級、鄉後學李鶴章季荃謹序。

吴坤修序[1]

予讀忠宣公《青陽集》,不禁有感於立言之本焉。公以廷對第二人講學青陽山中,其於聖賢之學身體實踐,粹然以名儒自期許,曷嘗思以文詞名世。及其出也,值元末大亂,淮南北皆陷賊,公提孤軍守安慶六年之久,馳驅烽火戎馬間,其無暇懷鉛握槧,瘁心力與文士争工拙於字句明甚。乃今得公集讀之,又何其才之大而文之工也。散文紀事則三唐之後勁,古近體詩則六朝之雅音也,文人竭畢生精力,得其一端已足自見於世。公顧於講學、應敵,餘閑揮灑談笑出之,無一不臻絶頂。人或羨公之才爲不可及,而不知公固有立言之本者在也。孔子曰:"有德者必有言,有言者不必有德;仁者必有勇,勇者不必有仁。"夫以忠誠堅貞之節,剛大浩博之氣,而又理窮夫天人性命之奥,學綜夫古今事變之繁,推此志也,可以光日月、貫金石。而謂區區文詞之末,不能登古作者之

---

[1] 見於李鶴章本,《〔宣統〕大觀亭志》卷二《序》。

堂,與之後先并駕,有是理哉！公集自前明以來屢經剞劂,庚申兵燹以後皆毀無存,①季荃觀察搜得原印重加校訂,屬再付梓。時署中適有刊書之役,因即刊印,以廣其傳,并書所見,以質世之讀公集者。

時同治六年丁卯季秋月,新建吳坤修竹莊序於皖江臬署。

張元濟跋②

有元余忠宣公既殉國,洪武初,吳陵張君彥剛首裒其遺文,鏤版以傳,然散佚者多。其門人淮西郭奎復輯其古今體詩七十九首,又碑記、序、書錄、墓表、雜著六十篇,維揚張毅仲剛又續得其詩十四首,文八篇,至正統十年沅陵縣丞高誠彙刊以行,凡九卷。卷首有汝南高穀引,青城山人王汝玉附錄序,序謂士大夫忻慕公高風大節,播之文辭,張仲剛氏采諸四方,裒集成編。然莆田彭韶後跋則言,群賢諸作殆敵其半,於公無所增損,作者無窮,別自爲集云云。是雖有附錄之名而實未嘗并刻,固不得疑爲殘闕也。黃蕘圃嘗謂公集以是本爲最善,其他四卷、五卷、六卷者皆不及。《元史》本傳:"公留意經術,爲文有氣魄,能達其所欲言。詩體尚江左,高視鮑、謝、徐、庾以下不論。"今更得此善本,讀者宜如何興起耶。

海鹽張元濟。

余闕傳記資料

余闕傳③

余闕字廷心,一字天心,唐兀氏,世家河西武威。父沙剌臧卜,官廬州,遂爲廬州人。少喪父,授徒以養母,與吳澄弟子張恒游,文學日進。

元統元年,賜進士及第,授同知泗州事,爲政嚴明,宿吏皆憚之。俄召入,應奉翰林文字,轉中書刑部主事。以不阿權貴棄官歸。尋以修遼、金、宋三史召,復入翰林,爲修撰。拜監察御史,改中書禮部員外郎,出爲湖廣行省左右司

---

① 庚申:咸豐十年(1860)。
② 見於《四部叢刊續編》收錄之高誠本。
③ 《元史》卷一四三《余闕傳》,第3426—3429頁,校勘記照錄原書。

郎中。會莫徭蠻反,右丞沙班當帥師,堅不往,無敢讓之者。闕曰:"右丞當往,受天子命爲方岳重臣,不思執弓矢討賊,乃欲自逸邪! 右丞當往。"沙班曰:"郎中語固是,如芻餉不足何?"闕曰:"右丞第往,此不難致也。"闕下令趣之,三日皆集,沙班行。復以集賢經歷召入。遷翰林待制。出僉浙東道廉訪司事。丁母憂,歸廬州。

盜起河南,陷郡縣。至正十二年,[27]行中書於淮東,改宣慰司爲都元帥府,治淮西,起闕副使,僉都元帥府事,分兵守安慶。於時南北音問隔絶,兵食俱乏,抵官十日而寇至,拒却之。乃集有司與諸將議屯田戰守計,環境築堡寨,選精甲外扞,而耕稼於中。屬縣潛山八社,土壤沃饒,悉以爲屯。明年,春夏大饑,人相食,乃捐俸爲粥以食之,得活者甚衆。民失業者數萬,咸安集之。請於中書,得鈔三萬錠以賑民。升同知、副元帥。[28]又明年秋,大旱,爲文祈潛山神,三日雨,歲以不饑。盜方據石蕩湖,出兵平之,令民取湖魚而輸魚租。十五年夏,大雨,江漲,屯田禾半没,城下水湧,有物吼聲如雷,闕祠以少牢,水輒縮。秋稼登,得糧三萬斛。闕度軍有餘力,乃浚隍增陴,隍外環以大防,深塹三重,南引江水注之,環植木爲柵,城上四面起飛樓,表裏完固。

俄升都元帥。廣西猫軍五萬從元帥阿思蘭沿江下抵廬州,闕移文謂苗蠻不當使之窺中國,詔阿思蘭還軍。猫軍有暴於境者,即收殺之,凛凛莫敢犯。時群盜環布四外,闕居其中,左提右挈,屹爲江淮一保障。論功拜江淮行省參知政事,仍守安慶,通道於江右,商旅四集。池州趙普勝帥衆攻城,連戰三日敗去,未幾又至,相拒二旬始退,懷寧縣達魯花赤伯家奴戰死。十七年,趙普勝同青軍兩道攻我,拒戰一月餘,竟敗而走。

秋,拜淮南行省左丞。[29]安慶倚小孤山爲藩蔽,命義兵元帥胡伯顔統水軍戍焉。十月,沔陽陳友諒自上游直擣小孤山,伯顔與戰四日夜不勝,急趣安慶。賊追至山口鎮,明日癸亥,遂薄城下。[30]闕遣兵扼於觀音橋。俄饒州祝寇攻西門,闕斬却之。乙巳,賊乘東門紅旗登城,闕簡死士力擊,賊復敗去。戊申,賊并軍攻東、西二門,又却之。賊恚甚,乃樹柵起飛樓。庚戌,復來攻我,金鼓聲震地,闕分諸將各以兵扞賊,晝夜不得息。癸卯,[31]賊益生兵攻東門。丙午,普勝軍東門,友諒軍西門,祝寇軍南門,群盜四面蟻集,外無一甲之援。西門勢尤急,闕身當之,徒步提戈爲士卒先,士卒號哭止之,揮戈愈力,仍分麾下將督三門之兵,自以孤軍血戰,斬首無算,而闕亦被十餘創。日中城陷,城中火起,闕知不可爲,引刀自刭,墮清水塘中。闕妻耶卜氏及子德生、女福童皆赴井死。同時死者,守臣韓建一家被害,建方卧疾,罵賊不屈,賊執之以去,不知所終。城中民相率登城樓,自捐其梯曰:"寧俱死此,誓不從賊。"焚死者以千計。其知名者,萬户李宗可、紀守仁、陳彬、金承宗,元帥府都事帖木補化,萬户府經歷段桂芳,千户火失不花、新李、盧廷玉、葛延齡、丘卺、許元琰,奏差兀都蠻,百户黄寅孫,安慶推官黃禿倫歹,經歷楊恒,知事余中,懷寧尹陳巨濟,凡十八人。其城陷之日,則至正十八年正月丙午也。

闕號令嚴信,與下同甘苦,然稍有違令即斬以徇。闕嘗病不視事,將士皆籲天求以身代,闕聞,强衣冠而出。當出戰,矢石亂下如雨,士以盾蔽闕,闕却之曰:"汝輩亦有命,何蔽我爲。"故人爭用命。稍暇,即注《周易》,帥諸生謁郡學會講,立軍士門外以聽,使知尊君親上之義,有古良將風烈。或欲挽闕入翰林,闕以國步危蹙辭不往,其忠國之心蓋素定也。卒時年五十六。事聞,贈闕攄誠守正清忠諒節功臣、榮禄大夫、淮南江北等處行中書省平章政事、柱國,追封豳國公,謚忠宣。議者謂自兵興以來,死節之臣闕與褚不華爲第一云。

闕留意經術,五經皆有傳注。爲文有氣魄,能達其所欲言。詩體尚江左,高視鮑、謝、徐、庾以下不論也。篆隸亦古雅可傳。初,闕既死,賊義之,求尸塘中,具棺歛葬於西門外。及安慶内附,大明皇帝嘉闕之忠,詔立廟於忠節坊,命有司歲時致祭云。

余廷心後傳[①]

洪武己未八月,[②]南昌守王伯恭刊學士宋景濂所撰余闕廷心《傳》既成,寄以示善,披閲再三,以爲叙事頗已詳盡。明年七月,豐城士熊耳携所輯《江西遺事》謁予,中間載廷心事,比景濂《傳》又加詳焉。予問之曰:"子之所載果信而有徵乎?"答曰:"安慶以至正十八年春正月丙午陷,三月辛巳,廷心麾下士太湖張那海、潛山簿楊賽因不花、桐城簿李興、潛山尉孫買閭四人脱身至江西,言廷心之死如此。爾時予寓居江西,與朝廷所遣使臣翰林國史院編修官答録與權、國學助教胡行簡實共聞之。行簡今尚亡恙,其言可質也。"余始信言之有徵,因

[①]《朱一齋先生文集》卷六《傳》,第218—219頁。
[②] 己未:洪武十二年(1379)。

檃栝之，以補宋《傳》之遺。

大抵河南群盜起於至正辛卯，①明年壬辰，②始立淮西行中省於揚州，改置宣慰司都元帥府於廬州。闞方以母憂居淮西，遂起復爲淮西宣慰副使，分兵守安慶。時安慶城外皆寇栅，闞到郡甫十日，而寇兵已至城下，身率士卒出戰，却之。即召有司與諸將議戰守之宜。於是環境立寨置屯，令民耕種其中，以給衣食。而潛山八社最爲饒沃，收入恒倍他處。闞悉以爲屯，民心乃安。明年癸巳，③大饑，人相食，闞出俸爲糜於雙蓮寺，以哺餓者，桐城、太湖失業之民數萬，悉招來而安集之。移文中書，得鈔三萬錠，用以賑飢，民力少甦。明年甲午夏四月，④南臺中丞蠻子海牙將水軍泊城下，士卒豪橫爭入城與民爲市。闞命關吏止之，卒與吏競擊，吏墮水死。闞擒置於獄，中丞大怒，索之，不與，曰："吾知有法而已。"竟杖殺之。是秋大旱，爲文禱於潛山之神，旋獲甘澍，民大悦。八月，平竹蕩湖寇，令民取魚出課以給軍。既而中書省以糧七千石來餉，民益悦。明年乙未春，⑤命懷寧尹陳秉德專典屯田，夏大雨，江水溢，禾没水者半。一夕，有物大吼，聲震城市。闞爲文，以少牢祭之，水遂息。是秋禾登，得糧三萬，乃令士卒理城隍，深塹三重，勢如千壁。引江水通隍塹，栅圍其外，城上起戰樓，每議兵督戰，垣居盛唐門，寇至攻城，則止宿其上，衣不解帶，夜分不寐，率以爲常。九月，升都元帥。時廣西元帥阿思蘭奉詔，帥苗民五萬平淮寇，自望江捨舟而陸，直抵廬州。闞移文中書，言苗民不通正化，不可使窺中國，將爲後患。中書以聞，詔阿思蘭還軍本土。苗民有作暴者，即收殺之，境内乃安。是月，寇兵數萬夜抵城下，比曉，闞出城與戰，却之。會天大雨，寇乃散去。明年丙申春，⑥升淮南省參知政事。二月，遣安慶判官莫倫赤市鹽浙東，商船數百俱往。夏四月，遣萬户紀思敬通江西，招商旅，以鹽易糧。未幾，本朝兵渡江，取集慶及太平、寧國，趙雙刀亦陷池州，且以其衆來攻，闞與連戰三日，敗之。六月，莫倫赤市鹽還龍灣，本朝遣兵邀之，莫倫赤自稱安慶使者，今上聞之曰："余公，元

---

① 辛卯：至正十一年(1351)。
② 壬辰：至正十二年(1352)。
③ 癸巳：至正十三年(1353)。
④ 甲午：至正十四年(1354)。
⑤ 乙未：至正十五年(1355)。
⑥ 丙申：至正十六年(1356)。

朝名臣,使當道皆若此人,天下豈有亂哉!"命諸軍毋得侵掠,以禮晏勞而遣之,曰:"還告余公,善自爲守。"且曰:"老趙在池州素無仁心,恐汝去不能免也。吾以書與汝,至則以示其左右。"莫倫赤至池州,果爲所扼,以書示之,趙省書曰:"但免汝一死耳,鹽貨不可得也。"悉爲所掠,而莫倫赤遂得生還。冬十二月,趙復以其衆來攻,闕率土民連戰十八日,又敗之。懷寧監縣伯家奴戰死。安慶商旅惟與江西爲市,每商船至,闕必置酒勞之。一日,商船數百遇寇於小孤山,闕聞之,即發水軍往救,盡奪所掠還之,商人感泣。明年丁酉春二月至於三月,①趙與他寇兩道來攻,闕又率土民連戰二十五日,皆敗走。秋八月,寇掠八社,遣萬户紀思敬往援,又破走之。是秋,升淮南左丞。時義兵元帥胡伯顏以水軍屯小孤山,闕倚以爲援。冬十月,沔陽陳友諒將兵來攻,戰艦蔽江東下,伯顏與戰四日,大潰,敗軍走安慶。十一月壬寅,陳兵水陸并進,屯於山口鎮,距城十五里。癸卯,至城下。甲辰,闕率衆出東門,大戰於觀音橋。是月,饒州祝寇來攻西門,闕分兵與戰,却之。戊申,陳與祝夾攻東、西二門,闕與諸將分兵拒戰,敗之。庚戌,賊環城植樵,[32]起戰樓、炮架,攻愈急,闕亦分兵四面拒禦,戰愈力。明年戊戌,是爲至正十八年,春正月庚子朔,越四日癸卯,趙攻東門,連戰三日,懷寧尹陳秉德進曰:"陳、祝二寇困我兩月,趙寇復至,奈何?"闕慨然曰:"盡力而已。"秉德曰:"力盡奈何?"曰:"盡忠而已。"丙午黎明,趙寇攻東門,陳寇攻西門,祝寇攻南門,群寇四面并進,西門尤急。闕分諸將當三門,而以身當西門,徒步揮戈爲士卒先,士卒號泣止之,[33]不聽。自旦至日中,賊登城,城中火起,麾下數十人戰死。闕身中三矢,被十餘槍,力盡,引佩刀自刎死,墮於清水塘。

城既破,陳氏懸賞以求闕尸,三日,得於積尸之下,面貌如生。陳嘆息曰:"真忠臣也,宜以禮葬之。"即令洗沐,具衣棺,葬於西門之外。長子德生遇害。次子尚幼,賊舉而投之水,妻妾皆投井死。家僮遇害者三人。安慶總管韓建舉家被殺,建病已不能行,罵賊不輟口,求死不得,賊以門扄,不知所終。時百姓壯者畢登戰樓,自捐其梯,咸曰:"寧死於此,不降賊也。"城破,果如其言。其他死者相望,知姓名者一十八人,萬户李宗可自刭死,即傳中所載花李也。紀思敬、陳彬、富全三人戰死東門,元帥府都事帖謨補化、萬户府經歷段玉章,千户火失不花、辛理、盧廷玉、吳都蠻,葛姓、丘姓、許姓三人失其名,義兵百户黃某、

---

① 丁酉:至正十七年(1357)。

安慶推官黃圖林臺、經歷楊某、知事余子正、懷寧尹陳秉德皆遇害。熊氏云："此十八人，皆涂穎所識者。"涂又言："余公之守安慶也，達魯花赤阿思贊普貪暴不法，公召而廷詰之，欲置於法，明日，挈家逃。吉判官尚某怠於供給，杖殺之。百户一人違令，斬以徇。其公且嚴如此。嘗病背疽，數日不視事，百姓憂懼，焚香祝天，乞以身代。公聞即起，上馬巡城，百姓大悦。寇每攻城，未嘗不被甲持兵，率衆與戰，士卒擁盾蔽之，輒麾去曰：'汝亦有命，何恤我爲？'其仁且勇如此。軍務之暇，則從容注《易》，歲時朔望率諸生謁孔子廟，列坐講説經傳，立士卒門外，使人知斯道之尊，其崇尚儒術又如此。故人人皆知尊君親上而樂於效死也。"嗚呼！元末死事之臣如闕者，可謂不負所學矣。

予觀熊耳所載，則知廷心之守城也，規劃指置，具有條理，故能堅守六年，力屈而後死。苟非智勇兩全，則外禦强盛如此，將不能一日居也，又奚待六年之久哉？嗚呼！盡力、盡忠兩語，有識者皆能言之，至於白刃交接之際，能蹈其言者亦鮮矣。若廷心者，非所謂臨大節而不可奪者歟？抑吾於莫倫赤一事，又有以見主上寬仁大度，能成人之美如是，其成混一六合之功也，宜哉！故并録之，以補宋《傳》之所未備云。

余闕傳[①]

余闕，字廷心，一字天心，唐兀人。世家武威，父沙剌臧卜官合肥，遂爲合肥人。母尹氏，夢異人，生闕。闕生而髮白，幼孤，家貧。年十三始就學，稍長，授徒養母。與河南張恒游，恒，吳澄弟子，善談名理，闕學因以鋭進。元統元年進士及第，授同知泗州事，爲政嚴明，宿吏豪民皆憚之。泗無麥，民以無故事弗聞。闕上之中書，定爲令，凡無麥者減賦。召入應奉翰林文字，轉中書刑部主事，三月之間，疏滌冤滯獄五百。上官忌其才，議寖不合，上書宰相言狀又不報，投袂而歸。尋以修遼、金、宋史復入翰林，爲修撰，拜監察御史。疏言守令最近民，索國之治責守令，反是政龐，宜力行殿最法，從之。藩府諸校白晝敚金道上如狼，闕鞭遣六十人。時議遣使巡察諸道利病，闕言奉使恒無狀，所至食飲供張，如事至尊，曾不能宣上憂恤元元之意，宜亟罷之。闕後補外，會奉使者亦至，把闕臂曰："誠如君言。"蓋知闕忠亮，不怨也。闕在臺，知無不言，言峭直

[①] 《蒙兀兒史記》，第 787—788 頁。

無忌，或勸闕稍委宛，闕曰："吾縱悟，豈不知直言足以賈禍，顧職司所在，弗敢避怨。"改禮部員外郎，議復古禮樂，其言精鑿有徵，聞者以爲迂。安西郭氏女受聘未行而夫卒，郭守志不嫁，有司請旌其門，闕以行過中庸，不可以訓，格不下。出爲湖廣行省左右司郎中，廣西多山歧，負粟輸官者厄於道險，費常倍。闕命以布帛代輸。會莫猺反，右丞沙班當帥師，偃蹇不行，無敢趣之者。闕揚言於庭曰："右丞當往，受天子命，爲方岳重臣，不思執弓矢討賊，乃欲自逸耶？右丞當往。"沙班曰："郎中語固是，如芻餉何？"闕曰："右丞第往，此不足慮也。"令下徵之，三日畢集，沙班行。宣慰章伯顏以婆律香摯闕，闕覺沈重逾恒，却之。香中果胎黃金。伯顏嘆曰："予摯達官多矣，冰蘖唯余公一人。"復以集賢經歷召，預修后妃、功臣傳，遷翰林待制，出僉浙東道廉訪司事。婺定賦無藝，役小大各違度，闕遴官履畝實之，繇賦乃平。衢士無養，以没入田分隸學官。郡長燕只吉台貪虐，衢民重足立，闕鞠治之，獄上，行御史臺臣與有連，反以事劾闕，闕歸青陽山。尋丁母憂，日夜悲號，有甘露降於墓樹，君子以爲孝感。

至正十二年，汝潁盜起，明年，行中書省於淮東，揚州。以宣慰司兼元帥府，治淮西。廬州。行省平章晃忽兒不花方總兵承制，起闕權宣慰副使，僉元帥府事，分守安慶。時環安慶數十里外皆道柵，闕間道之官，甫十日而寇至，拒却之，乃集文武寮佐議戰守之策，繕甲厲兵，罷苛賦，集流亡，轉粟江西，以食餓者，民翕然歸，四方來依者日衆。闕知民力可用，秋帥其壯士以攻雙港寨。地險賊悍，一再力戰，始大破之。餘寨畏威，次第下。屬邑潛山八社，土沃宜耕，置爲屯田，農其中而兵護其外，盜至，兵民并力與戰。

十四年旱，大饑，人相食。闕捐禄米二百石，又請於中書，得鈔三萬挺振之。仍弛石蕩湖魚禁，許民網取，稍收其租以佐軍。當是時，淮東西城邑獨安慶巍然存，賊來犯者，輒敗衄去，賊銜之，僞爲書約城中大姓刻期反，冀闕捕戮之，闕得書曰："吾民烏有是。"焚之。賊計窮，復令闕故人衛鼎、許大明甘言説降，闕大怒，命左右牽出，鐵椎碎其齒頰，梟首縣東門。功上，朝命真除，并進同知宣慰兼副都元帥，賜上尊金帶。

十五年，屯田秋稼登，穫糧三萬斛。闕度軍有餘力，乃增陴浚隍，隍外環以大防，深塹三重，引江水注之，周植木柵。城上四面建樓櫓，凡所守具，表裏完固。俄升都元帥，宋濂《潛溪集·余左丞傳》未載此官。時有廣西苗軍帥楊完者，以其衆五萬，從元帥阿思蘭沿江下，所至標劫，甚或殺人，橐嬰兒爲戲。抵江州，

《余左丞傳》作屯潯陽,是也。舊傳作抵廬州。按,廬州不瀕江,非苗軍即時所能抵,殆誤。遣使帥健兒百輩渡江來,腰刀直入帥府,脅主供億。闕斥左右收縛付獄,且上疏言:"苗獠素不被王化,無宜使窺中國,貽它日巨患。"雖有詔阿思蘭還軍而未果,後卒如闕言。闕以孤城介群盜間,左提右挈,屹爲江淮一保障,論功拜江淮行省參知政事,仍守安慶,通道江西,商旅四集。

十六年,紅巾驍將趙普勝自池州來攻,連戰三日,敗去。未幾,又至,相拒兩旬始退,懷寧縣答魯合臣伯家奴戰死。

十七年,復約青軍分道來攻,拒戰一月餘,竟敗而走。是年秋,闕進拜左丞,舊傳右丞,誤。賜二品服,益自奮厲,誓以死報國。立旌忠祠,躬祀死事將佐,祀畢,大聲諭衆,曰:"男兒生則爲韋孝寬,死則爲張巡、許遠,不可爲不義屈。"意氣忼慨甚。安慶恃小孤山爲外屏,義兵元帥胡伯顔統水軍戍焉。冬十月,沔陽陳友諒大舉來犯,舳艫蔽江而下,先搗小孤,伯顔拒戰四晝夜,力不支,退趨安慶。賊尾追至山口鎮。明日,遂薄城,舊傳其日癸亥,按是年十月無癸亥,定誤。闕遣軍扼之觀音橋,俄而祝寇饒州賊,失其名。攻西門,拒却之。闕累出奇兵應戰,土客之民亦悉力助官軍,且戰且守,如是兼旬,城柵益堅。友諒計不獨勝,乃合趙普勝水軍上下夾攻,戰艦萬艘,鼙鼓殷天,飛炮擊電,闕志氣益厲,將士人民亦無懼色。十一月,普勝軍東門,《死節記》作南門。友諒軍西門,《記》作東門,定誤。祝寇軍南門,《記》略祝寇一軍,故陳、趙所軍之門遂與舊傳異。同時亟攻,戰數十合,官軍士氣稍衰。闕駐甲城東棟樹彎,有二悍賊挑戈逾塹直犯闕,闕手戈揮之,墮塹死。又一賊繼進,登岸,闕復奮戈刺殺之。友諒遥望嘆曰:"儒將固如是夫。使天下守者皆余公,何城不固哉?"有頃,諸將復集,皆愧,私相語曰:"元帥躬自奮,吾屬生何爲?"皆踴躍思戰。友諒見我軍勢復盛,遂解去。十二月,普勝復進攻城東,闕誓於師曰:"今城守孤危,汝等當爲國宣力,有功者以吾爵授汝,不然則戮。"衆皆以死自誓。血戰至莫,勢不復支,流矢傷闕左目,昏眩,左右輿之歸。至闉内,甦而驚曰:"以死報國,吾分内事也。使吾得死嚮者之地,吾瞑目無憾,汝奚以我歸邪?"於是將士復衛之以出。

十八年正月癸卯,月之四日。賊益生力軍攻東門。丙午,賊蟻集三道并力強攻,闕亦分麾下將,據三門應戰。西門尤亟,闕身當之,徒步提戈爲士卒先,士卒號哭止之,揮戈愈力,殺賊過當日加午,闕望見城中火起,知城已陷,猶帥左右喋血戰，身被十餘創。賊呼曰："余將軍安在，吾將官之，生致者予百金。"闕戟指罵曰："予恨不齒沒汝肉，吐哺烏鳶，寧受賊官邪？"賊怒，舉長槍欲刺之，闕拔劍自刎，墮濠西清水塘死。其妻蔣氏聞之，帥女安安，妾耶律氏、耶卜氏同赴井死。舊傳誤以耶卜氏爲妻，依《死節記》校正，耶卜即野蒲異譯，唐兀種姓。長子德臣，舊傳誤作德生。時年十八，能熟記諸經，慟曰："吾父死國，吾何以生爲？"乃沉身後園深池。甥名福童，舊傳及《余左丞傳》并誤稱闕之女，此從《死節記》。善戰有勇力，亦戰死城濠間。池州判官李宗可者，蘄州人，闕兄闐之女夫也。嘗自文身，人號花李，善槊，視賊如吞。闕命充義兵萬户，統新軍，守水寨，功多。城破，自城外單騎馳還家。家人勸之降，怒曰："吾受元帥節制，平日甘苦，元帥與共之。元帥死而我獨降，異日何以相見地下。"且曰："爾等亦當從我死，毋生爲人所魚肉。"乃盡驅之一室，無小大殄殺之。出，解甲據胡床，引巨觥痛飲至醉，復衣甲，自刎死，賊衆入見之，斷其首而去。同時守臣韓建一家被害，建方卧疾，罵賊不屈，賊執之以往，不知所終。官民相帥登城樓，自捐其梯，曰："寧俱死此，誓不從賊。"舉火自焚，死者以千計。其知名者，萬户紀守仁、《死節記》作守中。金承宗，《記》作勝宗。鎮撫陳彬，舊傳誤列紀、金二萬户間，今從《死節記》改。元帥府都事帖木兒補花，萬户府經歷段玉，名從《記》，舊傳桂芳，蓋其字。千户火失不花、句。那海、據《記》補。新李、句。盧廷玉、葛延齡、丘畚、許元琰，奏差兀都蠻，百户黄寅孫，安慶路總管府推官黄禿倫歹，經歷楊恒，知事余忠，懷寧尹陳巨濟，凡十有八人。闕待士有恩，然號令嚴信，稍違節度，即以軍法論。嘗病不視事，將士籲天求以身代，闕聞之，强衣冠而出。當戰，矢石雨集，士蔽以盾，則却之曰："汝輩亦有命，何蔽我爲？"故人争用命。稍暇，即注《周易》，帥諸生謁郡學會講，立軍士門外以聽，使知尊君親上之義，以是臨危而士心不離。守安慶，首尾凡六年，卒年五十有六。事聞，贈攄誠守正清忠諒節功臣、榮禄大夫、淮南江北等處行中書省平章政事、柱國、幽國公，謚忠宣。

　　闕留意經術，五經皆有傳注，文有氣魄，能達其所欲言。詩體尚江左，五言尤工，篆隸亦古雅可傳。闕既死，陳友諒義之，縣賞購得其尸塘中，具棺斂葬西門外，明初立廟忠節坊，命有司歲時致祭焉。宋濂《余左丞傳》附記云："濂既作《余廷心傳》，又見其門人汪何，言當廷心死時，其妾滿堂，生一子，甫晬，棄水瀕。有偽萬户杜某呼曰：'必余參政子，是種也，良不可殺。'竟捐所鈔諸物，懷子以去，今三歲矣。人或戲問之曰：'汝父何在？'子横指拂喉曰：'如此矣。'"

余忠宣公祠堂記[①]

　　正德改元之歲，知廬州府馬金言，元故淮南左丞余闕，當至正之亂分守安慶，誓死血戰，爲江淮保障。及陳友諒、趙普勝諸軍合攻，陷其城，乃引刀自刎死，并其妻妾子女、將佐士卒，無一辱於賊者，其事甚偉。當其時，已贈行省平章事、豳國公，謚忠宣。國朝洪武初，始詔廟祀於死所，闕雖出蒙古，而所居合肥青陽山故宅亦有祠，久不治。惟漢紀信生於西充，死於榮澤；唐許遠生於新城，死於睢陽；[34]文天祥生於廬陵，死於柴市，[35]而今皆兩地并祀。若闕之精忠大烈可方文、許，較諸紀氏，蓋百倍過之，而鍾靈毓秀之地不得爲郡縣所祀，子弟所仰，[36]其爲典亦甚缺。請修葺舊祠，秩諸常祀，復其世守之，[37]比於安慶，以昭一代之盛。詔曰：可。於是重修殿寢堂室，暨凡物所有事者，令縣正官以歲春秋再致祭焉。

　　於戲！綱常之道根乎天性，具於人心，無時與地而或間。故居不必中國，世不必正統，忠臣義士往往有之，[38]漢、唐、宋之死節者，代有其人，而宋季尤甚。說者以爲忠厚養士之報，元之以大魁死者四人，[39]其他崇名膴仕者後先相望。忠宣以一郡之弱、二千人之寡，抗東南數萬之衆，戰至於七十之多、歲至於六七之久，而竟不失其正以死，又能使一門五節，闔郡之士從而死者千餘人，較功論烈尤大且著者也。

　　我明祖高皇帝綏猷惇典，著爲律令，以表古今之忠義。至其所驅逐、所戡定者，亦不以君廢其臣而表章之，此可見綱常之道雖出於天，而立教以治世者固聖人事也。又以見忠義之激於中者，苟自盡於所事，皆可謂不失其正者也。抑聞高皇於膚敏祼將之士，雖包荒含垢，而實有宋太宗范質之憾；充類至盡，無異於武王封比干、釋伯夷之義矣。而況爲其主而死於亂賊之手者，寧不表之以爲天下教哉！然則忠宣之重表於今日者，亦豈非貽謀示法之大端也哉！

　　族祖希蓮先生與忠宣同舉進士，分左右榜，而唱名、謝恩皆同班序，雅相厚。世所傳《青陽集》者，先生實序之，而以不得效死爲忠宣愧。東陽仰窺聖祖之仁，復有感於先世之誼，因表其事，且以風天下之爲人臣者。若忠宣之族里、行績，則見本朝所著《元史》及潛溪宋學士《傳》爲詳，博雅君子尚有考焉。

---

　　① 見於《青陽先生文集》沈俊本、棣華堂本，《〔嘉慶〕合肥縣志》卷三二亦載此文。

龍飛正德元年歲次丙寅十月吉日，①賜進士及第、光禄大夫、經筵講官、少師兼太子太師、吏部尚書、華蓋殿大學士茶陵後學李東陽敬撰。

古籍目録文獻中《青陽先生文集》著録資料

《秘閣書目》

余廷心青陽集一　（第 243 頁）

《菉竹堂書目》卷三

余廷心青陽文集一册　（第 70 頁）

《濮陽蒲汀李先生家藏目録》

青陽集三本　（第 17 頁）

《晁氏寶文堂書目》卷上

青陽文集　（第 40 頁）

《萬卷堂書目》卷四

青陽文集六卷　余闕　（第 1094 頁）

《世善堂藏書目録》卷下

余青陽集　闕　洪武中刊行　（第 42 頁）

《內閣藏書目録》卷三

青陽集三册全
元末余闕著，闕讀書青陽山中，故名。
又一册全　（第 345 頁）

---

① 丙寅：正德元年(1506)。

《脉望館書目》

余忠宣集二本　（第 944 頁）

《玄賞齋書目》卷七

青陽先生文集　（第 116 頁）

《笠澤堂書目》

青陽文集二册　余闕　（第 554 頁）

《續文獻通考》卷一八一

青陽集　余闕著

闕，合肥人。天資英邁，博學能文，至順中進士，擢翰林應奉，後死節於安慶。（第 676 頁）

《徐氏紅雨樓書目》卷四

合肥余闕廷心青陽集　（第 377 頁）

《澹生堂藏書目》

青陽余公文集八卷四册　余闕　（第 675 頁）

《行人司重刻書目》卷二九

余忠宣集四本　（第 632 頁）

《近古堂書目》下

青陽先生文集　（第 1188 頁）

《遼金元藝文志・千頃堂書目(補元代部分)》

余闕青陽集六卷附錄一卷　（第 75 頁）

《絳雲樓書目》卷三

青陽先生文集　余闕著　（第 85 頁）

《也是園書目》卷七

余闕青陽集六卷　（日本內閣文庫藏清抄本）

《潛采堂宋元人集目錄》

余闕青陽集六卷
門人郭奎子章輯，正德辛巳劉瑞序。二冊。　（第 364 頁）

《繡谷亭薰習錄》

青陽集六卷
元左丞，謚忠宣，合肥余闕廷心著，門人淮西郭奎子章編。前有金華宋濂《傳》，太原賈良伯《死節記》，附維揚張毅《夫人姓氏辨》，蓋公之夫人係蔣氏，妾爲耶律氏、卜氏，而濂《傳》誤書夫人爲耶卜氏，《元史節要》又誤爲耶律氏。毅已辨之。至公之子曰德臣，女曰安安，甥曰福童。公戰歿之日，夫人率子女赴水死，福童亦以戰死，濂《傳》誤以女名福童，毅獨未之辨也。合肥學宮刊本嘉靖三十三年吉水羅洪先《序》，廬陵陳嘉謨、豐城雷迖跋。　（第 586 頁）

《遼金元藝文志·補遼金元藝文志（元代部分）》

余闕青陽集六卷附錄二卷　（第 142 頁）

《浙江采集遺書總錄》

青陽集六卷　刊本
右元贈淮南江北等處行中書省平章政事、合淝余闕撰。闕守安慶，陳友諒來攻，城陷死之，謚忠宣。顧嗣立曰："廷心留意經術，爲文有氣魄，能達其所欲言。詩體尚江左，高視鮑、謝、徐、庚以下不論也。"　（第 616—617 頁）

《四庫全書初次進呈存目》

青陽集四卷

元余闕撰。闕以淮南行省左丞守安慶，殉節甚烈，事具《元史》。故集中所著，皆有關當世安危，其《上賀丞相》四書，言蘄黃禦寇之策，尤痛切，使策果行，則友諒未必能陷江東西也。其第二書謂，往時泰哈布哈、曼濟哈雅并力攻蘄黃，賊幾就滅，忽檄散各軍，止有布延特穆爾駐劄蘭溪。[40]盜之復陷沿江諸郡，實人謀不臧。證以布延特穆爾本傳，知丞相托克托雖有功於江淮，而實階亂於蘄黃之地。又第四書曰，蘭溪之功，布延特穆爾平章爲最，曼濟哈雅中丞特因之成事，布延特穆爾《傳》亦采用之。則是非之公，信諸後代者也。其詩以漢魏爲宗，優柔沈涵，在元人中別爲一格，在闕又爲餘事矣。　　（第380頁）

《四庫全書總目》卷一六七

青陽集四卷　　編修勵守謙家藏本

元余闕撰。闕字廷心，一字天心，色目人。世居武威，以父官合肥，遂家焉。元統元年進士，累官淮南行省左丞，分守安慶。陳友諒陷城，自刭死。贈行省平章，謚忠宣，事迹具《元史》本傳。闕以文學致身，於五經皆有傳注，篆隸亦精緻可傳。而力障東南，與許遠、張巡後先爭烈。故集中所著，皆有關當世安危。其《上賀丞相》四書，言蘄黃禦寇之策，尤爲深切。使闕計果行，則友諒之能陷江東西否，尚未可知也。其第二書謂，往時泰哈布哈、原作泰不華，今改正。曼濟哈雅原作蠻子海牙，今改正。并力攻蘄黃，賊幾就滅，忽檄散各軍，止有布延特穆爾原作卜顏帖木兒，今改正。駐劄蘭溪。盜之復陷沿江諸郡，實人謀不臧。證以布延特穆爾本傳，知丞相托克托原作脫脫，今改正。雖有功於江淮，而實階亂於蘄黃之地。又第四書曰，蘭溪之功，布延特穆爾平章爲最，曼濟哈雅中丞特因之成事，布延特穆爾《傳》亦采用之。則又是非之公，足以信諸後代者也。其詩以漢魏爲宗，優柔沈涵，於元人中別爲一格。胡儼《雜説》曰，初危太樸以文學徵起，士君子皆想望其風采。或問虞文靖公曰："太樸事業當何如？"曰："太樸入京之後，其詞多誇，事業非所敢知。必求其人，其余闕乎！"問："何以知之？"曰："集於闕文字見之。"後闕竟以忠義顯，乃知前輩觀人自有定鑒云云。然則文章雖闕之餘事，而心聲所發，識度自殊，亦有足覘其生平者矣。　　（第

1447—1448 頁）

《補元史藝文志》卷一

余闕易説五十卷 （第 5 頁）

《補元史藝文志》卷四

余闕青陽山房集六卷附録二卷 （第 50 頁）

《翁方綱纂四庫提要稿》

青陽集六卷　元余闕撰
重刊青陽文集（六卷）引　正統十年淮南高穀引
番陽程國儒序
雲陽李祁序字一初，又號希蘧。
宋濂《余左丞傳》
門人淮西郭奎子章輯
卷一　詩九十六首
卷二　序
卷三　記
卷四　碑銘　墓表
卷五　廷對策（元統癸酉第一甲第二名）　書
卷六　雜著
附録

《青陽山房記》：山房在今瀘州東南六十里巢湖之上，因山以爲名，武威余公讀書之處也。余公至順癸酉進士及第，今爲浙東廉訪僉事云。新安程以文記。

附録序

《青陽先生文集》若干卷，武威余忠宣公所著也。其前集若干卷已繡梓行於世，續集若干卷，及士大夫忻慕公高風大節播之文辭者又若干卷，則維揚張仲剛氏裒集成編者也。所散逸者猶多，仲剛尚訪求之，次第附焉，其用心亦勤矣。仲剛以全集示余徵言，乃述其概如右。仲剛名毅，以孝行稱。青城山人王汝玉序。

余忠宣公死，無後，君子悲之，遺文輯刻，可謂有功名教矣。然查群賢諸作，始敵其半，似於公無所增損，況方來爲公作者無窮，別自爲集可也。莆田彭韶僅識。

正德庚辰重梓。海岱張文錦謹跋。

王文簡跋《忠宣集》曰：《華州大寧宮記》，不減羅鄂州。

在第三卷内，論自天子至庶人，皆得祀后土之義，引經義甚核，文亦雅潔。

謹按：《青陽集》六卷，元余闕著。闕字廷心，一字天心，唐兀氏。世居武威，徙家合肥，元統癸酉登進士第二人，除同知泗州。歷官監察御史、翰林待制，以副使僉都元帥事分守安慶，拜淮南行省左丞。陳友諒合兵來攻，至正十八年正月城陷死之，舉家赴難。贈淮南江北等處行中書省平章政事，追封幽國公，諡忠宣。闕留意經術，爲文有氣骨，詩體擅江左，兼精篆隸。嘗讀書廬州青陽山，學者稱青陽先生。門人淮西郭奎掇其遺文，爲《青陽集》，同年進士雲陽李祁序之，即此本也。卷前載宋濂所作《傳》，云"諡文忠"，濂集中載此《傳》又作"諡忠愍，追封夏國公"，并與《元史》不合，當以《史》爲據。《傳》又曰，闕於五經皆爲傳注，多新意。汪仲魯所作《哀詞序》云：公僉憲浙東時，言《易》之一經，嘗求得古書考索，積思有年，將注述成書，以貽後世。向嘗見公《答鄭待制》及《與江西友人書》，其語與昔之言無異旨。今不惟所注之《易》不傳，即其答人論《易》之書亦不見於集中矣。集尾有青城王汝玉跋，云"前集若干卷已梓行，續集若干卷，及士大夫之文辭又若干卷，則維揚張仲剛氏采輯者也。仲剛名毅"。而莆田彭韶跋又云"群賢諸作敵其半，別自爲集可也"。玩此二跋，皆非此本之跋，蓋此本是郭奎所輯，無張毅之名，而且後附他人之作止《青陽山房記》等二首而已，與彭跋"敵半"之語不合。第一卷詩止九十六首，其見於選本轉有出此本之外者，是此六卷固非闕集之全本矣。王士禎《蠶尾文跋》云：《青陽集》五卷，廬守張君某新刻本。又稱其《華洲大寧宫記》不減羅鄂州，今此記正在集内，而校"新刻"多出一卷。《江南通志》則云余闕《青陽山房集》八卷，而王、彭二跋皆不著明其卷數。此本刻於正德十五年，而附載全集之跋於尾，是闕集當以此六卷爲定本，而其五卷者乃後來重刻本，則此六卷之版亦漫漶罕傳久矣。闕以經術文章而兼死節，宜刊刻傳之。（第809—810頁）

《天一閣書目》四卷《碑目》一卷

余青陽先生忠節附錄二卷　刊本　明張毅輯，弘治三年徐傑序

《鐵琴銅劍樓書目》卷二二

青陽先生文集九卷　明刊本

元余闕撰，八卷，門人淮西郭奎子章輯，第九卷爲維揚張毅仲剛續輯。洪武初有張彥剛刻本，此則正統間沅陵縣丞高誠重刻本也。有王汝玉、程國儒、李祁序，高穀刊版序，又序後附新安程文《青陽山房記》一首，卷首有黃氏如珽之印，朱記。　（第 379 頁）

《萬卷精華樓藏書記》卷一二一

青陽先生文集六卷附錄一卷　元余闕撰

明本，門人淮西郭奎編。前有《傳》，宋濂撰，番陽程國儒序，雲陽李祁序，正德辛巳劉瑞序，正統十年高穀序。

程氏序："至正之亂，天下騷然，名都大邑所在爲墟，文武之臣鮮克勤事，而先生以孤軍守皖城，持必死之志，處就危之地，岌乎江上，與天爲謀，使國勢既衰而復振，民心已離而復合者蓋五六年。城陷，先生與其夫人、若子俱死於難，平生所爲文悉爲煨燼。中原士大夫所嘗傳誦者南北析離，不可復得，得諸其門人郭奎僅數十篇而已。……先生當大變而不失其常，是以身爲訓者也。然則植世教、勵名節，以與詩書并傳者，將不在其文也夫。先生名闕，字廷心，武威人，至順癸酉進士，官至淮南行省左丞，命下而先生已死，增諡'文忠'，進封夏國公。嘗讀書青陽山中，學者稱之曰'青陽先生'，故用以名其集云。"

文光案：明嘉靖本《余忠宣集》六卷，前有嘉靖三十三年羅洪先序、陳嘉謨跋、雷遜跋，與此本同，蓋翻刻也。程序稱諡"文忠"，此本名《忠宣集》，不知何故。　（第 1040—1041 頁）

《玉函山房藏書簿錄》卷二〇

青陽集五卷　古燕張氏刊本

元淮南行省參知政事右丞、廬州唐兀余闕廷心撰。一字天心，本氏唐兀，

見《元史》余闕本傳，或直稱余忠宣，誤也。廷心守安慶，陳友諒來攻，大小二百餘戰，城陷死難，大節挺然。顧嗣立稱其"留意經術，爲文有氣魄，能達其所欲言，詩體尚江右，高視鮑、謝、徐、庾以下不論也"。　　（第676頁）

《藏園訂補邵亭知見傳本書目》卷一四

〔補〕《青陽先生文集》九卷，元余闕撰。明正統十年高誠刊本，十二行二十二字，大黑口，四周雙闌。前正統十年高穀序稱，宗侄沅陵縣丞誠所刊。黃丕烈手校。鈐周錫瓚、汪士鐘藏印。莫棠藏。此本已印入《四部叢刊續編》中。

〔補〕《青陽先生文集》九卷，元余闕撰。附錄二卷。明正德沈人傑刊本，[①]十行二十二字，白口，左右雙闌。前王汝玉、程國儒、李祁舊序，次許讚刊書序，言爲正德初沈人傑頒刻於太原郡舍。版心分記上、中、下，當是裝爲三册。卷一至四爲上，五至九爲中，十至十一爲下。卷首次行題"門人淮西郭奎子章編輯"。卷十爲文集附錄，卷十一爲忠節附錄，題"後學維揚張毅仲剛續輯"。辛未閱。

〔補〕《青陽先生文集》六卷，元余闕撰。明正德十六年胡汝登刊本，十一行十九字，白口，四周雙闌。前正德辛巳劉瑞序，又程國儒、李祁、高穀舊序。次本傳，次目錄。後有王汝玉序及彭韶跋。又有正德庚辰張文錦跋，其書蓋宣城太守胡汝登刊而文錦爲之讎校者也。盛昱舊藏。

〔補〕《余忠宣集》六卷，元余闕撰。明嘉靖三十二年雷逵刊本，十行二十二字，白口，四周單闌。李木齋先生藏書。

〔補〕《余忠宣公文集》六卷，元余闕撰，清李鶴章校。清同治六年皖江臬署刊本。

《青陽集》四卷，元余闕撰。道光甲申刊本，六卷。又温陵刊本，五卷。《乾坤正氣集》本。正統十年（張）〔高〕誠刊本九卷，附錄二卷。明代有重刊本。

〔補〕《余忠宣公集》四卷，元余闕撰。明萬曆十六年張道明刊本，八行十九字，白口，四周單闌。余藏。

〔補〕《余竹窗詩集》二卷，元余闕撰。明萬曆四十三年潘是仁輯刻《宋元四十三家集》本，九行十九字，四周單闌。余藏。

〔補〕《余忠宣公青陽山房集》五卷，元余闕撰。清康熙三十六年古燕張氏

---

① 沈人傑刊本：即沈俊本。

刊《五名臣遺集》本，九行二十字，白口，左右雙闌。

〔補〕《余忠宣青陽山房集》五卷，元余闕撰。附録一卷。清光緒元年合肥張氏毓秀堂刊《廬陽三賢集》本。《青陽先生忠節録》二卷，明張毅撰。吾家雙鑑樓寫本。余據明正統十年高誠刊本手校。　（第1228頁）

《八千卷樓書目》卷一六

青陽集四卷　　元余闕撰

鑒湖亭五卷本。明刊六卷有《附録》二卷本。同治皖臬刊本。

青陽先生文集五卷　　元余闕撰

《乾坤正氣集》本。　（第308頁）

《善本書室藏書志》卷三四

青陽先生文集九卷附録二卷　　明刊本　　吳枚庵藏書

門人淮西郭奎子章編輯，後學維揚張毅仲剛續輯。

元余闕撰。闕字廷心，廬州人。元統元年進士，授同知泗州事，入爲應奉翰林文字，遷刑部主事，以不阿權貴棄官歸。召入修史，拜御史，遷翰林待制。丁母憂歸廬州。盜起河南，陷郡邑，起爲淮西宣慰副使，僉都元帥府事，分兵守安慶拒寇，屹然爲江淮保障。論功拜江淮行省參知政事，仍守安慶。十八年，陳友諒兵薄城，城陷，引刀自刭，墜清水潭中。妻耶卜氏、子德生、女福童皆赴井死。事聞，贈攄誠守正諒節功臣，追封豳國公，謚忠宣。爲文有氣魄，能達其所言，詩則體尚江左，高視鮑、謝、徐、庾下不論也。集爲郭奎所輯，洪武初有張彥剛刻本，又有四卷本、六卷本。此則張仲剛增輯本，前有青城王汝玉、番陽程國儒、雲陽李祁、宏農許贊序。附録二卷，采集記傳、慨悼追挽之作，亦署名毅輯也。有"吳翌鳳家藏文苑""枚庵流覽所及"二印。　（第566頁）

《雲間韓氏藏書題識彙録》

青陽集六卷

明刊本。元余闕撰。金華宋濂序。標題目録後有"門人郭奎子章輯"一行。每半葉十行，行十九字，白口。藏章有"牧翁□□"朱文、"錢印謙益"白文二方印。

張氏手跋曰:"余忠宣公《青陽集》,先大父秉鐸青陽曾爲校刊,以未得善本訂正爲憾。頃於綠卿舍人案頭獲觀是本,雖訛字亦不少,然取以校正家刻者已及數十字,舊板書洵可貴也。戊午夏日,夬齋學人張爾耆識。"（第166頁）

《皕宋樓藏書志》卷一〇三

青陽先生文集六卷附錄一卷　明刊本

元余闕撰,門人淮西郭奎輯。前有《傳》,宋濂撰;程國儒序（略）;李祁序（略）;劉瑞序,正德辛巳;高穀序,正統十年。

余忠宣集六卷　明嘉靖刊本　吳尺鳬舊藏

元余闕撰,門人淮西郭奎子章輯。羅洪先序,嘉靖三十三年;陳嘉謨跋,嘉靖乙卯;雷逵跋,嘉靖三十三年。　（第482—484頁）

《藝風藏書續記》卷七

青陽先生文集四卷

元余闕撰。明刻本。正德辛巳劉瑞序,首葉有"唐棲朱氏結一廬圖書"朱文方印。　（第339頁）

《郋園讀書志》卷九

青陽集六卷　明嘉靖戊戌鄭錫麒刻本

元余忠宣公闕《青陽集》六卷,明嘉靖戊戌鄭錫麒刻本,白口版,半葉十一行,行二十字。後附鄭識,略言"公之正集《青陽》,前守海岱張中丞刻之矣,而弗存。維揚張仲剛氏採而成編,附刻之,而復傷於殘缺。余公暇取二集校閱,正集釐爲四卷,又以附刻之二卷續諸後,繡梓以行"云云。前有正德辛巳劉瑞序,云"知府張文錦詢善本,胡寧國東皋刻焉",此即鄭所稱之"張中丞"也。又有正統十年高穀重刊此本,引云"先友張君彥剛好古尚賢,嘗裒集公之遺文,鏤板以傳",此即鄭所稱之"張仲剛"也。是此書在前明已經屢刻,今《四庫全書總目》別集類只四卷,《提要》不詳何本,恐非佳刻。此本大題"青陽先生文集"下,不題撰人姓名,惟目錄前有"門人淮西郭奎子章編"一行,殆舊本如此,鄭刻仍之耳。公殉節後,其稿煨燼無遺,門人郭奎掇拾得數十篇以傳,語詳雲陽李祁序。《提要》稱公力障東南,與許遠、張巡後先爭烈。文章爲公之餘事,心聲所發,識度自殊,亦有足睹其生平者。今讀公是集,信乎!光焰萬丈,與日月爭光,斯文若元氣,公足以當之矣。　　（第456—457頁）

《藏園群書校勘跋識錄》

余忠宣青陽山房集五卷附錄一卷青陽先生忠節附錄二卷

元余闕撰,清刊本。鈐"藏園""增湘""沅叔手校"印。甲子年(1924)據明正統十年高誠刊本校勘。卷首以藏園仿書棚本行格紙補錄序言四則,記文一則,卷末補錄正統刊本《附錄》部分。此莫氏藏明高誠刊本,見諸《藏園群書經眼錄》。各卷藏園先生跋識錄如下:

目錄末葉跋曰:《青陽先生文集》九卷《附錄》二卷,明正統十年刻本,有高穀序。半葉十二行,行二十二字,黑口,四周雙闌。余假之獨山莫氏,取此刻校勘一通,《與劉彥昺書》竟補脫文一百三十九字,此外單詞賸句改正亦逾百字,心目爲之一快。後有表章忠義者,可取此而更定之。《附錄》二卷爲此刻所遺,別錄一册,附訂於後。序、記五首,則冠之卷首焉。甲子夏至後二日,傅增湘記於藏園。

鈐"沅叔手校"印。卷一末葉識曰:甲子二月十二日校。凡題上未標次第者,皆正統本所無也。卷三末葉識曰:甲子四月初五日,宿晹臺清泉吟社。卷四末葉識曰:甲子三月廿三日,宿晹臺山下。卷五末葉識曰:四月初七日校。　　（第619頁）

《傅書堂藏書志》卷四

《青陽先生文集》六卷　明刊本

門人郭奎子章輯。劉瑞序、李祁序、高穀引（正統□□）、宋濂《余左丞傳》、王汝玉序、彭韶跋、張文錦跋（正德庚辰）。

每半葉十一行,行十九字。有"盛昱之印""宗室文慤公家世藏"二印。　　（第1063—1064頁）

《元史藝文志輯本》卷一五

青陽先生文集九卷　余闕撰　存

闕字廷心,一字天心,色目人,世居武威。元統元年進士。父沙剌臧卜官廬州,遂爲廬州人。官至淮南行省左丞,守安慶,卒謚忠宣。《元史》有傳。

莫友芝藏明正統十年刻本,十二行二十二字,有黃丕烈、周錫瓚等藏印。北圖藏明張毅輯刊本,有《附錄》二卷。又藏有明刊附《忠節附錄》本。又有正德十六年胡汝登東皋刊本六卷,原藏盛昱家,後歸傅沅叔藏。又明正德沈人傑刻於太原郡舍本,十行二十二字,白口,四周雙邊,十一卷本。嘉靖鄭錫麒刻本。《乾坤》本五卷。清道光刊本。清同治刊本。鉛石印本。《四庫》本名《青陽集》。《中善》25,33 上著錄明正統十年高誠刻本,[①]多附明張毅輯《忠節附錄》四卷。又著錄弘治、正德刻本。又六卷本,明正德、嘉靖刻。

余忠宣公集四卷　余闕撰　存

有萬曆張道明刊本。《四庫》本。清嘉慶八年溫陵張祥雲刊《余忠宣青陽山房集》五卷,有《附錄》一卷。《中善》25,33 下著錄明萬曆十六年張道明刻本。

余竹窗詩集二卷　余闕撰　存

明萬曆潘是仁刊本。

青陽集六卷附錄一卷　余闕撰　存

《中善》25,33 下著錄清康熙二十九年金侃抄本,金侃跋。

余忠宣公青陽山房集五卷　余闕撰　存

《中善》25,33 下著錄清康熙刻本,又著錄《余忠宣青陽山房集》五卷《附錄》一卷,抄本。　（第 349 頁）

《中國善本書提要》

青陽先生忠節附錄二卷

二册（國會）

明弘治間刻本［十二行二十二字（22×13.9）］

原題:"後學維揚張毅輯。"毅字仲剛,揚州人。事跡無考。予偶檢同治《山陽縣志》卷十五《流寓傳》有張毅,不著其字,僅稱"揚州人,居淮郡",疑即其人。《縣志》云:"毅博學多才,尤邃於詩。太師英國公張輔奉命征交趾時,聞其才,

---

① 《中善》:指《中國古籍善本書目》,下同。

召爲行軍掾史,章奏露布,多出其手。班師,不受賞,歸隱山陽。有詩集。"余所疑若不誤,則毅歸隱當在永樂五六年,薛瑄序刻本在正統初元,距毅之歸已三十年。其時毅尚在人世與否不得知,但其書成於正統以前,則可斷言也。是書題爲"附錄"者,因原附集以行。薛本附刻《青陽續集》後,此本亦爲附錄之別行者,故徐傑序稱"別爲一集"也。然所收詩文,已有在張毅以後者,則傑所續補。〔卷內并有徐傑詩。〕考《懷寧縣志》:"徐傑,山西大同人,弘治間知安慶府,上書請祀元守臣韓建於余忠宣公廟。"

徐傑序〔弘治三年(一四九〇)〕　　(第137頁)

《續修四庫全書總目提要(稿本)》第八册

青陽先生文集九卷　《四部叢刊續編》本

元余闕撰。闕,廬州人,字廷心。世家武威,父官於廬,遂家焉。元統初進士,累官參知政事。守安慶,死陳友諒之難,謚忠宣。五經皆有傳注,文章氣魄深厚,篆隸古雅。《四庫》著録《青陽集》四卷,《提要》稱"集中所著皆有關當世安危,詩以漢魏爲宗,優柔沈涵,於元人中別爲一格"云云,對於先生文字散而復得之原委乃未言及。按,先生既殉國,洪武初吳陵張君彥剛首裒其遺文,鏤板以傳,然散佚者尚多,其門人淮西郭奎復輯其古今體詩七十九首,又碑記、序、書録、墓表、雜著六十篇。維揚張毅仲剛又續得其詩十四首,文八篇,正統十年沅陵縣丞高誠彙刊以行,凡九卷,即《叢刊》所收之本也。首有汝南高榖引序,青城山人王汝玉附録序,卷末有莆田彭韶跋。王氏附録序謂"士大夫忻慕公高風大節,播之文辭,張仲剛氏采諸四方,裒集成編",然彭跋則言,群賢諸作追敵其半,於公無所增損,作者無窮,別自爲集云,是雖有附録之名而實未嘗并刻也。黃蕘圃謂先生集以正統刻九卷本爲最善,其他四卷、六卷者皆所不及,《叢刊》得此,實堪慶幸。先生事迹見《元史》本傳,稱其留心經術,爲文能言其所欲言,詩體尚江左,高視鮑、謝、徐、庾以下不論,即此已可知其品學之超越流俗矣。　(第708—709頁)

《日藏漢籍善本書録》下册

《青陽先生文集》(《余青陽集》)六卷,附一卷,首一卷。元余闕撰。明正德年間(1506—1521)刊本,共二册。静嘉堂文庫、尊經閣文庫藏本

（按）卷首題"《青陽先生文集》六卷《附錄》一卷"，次行題"元余闕撰，門人淮西郭奎編"。前有宋濂撰余青陽先生傳，又有程國儒序，李祈（按，應爲"祁"）序，并明正德辛巳(1521)劉瑞序，正統十年(1445)高穀序。

静嘉堂文庫藏本，原係陸心源十萬卷樓等舊藏。

尊經閣文庫藏本，原係江戶時代加賀藩主前田綱紀等舊藏。

《余忠宣集》（《忠宣集》）六卷，首一卷。元余闕撰。明嘉靖年間(1522—1566)刊本。静嘉堂文庫、尊經閣文庫藏本

（按）卷首題"《余忠宣集》六卷"，次題"元余闕撰，門人淮西郭奎子章輯"。前有明嘉靖三十三年(1554)羅洪先序。後有嘉靖乙卯(1555)陳嘉謨跋，并嘉靖三十三年(1554)雷遬跋。

静嘉堂文庫藏本，原係吳焯、陸心源十萬卷樓等舊藏。卷中有"吳焯"白文方印，"尺鳧"朱文方印。共一冊。

尊經閣文庫藏本，原係江戶時代加賀藩主前田綱紀等舊藏，共二冊。
(第1624—1625頁)

《續四庫提要三種·四庫未收書目提要續編》卷四

青陽先生文集九卷附錄二卷

元余闕撰。案，是集《四庫》已著錄，僅四卷。此則張毅就郭奎本增輯，視原輯爲完備，附錄采集記傳、慨悼、追挽之作，亦署名"毅輯"。前有王汝玉、程國儒、李祁、許贊諸序。爲江南圖書館所藏明刊本。闕孤忠大節，照映千古，原不藉文字以傳，何論文字之多寡。惟自來文以人重者，其文字類無足觀，闕則所著皆有關當世安危。詩以漢魏爲宗，優柔沈涵，於元人中別爲一格，《提要》早有定評，故郭本刊行後，論者往往有不見全稿之憾。毅續加掇拾，雖仍未足語於全稿，而搜羅復得若干篇，其志可嘉，其功尤不可沒，是宜補錄之矣。毅字仲剛，揚州人。　（第298頁）

《著硯樓讀書記》

明正統本青陽集

元余廷心所著《青陽集》一書，《四庫》著錄本四卷，未知所據何刻。此正統

十年刊本，都九卷，附錄二卷，最爲罕覯。洎後嘉靖合肥刊本亦止六卷，清道光刊本六卷當自嘉靖本出。別有溫陵刊五卷本，不知何所據從。要之各本掇拾未具，不如正統本之贍足矣。余氏事迹詳《元史》本傳，以陳友諒之難自剄死。然低首胡元，死非其主，《提要》稱其與許遠、張巡後先爭烈，不免許之過辭。然其文章立言，斐然可觀，自足名世矣。此本有周香岩先生跋語，云"《青陽集》黃堯圃校過，此正統本爲最善，別本皆不及。所有夾籤係從別本補錄，聊備參考，不可據以補入"云云。今書中墨筆籤語極多，但不知香岩先生所據何本耳。此書爲吾族桐西書屋舊藏，不知何時流出，有光緒癸巳獨山莫楚生先生朱筆識語，當是輾轉流入莫氏者。十年前莫氏書散，故人丁初園先生以重值得之。今初園篋衍亦狼籍市廛，亂離中收諸篋衍，爲故人存兹鱗爪，藉當紀念云耳。戊寅七月二十三日。

景明正德本青陽集

《青陽集》余得獨山莫氏所藏正統刊本，鄉先輩周香岩先生籤校，有吾族桐西書屋藏印，行笈相伴，垂二十年矣。客秋，爲兒輩料理教育之資，於無可奈何之際，忍痛讓諸滬市，書去之日，中夜惘惘，無以自解。今者書友携示南陵徐氏景寫明正德庚辰宣守胡汝登重刊本，書凡六卷，較正統九卷本序次略異而內容相同，得此聊以解嘲而已。忠宣靈爽，千古不昧，其書頗有功於名教，雖明代一再傳刻，而藏本亦至寥寥。即明洪武張彥剛一本，歷來藏家鮮有著錄及之；次則正統本，其流傳亦復可數。今傳嘉靖三十三年合肥刊本，改題《余忠宣集》，更易舊觀。惟此正德本，尚存原本面目，堪稱佳槧焉。余之收此，誠如堯翁晚年去刻留鈔之況，自笑亦復自憐矣。乙酉二月。　　（第485—486頁）

【校勘記】

［1］孤絕：原闕，據《〔光緒〕盱眙縣志稿》卷二補。

［2］彩、景：原闕，據《〔光緒〕盱眙縣志稿》卷二補。

［3］午：據《唐兀人余闕盱眙題詩考釋》，當爲"李"訛。領客，當作"判來"。詳見該文考證。

［4］唐：據《唐兀人余闕盱眙題詩考釋》，作"庸"字。

［5］從：原作"後"，據《唐兀人余闕盱眙題詩考釋》改。

［6］泗州幹赤：原作"四川幹□"，據《唐兀人余闕盱眙題詩考釋》改。

[7] 龍又克效勞苦：《〔雍正〕合肥縣志》卷二二作"龍又克盡勞"。
[8] 貢：《〔光緒〕續修廬州府志》卷一八、《〔雍正〕合肥縣志》卷二二皆作"供"。
[9] 特其神祠爲民祀禱而存：《〔雍正〕合肥縣志》卷二二作"特其神祠因禱而存"。
[10] 一：《〔雍正〕合肥縣志》卷二二作"昔"。
[11] 大：《〔雍正〕合肥縣志》卷二二作"小"。
[12] 有：《〔雍正〕合肥縣志》卷二二作"其"。
[13] 作：《〔雍正〕合肥縣志》卷二二作"化"。
[14] 壽：《〔雍正〕合肥縣志》卷二二作"年"。
[15] 少：《〔成化〕河南總志》卷一四作"山"。下同。
[16] 東西二廡：《〔成化〕河南總志》卷一四作"治西之府"。
[17] 率：《〔成化〕河南總志》卷一四作"學"。
[18] 文：《〔成化〕河南總志》卷一四作"友"。
[19] 仁：本書《擬古》實作"人"。
[20] "雷侯名迹"至"羅洪先序"：洪濤山房本、《〔宣統〕大觀亭志》卷二《序》皆無此段。
[21] 何：原文如此。
[22] 豈：本書《七哀》作"非"。
[23] "秋九月"至"雙檜軒"：洪濤山房本、《〔宣統〕大觀亭志》卷二《序》作"夏四月吉日,中憲大夫、知安慶府事鶴城張楷序"。
[24] 十五：李鶴章本作"十六"。
[25] 十四世：棣華堂本、《〔宣統〕大觀亭志》卷二《序》作"十六世"。
[26] 五：此處原文有剜删痕迹,據李鶴章本補。
[27] 至正十二年：據《青陽集》卷九《題黃氏貞節集》及明正統刊本《青陽集忠節附錄》卷一宋濂《余左丞傳》、答祿與權《死節本末》改。
[28] 升同知、副元帥：按前、後文及《青陽集忠節附錄》卷一宋濂《余左丞傳》、答祿與權《死節本末》,"元帥"上當有"都"字。
[29] 秋拜淮南行省左丞：據《元史》卷四五《順帝紀》至正十七年八月乙丑條及上引宋濂《余左丞傳》、答祿與權《死節本末》改。
[30] 賊追至山口鎮,明日癸亥,遂薄城下：按《青陽集忠節附錄》卷一答祿與權《死節本末》有"十一月壬寅,陳寇率衆萬餘水陸并進,屯於山口鎮,距安慶十五里。癸卯,寇兵至城下"。此處脱"十一月",又"癸亥"當作"癸卯"。是年十一月辛丑朔,癸卯初三日,下文乙巳、戊申、庚戌日皆在十一月。
[31] 癸卯：按《青陽集忠節附錄》卷一答祿與權《死節本末》,此係至正十八年正月初四日。此處脱年月。
[32] 樆：原文如此,疑爲"栅"訛。
[33] 止：原訛作"山",據本書《死節本末》改。

[34] 新城：沈俊本作"海寧"。
[35] 文：沈俊本於此字前有"宋"字。
[36] 子：沈俊本於此字前有"鄉"字。
[37] 世：沈俊本作"民"。
[38] 有之：沈俊本於此二字下，有"倉皇闇昧之際非可以僞爲而强習苟狥其所事而不失於正斯君子取之"二十九字。
[39] 元之：沈俊本於此二字下，有"入主中國乃自古以來所未有之變倫彝風俗蕩滅無餘而君臣之義要不可泯古其忠節出於科目"三十九字。
[40] 泰哈布哈、曼濟哈雅、布延特穆爾：文淵閣《四庫全書》書前提要、殿本《四庫全書總目》同此，浙本《總目》分作泰不華、蠻子海牙、卜顔帖木兒。文淵閣《四庫全書》書前提要、殿本《總目》在三人名下依次有注，云："泰哈布哈（原作泰不華，今改正）""曼濟哈雅（原作蠻子海牙，今改正）""布延特穆爾（原作伯顔帖木兒，今改正）"。

參考文獻

一、古代文獻

(一) 古籍原典

《青陽先生文集》：(元) 余闕撰，(元) 郭奎、(明) 張毅輯。

　　國家圖書館、上海圖書館藏明正統十年(1445)高誠刻本(簡稱"正統本")；

　　南京圖書館藏明弘治三年(1490)徐傑刻本(簡稱"徐傑本")；

　　南京圖書館藏明正德間(1506—1521)沈俊刻本(簡稱"沈俊本")；

　　國家圖書館藏明正德十五年(1520)胡汝登刻本(簡稱"胡汝登本")；

　　國家圖書館藏、上海圖書館明嘉靖十七年(1538)鄭錫麒刻本(簡稱"鄭錫麒本")；

　　國家圖書館藏清康熙五十九年(1720)張楷刻本(簡稱"張楷本")；

　　清道光二十八年(1848)刻《乾坤正氣集》本；

　　臺灣商務印書館 1986 年影印文淵閣《四庫全書》本(簡稱《四庫》本)。

《青陽先生忠節附錄》：(明) 張毅、徐傑輯，國家圖書館出版社 2013 年據臺北"故宮博物院"藏明嘉靖間(1522—1566)刻本影印(《原國立北平圖書館甲庫善本叢書》)。

《余忠宣文集》：(元) 余闕撰，(元) 郭奎、(明) 張毅輯，國家圖書館藏明嘉靖三十三年(1554)雷逵、洪大濱刻本(簡稱"雷逵本")。

《余竹窗詩集》：(元) 余闕撰，(明) 潘是仁輯，明天啓二年(1622)重刊本。

《余忠宣公文集》：(元) 余闕撰，(元) 郭奎、(明) 張毅輯。

　　國家圖書館藏明萬曆十六年(1588)張道明刻本(簡稱"張道明本")；

　　清同治六年(1867)李鶴章刻本(簡稱"李鶴章本")。

《青陽集》：(元) 余闕撰，(元) 郭奎、(明) 張毅輯。

國家圖書館藏清康熙二十九年(1690)金侃抄本；

上海圖書館藏清道光四年(1824)棣華堂刻本(簡稱"棣華堂本")。

《余忠宣公青陽山房集》：(元)余闕撰,(元)郭奎、(明)張毅輯。

國家圖書館藏清康熙三十六年(1697)張純修刻本(簡稱"張純修本")；

天津圖書館藏清嘉慶八年(1803)鑒湖亭刻本(簡稱"鑒湖亭本")；

國家圖書館藏清光緒元年(1875)刻《廬陽三賢集》本。

《元人余忠宣公集》：(元)余闕撰,(元)郭奎、(明)張毅輯,國家圖書館藏清康熙間(1662—1722)綠蔭堂刻本(簡稱"綠蔭堂本")。

《余忠宣公青陽全集》：(元)余闕撰,(元)郭奎、(明)張毅輯,加拿大多倫多大學圖書館藏清乾隆十八年(1753)洪濤山房刻本(簡稱"洪濤山房本")。

《余忠宣公青陽集》：(元)余闕撰,(元)郭奎、(明)張毅輯,國家圖書館藏清道光元年(1821)華亭張氏刻本(簡稱"華亭張氏本")。

(二) 經部

《十三經注疏》：(清)阮元校刻,中華書局1980年版。

《書集傳》：(宋)蔡沈撰,(宋)朱熹授旨,華東師範大學出版社2010年版。

(三) 史部

《史記》：(漢)司馬遷撰,中華書局2013年版。

《漢書》：(漢)班固撰,中華書局1962年版。

《後漢書》：(南朝宋)范曄撰,中華書局1965年版。

《隋書》：(唐)魏徵、令狐德棻等撰,中華書局1973年版。

《通典》：(唐)杜佑撰,中華書局1988年版。

《宋史》：(元)脫脫等撰,中華書局1985年版。

《西夏書校補》：(清)周春撰,胡玉冰校補,中華書局2014年版。

《元史》：(明)宋濂等撰,中華書局1973年版。

《明史》：(清)張廷玉等撰,中華書局1974年版。

《明一統志》：(明)李賢等撰,臺灣商務印書館1986年影印文淵閣《四庫全書》本。

《明實錄》：臺灣"中央研究院"史語所1962年校印。

《大清一統志》：（清）穆彰阿等撰，臺灣商務印書館1986年影印文淵閣《四庫全書》本。

《蒙兀兒史記》：（清）屠寄撰，上海古籍出版社、上海書店出版社1989年版（《元史二種》）。

《新元史》：柯劭忞撰，開明書店1935年版。

《元和郡縣圖志》：（唐）李吉甫撰，賀次君點校，中華書局1983年版。

《太平寰宇記》：（宋）樂史撰，王文楚等點校，中華書局2007年版。

《元統元年進士錄》：王頲點校，浙江古籍出版社1992年版（《元代史料叢刊·廟學典禮（外二種）》）。

《〔成化〕河南總志》：（明）胡謐等纂，明成化二十二年（1486）刻本。

《〔弘治〕休寧志》：（明）程敏政等纂，明弘治四年（1491）刻本。

《〔弘治〕潞州志》：（明）馬暾纂，明弘治十五年（1502）刻本。

《八閩通志》：（明）黃仲昭編，福建人民出版社2006年版。

《〔成化〕中都志》：（明）柳瑛纂，明萬曆間（1573—1620）遞修本。

《〔隆慶〕岳州府志》：（明）鍾崇文纂，明隆慶間（1567—1572）刻本。

《〔萬曆〕湖廣總志》：（明）徐學謨纂，明萬曆十九年（1591）刻本。

《文淵閣書目》：（明）楊士奇等編，臺灣商務印書館1986年影印文淵閣《四庫全書》本。

《秘閣書目》：（明）錢溥錄，中華書局2006年版（《宋元明清書目題跋叢刊》）。

《菉竹堂書目》：（明）葉盛編，上海商務印書館1935年版（《叢書集成初編》）。

《濮陽蒲汀李先生家藏目錄》：（明）李廷相編，上海書店出版社1994年版（《叢書集成續編》第68冊）。

《晁氏寶文堂書目 徐氏紅雨樓書目》：（明）晁瑮、徐𤊹撰，古典文學出版社1957年版。

《萬卷堂書目》：（明）朱睦㮮編，書目文獻出版社1994年版（《明代書目題跋叢刊》）。

《世善堂藏書目錄》：（明）陳第編，商務印書館1937年版（《叢書集成初編》）。

《內閣藏書目錄》：（明）孫能傳、張萱等編，中華書局2006年版（《宋元明清書目題跋叢刊》)。

《脉望館書目》：(明)趙琦美編,中華書局2006年版(《宋元明清書目題跋叢刊》)。

《玄賞齋書目》：(明)董其昌編,中華書局2006年版(《宋元明清書目題跋叢刊》)。

《笠澤堂書目》：(明)王道明編,中華書局2006年版(《宋元明清書目題跋叢刊》)。

《續文獻通考·經籍考》：(明)王圻編,中華書局2006年版(《宋元明清書目題跋叢刊》)。

《澹生堂讀書記 澹生堂藏書目》：(明)祁承㸁撰,鄭誠整理,上海古籍出版社2015年版。

《行人司重刻書目》：(明)徐圖編,書目文獻出版社1994年版(《明代書目題跋叢刊》)。

《近古堂書目》：(明)不著撰人,書目文獻出版社1994年版(《明代書目題跋叢刊》)。

《〔康熙〕安慶府潛山縣志》：(清)周克友纂,清康熙十四年(1675)刻本。

《天台山全志》：(清)張聯元輯,清康熙五十六年(1717)刻本。

《〔康熙〕安慶府志》：(清)張楷纂,江蘇古籍出版社、上海書店出版社、巴蜀書社1998年影印清康熙六十年(1721)刻本(《中國地方志集成·安徽府縣志輯》)。

《〔康熙〕常州府志》：(清)于琨纂,清光緒十二年(1886)刻本。

《〔乾隆〕江南通志》：(清)黃之雋纂,(清)趙弘恩監修,臺灣商務印書館1986年影印文淵閣《四庫全書》本。

《〔雍正〕浙江通志》：(清)嵇曾筠等纂,臺灣商務印書館1986年影印文淵閣《四庫全書》本。

《〔雍正〕湖廣通志》：(清)邁柱等纂,臺灣商務印書館1986年影印文淵閣《四庫全書》本。

《〔雍正〕廣東通志》：(清)郝玉麟纂,臺灣商務印書館1986年影印文淵閣《四庫全書》本。

《〔雍正〕江西通志》：(清)謝旻等監修,(清)陶成等纂,臺灣商務印書館

1986 年影印文淵閣《四庫全書》本。

《〔雍正〕合肥縣志》:(清)趙良墅等纂,清雍正八年(1730)刻本。

《龍虎山志》:(清)婁近垣編,清乾隆五年(1740)刻本。

《〔嘉慶〕廬州府志》:(清)張祥雲修,(清)孫星衍等纂,江蘇古籍出版社、上海書店出版社、巴蜀書社 1998 年影印清嘉慶八年(1803)刻本(《中國地方志集成·安徽府縣志輯》)。

《〔嘉慶〕合肥縣志》:(清)左輔等纂,江蘇古籍出版社、上海書店出版社、巴蜀書社 1998 年影印清嘉慶九年(1804)刻本(《中國地方志集成·安徽府縣志輯》)。

《〔同治〕山陽縣志》:(清)孫雲修,(清)丁晏纂,清同治十二年(1873)刻本。

《〔光緒〕處州府志》:(清)潘紹詒修,(清)周榮椿纂,清光緒三年(1877)刻本。

《〔光緒〕重修安徽通志》:(清)沈葆楨等修,(清)何紹基等纂,清光緒七年(1881)刻本。

《〔光緒〕無錫金匱縣志》:(清)裴大中修,清光緒七年(1881)刻本。

《〔光緒〕續修廬州府志》:(清)黃雲修,清光緒十一年(1885)刻本。

《〔光緒〕余氏宗譜》:(清)余復魁纂,國家圖書館藏清光緒二十七年(1901)武威忠裔堂刻本。

《〔光緒〕松江府續志》:(清)博潤修,清光緒十年(1884)刻本。

《〔宣統〕大觀亭志》:(清)李國模纂,國家圖書館藏清宣統三年(1911)合肥李氏慎餘堂本。

《〔民國〕續修陝西通志稿》:楊虎城、邵力子修,民國二十三年(1934)鉛印本。

《〔民國〕嵊縣志》:丁謙纂,民國二十三年(1934)印本。

《趵突泉志校注》:(清)任宏遠撰,劉澤生、喬岳校注,濟南出版社 1991 年版。

《臨海縣志稿》:張寅修,何奏簧纂,民國二十四年(1935)鉛印本。

《西夏姓氏錄》:(清)張澍撰,羅振玉輯,民國四年(1915)《雪堂叢刻》本。

《碑傳集》:(清)錢儀吉編,中華書局 2008 年版。

《讀史方輿紀要》：（清）顧祖禹撰，賀次君、施和金點校，中華書局 2005 年版。

《廿二史劄記校證》：（清）趙翼撰，王樹民校證，中華書局 2013 年版。

《水經注疏補》：（清）楊守敬、熊會貞疏，楊甦宏、楊世燦、楊未冬補，中華書局 2014 年版。

《綱鑑易知錄》：（清）吳乘權等輯，中華書局 1960 年版。

《宋元學案》：（清）黃宗羲撰，（清）全祖望補修，中華書局 1986 年版。

《宋元學案補遺》：（清）王梓材、馮雲濠撰，中華書局 2012 年版。

《遼金元藝文志》：（清）黃虞稷、倪燦、錢大昕等撰，商務印書館 1958 年版。

《絳雲樓書目》：（清）錢謙益撰，陳景雲注，上海商務印書館 1935 年版（《叢書集成初編》）。

《也是園藏書目》：（清）錢曾撰，日本內閣文庫藏清抄本。

《曝書亭序跋 潛采堂宋元人集目錄 竹垞行笈書目》：（清）朱彝尊撰，杜澤遜、崔曉新點校，上海古籍出版社 2010 年版。

《繡谷亭薰習錄》：（清）吳焯撰，中華書局 1995 年版（《清人書目題跋叢刊》）。

《浙江采集遺書總錄》：（清）沈初等撰，杜澤遜、何燦點校，上海古籍出版社 2010 年版。

《四庫全書初次進呈存目》：江慶柏等整理，人民文學出版社 2015 年版。

《四庫全書總目》：（清）永瑢等撰，中華書局 2017 年版。

《補元史藝文志》：（清）錢大昕撰，商務印書館 1937 年版（《叢書集成初編》）。

《翁方綱纂四庫提要稿》：（清）翁方綱撰，吳格整理，上海科學技術文獻出版社 2005 年版。

《士禮居藏書題跋記》：（清）黃丕烈撰，北京圖書館出版社 2002 年版（《國家圖書館藏古籍題跋叢刊》第 6 冊）。

《天一閣書目》四卷、《碑目》一卷：（清）范邦甸撰，清嘉慶十三年（1808）阮氏文選樓刻本。

《鐵琴銅劍樓藏書目錄》：（清）瞿鏞編，上海古籍出版社 1996 年版（《續修四庫全書》第 926 冊）。

《萬卷精華樓藏書記》：（清）耿文光撰，中華書局 2006 年版（《宋元明清書目題跋叢刊》）。

《玉函山房藏書簿錄》：（清）馬國翰撰，中華書局 2006 年版（《宋元明清書目題跋叢刊》）。

《藏園訂補邵亭知見傳本書目》：（清）莫友芝撰，傅增湘訂補，傅熹年整理，中華書局 2009 年版。

《八千卷樓書目》：（清）丁丙藏，丁仁撰，上海古籍出版社 1996 年版（《續修四庫全書》第 921 冊）。

《善本書室藏書志》：（清）丁丙撰，上海古籍出版社 1996 年版（《續修四庫全書》第 927 冊）。

《雲間韓氏藏書題識彙錄》：（清）鄒百耐撰，石菲整理，上海古籍出版社 2013 年版。

《皕宋樓藏書志》：（清）陸心源撰，上海古籍出版社 1996 年版（《續修四庫全書》第 928 冊）。

《藝風藏書續記》：（清）繆荃孫撰，中華書局 2006 年版（《宋元明清書目題跋叢刊》）。

《郋園讀書志》：（清）葉德輝撰，岳麓書社 2011 年版（《湖湘文庫》乙編第 193 冊）。

《二十五史補編·元史氏族表》：（清）錢大昕撰，開明書店 1937 年版。

(四) 子部

《國語集解》：徐元誥撰，王樹民、沈長雲點校，中華書局 2002 年版。

《老子道德經校釋》：（魏）王弼注，樓宇烈校譯，中華書局 2008 年版。

《太平廣記》：（宋）李昉等編，中華書局 1961 年版。

《五燈會元》：（宋）普濟撰，蘇淵雷點校，中華書局 1984 年版。

《萬姓統譜》：（明）凌迪知撰，臺灣商務印書館 1986 年影印文淵閣《四庫全書》本。

《南村輟耕錄》：（明）陶宗儀撰，遼寧教育出版社 1998 年版。

《書史會要》：（明）陶宗儀撰，國家圖書館藏明洪武九年(1376)盧祥刻本。

《御定佩文齋書畫譜》：（清）孫岳頒等輯，臺灣商務印書館 1986 年影印文淵閣《四庫全書》本。

《御定歷代題畫詩類》：（清）陳邦彥編，臺灣商務印書館 1986 年影印文淵閣《四庫全書》本。

《荀子集解》：（清）王先謙撰，沈嘯寰、王星賢點校，中華書局 1988 年版。

《孟子正義》：（清）焦循撰，沈文倬點校，中華書局 1987 年版。

《式古堂書畫匯考》：（清）卞永譽撰，臺灣商務印書館 1986 年影印文淵閣《四庫全書》本。

《稱謂錄》：（清）梁章鉅撰，中華書局 1996 年版。

《易例》：（清）惠棟撰，鄭萬耕點校，中華書局 2007 年版。

（五）集部

《杜詩詳注》：（唐）杜甫撰，（清）仇兆鰲注，中華書局 1979 年版。

《李太白集注》：（唐）李白撰，（清）王琦注，臺灣商務印書館 1986 年影印文淵閣《四庫全書》本。

《全宋文》：曹棗莊、劉琳等主編，上海辭書出版社、安徽教育出版社 2006 年版。

《程氏遺書》：（宋）程顥、程頤撰，朱傑人等主編，華東師範大學出版社 2010 年版。

《朱子語類》：（宋）黎靖德編，王星賢點校，中華書局 1986 年版。

《元詩選》：（清）顧嗣立編，中華書局 1987 年版。

《全元文》：李修生主編，江蘇古籍出版社 1998 年版。

《全元詩》：楊鐮主編，中華書局 2013 年版。

《玩齋集》：（元）貢師泰撰，臺灣商務印書館 1986 年影印文淵閣《四庫全書》本。

《蛻庵集》：（元）張翥撰，臺灣商務印書館 1986 年影印文淵閣《四庫全書》本。

《金臺集》：（元）迺賢撰，臺灣商務印書館 1986 年影印文淵閣《四庫全書》本。

《燕石集》：（元）宋褧撰，臺灣商務印書館 1986 年影印文淵閣《四庫全書》本。

《俟庵集》：（元）李存撰，臺灣商務印書館 1986 年影印文淵閣《四庫全書》本。

《滋溪文稿》：（元）蘇天爵撰，臺灣商務印書館 1986 年影印文淵閣《四庫全書》本。

《至正集》：（元）許有壬撰，臺灣商務印書館 1986 年影印文淵閣《四庫全書》本。

《禮部集》：（元）吳師道撰，臺灣商務印書館 1986 年影印文淵閣《四庫全書》本。

《安雅堂集》：（元）陳旅撰，臺灣商務印書館 1986 年影印文淵閣《四庫全書》本。

《文獻集》：（元）黃溍撰，臺灣商務印書館 1986 年影印文淵閣《四庫全書》本。

《鶴年詩集》：（元）丁鶴年撰，臺灣商務印書館 1986 年影印文淵閣《四庫全書》本。

《吾吾類稿》：（元）吳皋撰，臺灣商務印書館 1986 年影印文淵閣《四庫全書》本。

《石初集》：（元）周霆震撰，臺灣商務印書館 1986 年影印文淵閣《四庫全書》本。

《居竹軒集》：（元）成廷珪撰，臺灣商務印書館 1986 年影印文淵閣《四庫全書》本。

《柳待制文集》：（元）柳貫撰，明天順七年（1463）昆山張和刻本。

《師山集》：（元）鄭玉撰，臺灣商務印書館 1986 年影印文淵閣《四庫全書》本。

《藏乘法數》：（元）釋可遂撰，巴伐利亞圖書館藏日本應永十七年（1410）靈通刻本。

《大雅集》：（元）賴良編，臺灣商務印書館 1986 年影印文淵閣《四庫全書》本。

《宋學士全集》：（明）宋濂撰，臺灣新文豐出版社《叢書集成新編》本（第 67 冊）。

《文憲集》：（明）宋濂撰，臺灣商務印書館 1986 年影印文淵閣《四庫全書》本。

《宋濂全集》：（明）宋濂撰，浙江古籍出版社 2014 年版。

《潛溪後集》：（明）宋濂撰，國家圖書館藏明初刻本。

《新安文獻志》：（明）程敏政撰，國家圖書館藏明弘治十年(1497)刻本。

《篁墩文集》：（明）程敏政撰，臺灣商務印書館 1986 年影印文淵閣《四庫全書》本。

《誠意伯文集》：（明）劉基撰，臺灣商務印書館 1986 年影印文淵閣《四庫全書》本。

《劉彥昺集》：（明）劉炳撰，臺灣商務印書館 1986 年影印文淵閣《四庫全書》本。

《朱一齋先生文集》：（明）朱善撰，明成化二十二年(1486)朱維鑒刻本。

《王忠文集》：（明）王褘撰，臺灣商務印書館 1986 年影印文淵閣《四庫全書》本。

《林登州集》：（明）林弼撰，臺灣商務印書館 1986 年影印文淵閣《四庫全書》本。

《說學齋稿》：（明）危素撰，清抄本。

《太師誠意伯劉文成公集》：（明）劉伯溫撰，臺灣商務印書館 1986 年影印文淵閣《四庫全書》本。

《石倉歷代詩選》：（明）曹學佺編，臺灣商務印書館 1986 年影印文淵閣《四庫全書》本。

《禮部志稿》：（明）林堯俞編，臺灣商務印書館 1986 年影印文淵閣《四庫全書》本。

《蚓竅集》：（明）管時敏撰，臺灣商務印書館 1986 年影印文淵閣《四庫全書》本。

《國朝典故》：（明）鄧士龍輯，許大齡、王天有點校，北京大學出版社 1993 年版。

《繼志齋集》：（明）王紳撰，臺灣商務印書館 1986 年影印文淵閣《四庫全書》本。

《趙氏鐵網珊瑚》：（明）趙琦美編，臺灣商務印書館 1986 年影印文淵閣《四庫全書》本。

《中丞集》:(明)練子寧撰,臺灣商務印書館 1986 年影印文淵閣《四庫全書》本。

《元詩體要》:(明)宋公傳編,臺灣商務印書館 1986 年影印文淵閣《四庫全書》本。

《焦太史編輯國朝獻徵錄》:(明)焦竑編,上海古籍出版社 2002 年《續修四庫全書》本(史部第 525—531 冊)。

《霏雪錄》:(明)劉績撰,臺灣商務印書館 1986 年影印文淵閣《四庫全書》本。

《蘇平仲文集》:(明)蘇伯衡撰,臺灣商務印書館 1986 年影印文淵閣《四庫全書》本。

《抑庵文集》:(明)王直撰,臺灣商務印書館 1986 年影印文淵閣《四庫全書》本。

《永樂大典殘卷》:(明)解縉等編,中華書局 1986 年版。

《餘姚海堤集》:(明)葉翼輯,清抄本,齊魯書社 1997 年《四庫全書存目叢書》本(集部第 289 冊)。

《明經世文編》:(明)陳子龍等編,中華書局 1962 年版。

《御選元詩》:(清)愛新覺羅·玄燁等編,臺灣商務印書館 1986 年影印文淵閣《四庫全書》本。

《明詩綜》:(清)朱彝尊編,臺灣商務印書館 1986 年影印文淵閣《四庫全書》本。

《詞苑叢談》:(清)徐釚撰,臺灣商務印書館 1986 年影印文淵閣《四庫全書》本。

《嘉定錢大昕全集》:(清)錢大昕撰,鳳凰出版社 2016 年版。

二、現當代文獻

(一) 著作

《元代少數民族詩選》:王叔磐等編,內蒙古人民出版社 1981 年版。

《中國善本書提要》:王重民撰,上海古籍出版社 1983 年版。

《中華文匯·遼金元文匯》:高明編,臺灣中華書店 1988 年版。

《元代文學史》：鄧紹基主編，人民文學出版社1991年版。

《羌族文學史》：林忠亮、王康等編，四川民族出版社1994年版。

《續修四庫全書總目提要（稿本）》：中國科學院圖書館整理，齊魯書社1996年版。

《劍橋中國遼西夏金元史（907—1368）》：（德）傅海波、（英）崔瑞德編，中國社會科學出版社1998年版。

《元史藝文志輯本》：雒竹筠遺稿，李新乾編補，北京燕山出版社1999年版。

《元西域人華化考》：陳垣撰，上海古籍出版社2000年版。

《元代史學思想研究》：周少川撰，社會科學文獻出版社2001年版。

《元代西夏遺民文獻〈述善集〉校注》：焦進文、楊富學校注，甘肅人民出版社2001年版。

《〈述善集〉研究論集》：何廣博主編，甘肅人民出版社2001年版。

《著硯樓讀書記》：潘景鄭撰，遼寧教育出版社2002年版。

《續四庫提要三種》：胡玉縉撰，吳格整理，上海書店出版社2002年版。

《元詩史》：楊鐮撰，人民文學出版社2003年版。

《韓國文集中的蒙元史料》：杜宏剛、邱瑞中、（韓）崔昌源編，廣西師範大學出版社2004年版。

《党項西夏史探微》：湯開建撰，臺灣允晨文化實業股份有限公司2005年版。

《藏園群書校勘跋識錄》：傅增湘撰，王菡整理，中華書局2012年版。

《文淵閣〈四庫全書〉補遺》：楊訥、李曉明編，北京圖書館出版社2006年版。

《日藏漢籍善本書錄》：嚴紹璗編，中華書局2007年版。

《内北國而外中國：蒙元史研究》：蕭啟慶撰，中華書局2007年版。

《金元詩文與文獻研究》：王樹林撰，中華書局2008年版。

《元代的族群文化與科舉》：蕭啟慶撰，臺灣聯經出版事業股份有限公司2008年版。

《自莊嚴堪善本書影》：周一良主編，國家圖書館出版社2010年版。

《中國文學通史·元代文學》：楊鐮主編，江蘇文藝出版社2011年版。

《元代進士輯考》：蕭啓慶撰，臺灣"中央研究院"史語所2012年版。

《九州四海風雅同：元代多族士人圈的形成與發展》：蕭啓慶撰，臺灣"中央研究院"、聯經出版事業股份有限公司2012年版。

《西夏姓氏輯考》：佟建榮撰，寧夏人民出版社2013年版。

《中國古籍總目》：中國古籍總目編纂委員會編，中華書局、上海古籍出版社2009—2013年版。

《西夏文化研究》：史金波撰，中國社會科學出版社2015年版。

(二) 期刊

《張澍〈西夏姓氏録〉訂誤》：湯開建撰，《蘭州大學學報》1982年第4期。

《余闕及其〈青陽先生文集〉》：翟平撰，《江淮論壇》1983年第4期。

《元代党項人余氏及其後裔》：史金波、吴峰雲撰，《寧夏大學學報》（社會科學版）1985年第2期。

《"朱元璋與安慶余闕接壤"説質疑》：韓志遠撰，《社會科學戰綫》1987年第2期。

《略論余闕》：張積禮撰，《蘭州大學學報》1988年第1期。

《敦煌于闐文書中河西部族考證》：黄盛璋撰，《敦煌學輯刊》1990年第1期。

《關於〈元統元年進士録〉的版本與校勘》：楊訥撰，天津古籍出版社1994年版（《中國史論集》）。

《余闕和他的詩文——兼與〈羌族文學史·西夏羌族遺民的書面創作〉編寫者商榷》：王發國撰，《西南民族學院學報》（哲學社會科學版）1996年第5期。

《元代党項羌作家余闕生平及創作初探》：朱玉麟撰，《民族文學研究》1997年第1期。

《論羌族作家余闕對元代文論的貢獻》：段莉萍撰，《西南民族學院學報》（哲學社會科學版）2002年第6期。

《試論古代羌族作家余闕的文藝觀》：段莉萍撰，《民族文學研究》2003年第3期。

《西夏移民何處尋》：任崇岳撰，《尋根》2003年第5期。

《色目人與元代制度、社會——重新探討蒙古、色目、漢人、南人劃分的位置》：（日）舩田善之撰，中國元史研究會編：《元史論叢》（第九輯），中國廣播電視出版社2004年版。

《論余闕散文的儒家情懷》：魏紅梅撰，《德州學院學報》（哲學社會科學版）2005年第1期。

《異域詩人筆下的六朝風情與漢魏風骨——試論余闕詩歌的藝術特色》：魏紅梅撰，《濰坊學院學報》2005年第3期。

《余闕生平論考》：魏紅梅撰，《濰坊學院學報》2006年第1期。

《余闕革章論簡述》：云國霞撰，《民族文學研究》2006年第2期。

《英雄歧路，末世悲歌——論元末西域作家余闕》：張文澍撰，《民族文學研究》2006年第4期。

《戴良與少數民族文人交游考論》：洪琴仙撰，《民族文學研究》2006年第4期。

《余闕山水詩述略》：魏紅梅撰，《現代語文》（文學研究版）2006年第5期。

《理學視閾下的元代色目文學家余闕》：查洪德、劉嘉偉撰，《長春工程學院學報》（社會科學版）2007年第4期。

《"不負科名"：元末文人余闕述略——兼論元代少數民族文人群體出現的土壤》：彭茵撰，《南京社會科學》2007年第8期。

《余闕在婺州的文化活動考略》：邱強撰，《民族文學研究》2008年第1期。

《元末明初戴良主要交游考略》：魏青撰，載《明代文學與科舉文化國際學術研討會論文集》，武漢大學出版社2010年版。

《論漢魏五言的"古意"》：葛曉音撰，《北京大學學報》（哲學社會科學版）2009年第2期。

《元代色目士人研究綜述》：段海蓉撰，《中國史研究動態》2009年第7期。

《唐兀人余闕的生平和作品》：王頲、劉文飛撰，《北方民族大學學報》（哲學社會科學版）2009年第5期。

《從考古資料看甘州回鶻的文化》：熱依漢·牙生、楊富學撰，《蘭州學刊》2010年第5期。

《唐兀氏詩人余闕的授徒及其影響》：邱強撰，《浙江社會科學》2010年第6期。

《試析古突厥文中 Sir 的族屬》：洪勇明撰，《西北民族大學學報》（哲學社會科學版）2011 年第 4 期。

《淺談余闕的詩人"風骨"》：孔慶利撰，《大衆文藝》2011 年第 9 期。

《從交游對象看余闕的交游特點》：魏紅梅撰，《山西財經大學學報》2012 年第 4 期。

《論元代余闕〈合肥修城記〉的地方歷史文獻價值》：李玉年撰，《合肥學院學報》（社會科學版）2013 年第 5 期。

《余闕的"河西情結"——讀〈送歸彦温赴河西廉使序〉》：宋曉雲撰，《中央民族大學學報》（哲學社會科學版）2013 年第 6 期。

《論余闕〈青陽集〉的合肥地方歷史文獻價值》：李玉年撰，《合肥學院學報》（社會科學版）2014 年第 6 期。

《西夏詩人余闕之詩風及成因》：劉嘉偉撰，《西夏研究》2014 年第 4 期。

《〈全元詩〉余闕詩補遺》：葛小禾撰：《蕪湖職業技術學院學報》2015 年第 4 期。

《唐兀人余闕盱眙題詩考釋》：高仁、鄧文韜撰，《淮陰師範學院學報》（哲學社會科學版）2015 年第 5 期。

《元西域文家散文的文獻考察及整體風貌》：王樹林撰，《民族文學研究》2015 年第 6 期。

《試論元代後期的忠義觀念及其在明代的發展——以余闕的彰顯爲中心》：于磊撰，《元史及民族與邊疆研究集刊》（第三十二輯），上海古籍出版社 2007 年版。

《元代西夏遺民著述篇目考》：劉志月、鄧文韜撰，《西夏研究》2016 年第 2 期。

《河西回鶻摩尼教稽考》：楊富學撰，《河西學院學報》2016 年第 3 期。

《21 世紀以來的元代少數民族詩文研究》：羅海燕、于東新撰，《内蒙古民族大學學報》（社會科學版）2016 年第 5 期。

《安徽歙縣貞白里牌坊始建年代考——兼考西夏遺民余闕僉憲浙東道期間的史迹》：杜建録、鄧文韜撰，《寧夏社會科學》2017 年第 1 期。

《元代道士畫家方從義考略》：申喜萍撰，《宗教學研究》2017 年第 1 期。

《九卷本〈青陽先生文集〉版本考辨》，徐瀟文撰，《中國典籍與文化》2020 年第 1 期。

《明刻六卷本〈青陽集〉版本與影響》，徐瀟立撰，《儒家典籍與思想研究》第十二輯，北京大學出版社 2020 年版。

（三）學位論文

《余闕年譜》：劉釗撰，北京師範大學 2009 年中國古代文學碩士學位論文，指導教師李軍教授。

《余闕詩歌研究》：孔慶利撰，河北大學 2012 年中國古代文學碩士學位論文，指導教師王素美教授。

《余闕及其詩文研究》：魏嘉媛撰，西北師範大學 2013 年中國古代文學碩士學位論文，指導教師龔喜平教授。

《余闕及其〈青陽集〉研究》：周春江撰，安徽大學 2014 年歷史文獻學碩士學位論文，指導教師張金銑教授。

《元代西夏遺民研究》：鄧文韜撰，寧夏大學 2014 年中國古代史碩士學位論文，指導教師杜建録研究員。

《元朝余闕及其〈青陽先生文集〉整理與研究》：付明易撰，寧夏大學中國古典文獻學專業 2019 屆碩士學位論文，指導教師田富軍教授。

《元代文人贈高麗安南日本人士詩文本事鈎沉》：周静撰，復旦大學 2006 年中國古代文學專業碩士學位論文，指導教師邵毅平教授。